# 中國語言文字研究輯刊

二三編

許學仁 主編

第 **17** 冊

## 季旭昇學術論文集
## （第四冊）

季旭昇 著

花木蘭文化事業有限公司

國家圖書館出版品預行編目資料

季旭昇學術論文集（第四冊）／季旭昇 著 -- 初版 -- 新北市：
花木蘭文化事業有限公司，2022〔民 111〕
目 4+198 面；21×29.7 公分
（中國語言文字研究輯刊　二三編；第 17 冊）
ISBN 978-626-344-031-9（精裝）
1.CST：漢語文字學 2.CST：語言學 3.CST：文集
802.08　　　　　　　　　　　　　　　　　111010180

ISBN-978-626-344-031-9

9 786263 440319

中國語言文字研究輯刊
二三編　　第十七冊　　　　　ISBN：978-626-344-031-9

## 季旭昇學術論文集（第四冊）

作　　者　季旭昇
主　　編　許學仁
總 編 輯　杜潔祥
副總編輯　楊嘉樂
編輯主任　許郁翎
編　　輯　張雅淋、潘玟靜、劉子瑄　美術編輯　陳逸婷
出　　版　花木蘭文化事業有限公司
發 行 人　高小娟
聯絡地址　235 新北市中和區中安街七二號十三樓
　　　　　電話：02-2923-1455 ／傳真：02-2923-1452
網　　址　http://www.huamulan.tw 信箱 service@huamulans.com
印　　刷　普羅文化出版廣告事業
初　　版　2022 年 9 月
定　　價　二三編 28 冊（精裝）新台幣 96,000 元　　　版權所有・請勿翻印

# 季旭昇學術論文集
## （第四冊）

季旭昇　著

※

# 目次

# 談清華柒〈越公其事〉的「必視」及相關問題

**提　要**

　　《清華大學藏戰國竹簡（柒）‧越公其事》中有個「覕」字，左旁為「視」，右旁原整理隸為「必」，但其字形與「必」又有些出入，學者或引劉樂賢先生說以為此形為「卡」。此一偏旁又見《清華簡（三）‧赤鵠之集湯之屋》簡13「殺黃蛇與白兔，地斬陵」、《郭店簡‧語叢四》簡10「車戠（轍）之酭」。本文經過詳細的字形分析，及深入的文獻探索，認為〈越公其事〉此字仍應釋為從「必」，《郭店簡‧語叢四》該詞也不得釋為「鮇鮪」。

　　關鍵字：必視，比視，卡視，發地，鮇鮪

　　《清華大學藏戰國竹簡（柒）‧越公其事》[註1]是一篇非常重要的文章，類似的內容見於《國語》、《史記》、《越絕書》，但又各有不同，可以互相補足，是一篇非常珍貴的史料。但是，由於〈越公其事〉是出土於楚地的越國史料，其中有些文字詞語並不是很好理解。本文想探討其中的「覕＝」一詞。

　　「覕＝」於〈越公其事〉共二見：

---

〔註1〕清華大學出土文獻研究與保護中心編、李學勤主編《清華大學藏戰國竹簡（柒）》，
　　　　上海：中西書局，2017年4月。以下簡稱《清華柒》。

簡44：雫（越）邦備訐（信），王乃好陞（登）人，王乃迿（趣）徒（使）人戠（察）睛（省）成（城）市鄝（邊）還（縣）尖=（小大）遠伲（邇）之匐（勾）、茖（落），王則戫，隹（唯）匐（勾）、茖（落）是戠（察）睛（省）

簡50-52：雫（越）邦備（備）陞（徵）人，多人，王乃好兵。凡五兵之利，王必忎（敬）之，居者（諸）左右；凡金革之攻，王日侖（侖－論）睳（省）【五〇】亓（其）事，以酓（問）五兵之利。王乃歸〔迿〕徒（使）人情（省）酓（問）群大臣及鄝（邊）鄩（縣）成（城）市之多兵、亡（無）兵者，王則戫=。隹（唯）多【五一】兵、亡（無）兵者是戠（察）

二字圖版如下：

簡44 此字左從「視」，右旁從戈左下加一短撇，右下沒有合文符號。已往未見此字。原考釋在《清華柒》頁137 隸簡44此字為「戫」，並於138頁注三云：

> 戫，疑讀為「比視」，與下文「必聽」相對應，字又見第五十一
> 簡。比，考校。《周禮·內宰》：「比其小大與其麤良而賞罰之。」《漢
> 書·石奮傳》：「是以切比閭里，知吏姦邪。」顏師古注：「比，校考
> 也。」第四十六簡「王既必聽之」之「必」，用法相同。〔註2〕

簡51 此字左從「視」，右旁則明顯地從「必」，右下有合文符號。所以原考釋在第140頁注五說：

> 戫，合文，讀為「比視」，比校、治理。參看第七章注釋〔三〕。
> 〔註3〕

簡44 此字作戫、簡51 此字作戫，二字左旁同從「視」，右旁則有明顯的不同。可是原考釋不但同隸為「戫」字，而且認為簡44 沒有合文符號的字也等同簡51 有合文符號的字，同釋為「必視」，讀為「比視」。

對此，學者有不同的意見。鄭邦宏先生認為簡44 的「戫」字原作「戫」，

---

和簡 51 之字作「」相比較之後，他以為簡 44 下漏掉合文符號，但是後又認為「」接近《清華簡（叄）‧赤鵠之集湯之屋》）的「」（簡 13）、「」（簡 14），《清華簡（叄）》此字劉樂賢先生釋爲「坴」，為「埱」字的異體。〔註4〕鄭文因而改主張「」應隸定作「眽」，但又以為「未」應是「必」的形近訛寫；簡 45 與 46 的「必」都應該讀為「比」，用為範圍副詞，語義相當於「皆、都」：

> 「眽」字原作「」，簡 51 之字作「」，據文例，二字爲一字無疑，簡 51「」此字下有合文符號，亦可證簡 44「」下漏寫了合文符號。但二字相較，右所從有異，整理者認爲是「所從必旁缺筆」。「」右所從，使我們聯想到了「（《清華簡（叄）‧赤鵠之集湯之屋》簡 13）」、「（《清華簡（叄）‧赤鵠之集湯之屋》簡 14）」。「」，當從劉樂賢先生釋爲「坴」，「埱」字的異體〔註5〕。將「」的右邊與「」所從之「未」相比較，「」右邊所從較「未」僅少右邊一短捺筆，這可能是省簡造成，因此，其右邊所從應也是「未」，應隸定作「眽」。按之文例以及簡 51 之「」，「」右邊所從之「未」，應是「必」的形近訛寫。〔註6〕

> 簡 45 之「必」整理者如字讀；簡 46 之「必」，整理者讀為「比」，訓為「考校」。我們認為簡 45 與 46 之「必」皆當讀為「比」，用為範圍副詞，語義相當於「皆、都」。關於「比」的這一用法，清人王念孫、王引之父子早有論說。〔註7〕

鄭文讀為「比視」，以「必」有「皆、都」的意思，放在簡文中，文義通讀沒有問題。唯一遺憾的是先秦兩漢典籍未見「比視」。只有《列女傳‧南陽陰瑜妻》「遂以衣帶自縊。左右祝之不為意，比視，已絕，時人傷焉」句中有

---

〔註 4〕劉樂賢〈釋〈赤鵠之集湯之屋〉的「埱」字〉，清華大學出土文獻研究與保護中心網站，2013 年 1 月 5 日。

〔註 5〕季案，原注：劉樂賢：《釋〈赤鵠之集湯之屋〉的「埱」字》，清華大學出土文獻研究與保護中心網站，2013 年 1 月 5 日。

〔註 6〕石小力：〈清華七整理報告補正〉，http://www.tsinghua.edu.cn/publish/cetrp/6831/2017/20170423065227407873210/20170423065227407873210_.html，20170423。

〔註 7〕清華大學出土文獻研究與保護中心，http://www.tsinghua.edu.cn/publish/cetrp/6842/20170423065227407873210/1492901629194.doc，2017 年 4 月 23 日。

一個「比視」，但這個「比視」是「等到檢視的時候」，而不是「皆／都看」。當然，這不是致命的缺點，不能推翻「比視」的釋讀。

王寧先生認為「⿰从」當釋「䀹」，「䀹視」當讀「督視」，義同典籍習見之「督察」：

> 鄭邦宏先生認為此字與簡51「王則䀹＝」之「䀹」為一字，當釋「䀹」，簡44下漏寫了合文符號。（見石小力：《清華七整理報告補正》引）按：簡51整理者讀「比視」，據鄭說則非，當讀「督視」，義同典籍習見之「督察」。〔註8〕

「督視」是否等同「督察」，還可以討論，就單個的辭來說，先秦的「察」多半是比較嚴格仔細的檢察；而「視」則多半是比較寬緩的「探看」，所以後漢有「督察」一詞，未見「督視」一詞。

何家歡先生認為鄭邦宏先生釋為「埱」字的異體，殆誤；清華簡（三）《赤鵠之集湯之屋》⿱字所在之句爲「殺黃蛇與白兔，⿱地斬陵」，⿱字，整理者訓「發」，又疑訓「截」。其義用於（〈越公其事〉）簡文此處亦不通。〔註9〕子居先生認為簡45之「必」不當讀為「比」。他認為「必」有「皆、都」義，「䀹」當讀為「畢見」。〔註10〕

就嚴格的字形來看，此字左旁實為「視」字，而非「見」字。當然，「視」字與「見」字從金文時代就開始訛混，楚簡也不乏混用的例子，因此隸為「必見」，讀為「畢見」，也不是不可以。不過，先秦兩漢的「畢見」一詞，絕大多數都讀為「畢現」，只有《莊子・外篇・天地》有「畢見其情事而行其所為」。此外，「畢見」用在簡文也不很合適，簡文上句才說「王乃趣使人察省城市邊縣小大遠邇之勾、落」，下句接著便說「王則畢見」，文義似乎難以銜接。

至於簡51的⿰字，其右旁所從為標準的「必」字，而且右下有合文符號，學者大都同意與簡44同字，只是簡44書寫稍訛，而且漏寫重文符號。因此學者對簡51的討論，大抵都與簡44同，此處就不再引述了。

---

〔註8〕簡帛論壇：「清華七《越公其事》初讀」，第116樓，2017年5月1日。

〔註9〕何家歡：《清華簡（柒）《越公其事》集釋》，河北大學碩士論文，2018年6月，頁48。

〔註10〕子居：〈清華簡七《越公其事》第七、第八章解析〉，http://www.xianqin.tk/2018/08/04/663/，20180804。

　　從〈越公其事〉所敘述越王句踐雪恥圖強的模式來看，越王句踐雪恥圖強的模式幾乎都是一樣的，即：句踐既完 A，於是要進行 B，句踐先派人到各地去進行省察 B，然後句踐才對 B 事進行「䀠＝」的動作。因此簡 44 的「䀠」與簡 51 的「䀠」雖然有些微的不同，但原考釋與大部分的學者都以為二者是同字，這是合理的。而簡 44 此字的右旁不成字，因此把簡 44 此字認為是簡 51 此字的訛寫，也是很合理的。但此字是什麼字，應如何解釋，則還有討論的空間。句踐雪恥圖強的動作，有一定的模式，這個模式，敘述得最完整的應該是第七章，寬式隸定如下：

　　越邦備信，王乃好登人。王乃趣使人察省城市邊縣小大遠邇句、落，王則䀠，唯句、落是察省，問之于左右。王既察知之，乃命上會，王必親聽之。其句者，王見其執事人則怡豫喜也，不𧮫擾懆懆〔註11〕也，則必飲食賜予之。其落者，王見其執事人則顰蹙不豫，弗予飲食。王既畢聽之，乃品，壄（野一預）會三品，交于王府，三品進酬扑逐，由賢由毀，有爨劌，有賞罰，善人則迪，僭民則附，是以勸民，是以收賓，是以句邑，王則句、落是趣，嘉于左右。舉越邦乃皆好登人，方和于其地。東夷、西夷、古蔑、句吳四方之民乃皆聞越地之多食、征薄而好信，乃頗往歸之，越地乃大多人。〔註12〕

　　越王句踐的模式可以歸納如下：

　　A. 前一階段完成的工作

　　B. 這一階段要完成的工作

　　C. 派人赴各地去推行此一工作

　　D. 王䀠之

　　E. 各地上會，王府考校獎懲

　　F. 任務完成

　　原考釋釋為「比視」，本來意思是不錯的，但又釋「比」為「考校」，這就把 D 段工作與 E 段工作混淆了。鄭邦宏先生讀「必」為「比」，認為「比」有

---

〔註11〕「𧮫擾懆懆」是我的釋讀，指各地區執行任務的人不燥切擾民，而能達成任務。本段的釋讀，筆者將另文發表。

〔註12〕本段釋文參考多家注釋，詳見江秋《清華大學藏戰國竹簡（柒）·〈越公其事〉考釋》（臺灣師大國文研究所博士論文，2020 年 6 月，恕不一一注明。少數是我的意見，已為文詳細討論，待刊。

「皆、都」義〔註13〕，就文義而言，比原考釋合理。

從楚系文字的寫法來看，簡 51 的「⿰」字右旁所從，很接近楚系「必」字的寫法。雖然大多數楚系「必」字作⿰（《上二·民 2》），三個豎筆都在下端向右折筆；但是也有一些不作折筆，如：⿰（《上一·孔》16）、⿰（《上五·鮑》3）、⿰（《上六·競》11），最後一形與《越》51 的右旁簡直是一模一樣，所以《越公其事》原考釋隸此字為從「必」，也不能說沒有道理。相反的，楚簡已往沒有看到確切無疑的「朮」字或「朮」旁，金文的「朮」旁見「叔」字的左旁，西周早期的叔卣作⿰、晚期的克鼎作⿰，其左旁的「朮」與〈越公其事〉此二形的右旁相去甚遠。〈越公其事〉此二形能否釋為從「朮」，還需要更多的考察。

裘錫圭先生在〈戎生編鐘銘文考釋〉中指出，漢隸、漢印的「朮」旁作⿰、⿰、⿰、⿰（左半），因而主張這些偏旁的「朮」（以△代表），與金文的「朮」是讀音相同或極為相近的字，所以可以代替「朮」充當「叔」字的聲旁；又主張西周晚期以來銅器銘文中形容鐘聲的「⿰」（㲋鐘）、「⿰」（速鐘）、「⿰」（戎生編鐘）〔註14〕等字所從即是△，可以直接隸定為「搗」，如果要為△隸定，可以寫作兇。〔註15〕這就為戰國秦漢的「朮」字找了一個不同於甲骨金文「叔」旁的「朮」字的來源。

2013 年，劉樂賢先生發表〈赤鵠之集湯之屋〉的「埱」字〉一文，把《赤鵠之集湯之屋》簡 13 及 14 原考釋隸為「坙」的「⿰」字改隸為「杢」，以為即見於《睡虎地秦簡》的「埱」字異體，義為「挖掘」。〔註16〕這個考釋主要從辭例及睡虎地簡的書證推求得來，對字形分析並沒有多加著墨。2013 年 1 月 12 日溜達溜達先生在武漢簡帛網論壇《清華（叁）》〈赤鵠之集湯之屋〉初讀第 35 樓同意劉文的新釋讀，並指出〈語叢四〉的⿰也是「埱」字的異體，「菽酋」即《爾雅》的「鯦鮥」。這就為⿰形釋為朮找到一個更有力的旁證。

---

〔註13〕子居：〈清華簡七《越公其事》第七、第八章解析〉，http://www.xianqin.tk/2018/08/04/663/，20180804。

〔註14〕虛線部分是我補摹的。

〔註15〕裘錫圭〈戎生編鐘銘文考釋〉，《保利藏金》，嶺南美術出版社，1999 年。此據《裘錫圭學術文集 3》（上海：復旦大學出版社，2012 年 6 月），頁 116～117。

〔註16〕劉樂賢〈釋〈赤鵠之集湯之屋〉的「埱」字〉，清華大學出土文獻研究與保護中心網站，2013 年 1 月 5 日。

2015 年 12 月郭永秉先生發表〈談談戰國楚地簡冊文字與秦文字值得注意的相合相應現象〉，文中主張晉秦文字和楚文字中單字及偏旁中的「朮」是同一個來源，和裘先生說的△（兜）不同字。他擬的字形演變表如下：〔註17〕

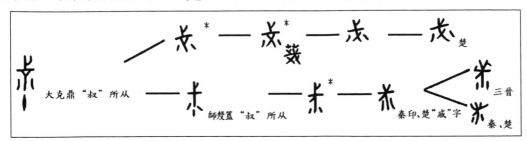

這個字形表當然有其合理性，雖然有些環節證據可能還不是很充分。依此表，第一行「朮」字的演變事實上是向著「必」形靠攏，這就會造成「朮」旁與「必」旁的混同。陳劍先生在同一次研討會提交的論文〈清華簡字義零札兩則〉中對〈赤鵠之集湯之屋〉的釋文採用了劉樂賢先生「坴（埱）」字的隸定，也提到郭永秉先生同一會議發表的文章可以參看。

如果郭文完全成立，那麼〈越公其事〉簡 51 的字應該就是接近郭表第一行右邊最後一字，只是少寫了右下的短捺；簡 44 的則是少了戈形的最後一撇，而戈形兩旁的「八」形都向右向彎曲，與「八」形的寫法不同，〈越公其事〉的這兩個字形，和劉樂賢、郭永秉先生所談的「朮」還是略有不同。

「」形是否絕對不能隸為「必」呢？似乎也不盡然。我們看到戰國楚簡「必」字還有其他寫法，如《上八·王》5「而必良懃（慎）之」作、《上八·命》9「必內（入）瓜（偶）之於十友又厽（三）」作、《上八·成》1「長（常）事必至」作，都比一般常見的「必」多了一小撇，這一小撇往右邊移動，就相當接近「」形了；《上七·吳》5「余必攼芒（亡）尔（爾）社（社）稷」的「必」字作，《上博七·吳命》的書手喜歡把短橫寫成圓點，例如簡 1 的「疾」字作「」，「矢」形中的短橫寫作圓點；簡 2 的「居」字作，右旁「古」形上部的橫畫寫作圓點，變得有點像「由」；簡 4「大夫」合文作，「夫」字上部的橫筆寫作圓點……，其例甚多。既然橫筆可以寫成圓點，那麼圓點當然也可以寫成橫筆，因此，的圓點變成橫筆、「八」形再稍訛，

〔註17〕郭永秉〈談談戰國楚地簡冊文字與秦文字值得注意的相合相應現象〉，戰國文字研究的回顧與展望國際學術研討會，復旦大學出土文獻與古文字研究中心，2015 年 12 月 12～13 日。

寫成「」，也是合理的（《集成》11023 春秋高密戈「密」字作《清貳‧繫》39「窨」字作。都可以說明戈旁與必旁偶有相通）。綜上所論，「」形隸為「必」或「卡」的可能性都存在，但也都沒有百分之百的確證。

　　研究古文字，遇到字形類似或容易訛混時，辭例往往是決定的關鍵。〈越公其事〉這個似「必」又似「卡」的偏旁，究竟是「必」還是「卡」，最主要還是靠辭例來決定。以下，我們一一檢討楚文字中舊釋「必」而被改釋為「卡」的辭例釋讀：

　　清華叁〈赤鵠之集湯之屋〉簡 13「埅（地）斬厥（陵）」、簡 14「乃埅（地）」，原考釋釋為「坣（發）地」，以為上從「必」，「必（幫紐質部）」讀為「發（非紐／古歸幫，月部）」，二字上古聲同，韻為旁轉〔註18〕。因此「坣」讀為「發」，在音韻條件上應該是沒有問題的。在釋義方面，雖然先秦沒有「發地」一詞，但是「發」有「挖掘」的意義也是毫無問題的，《戰國策‧趙策一》：「董子之治晉陽也，公宮之垣，皆以狄蒿苫楚廧之，其高至丈餘，君發而用之。」《漢書‧劉向傳》：「發人之墓，其害多矣。」都是可靠的例子。劉樂賢先生以為此字當從卡，改隸為「坴」，以為是「坺」的異體。但是，《說文》釋「坺」為「气出土也」，並沒有挖掘的意思，只有《睡虎地秦墓竹簡‧法律答問》簡28「可（何）謂『盜坺垰』？王室祠，埋其具，是謂『垰』。（什麼叫「盜掘祭祀的『垰』？王室祭祀，埋其祭品，叫做『垰』。」）」及〈封診式〉76 號簡：「其所以坺者類旁鑿。（用來挖洞的工具像是寬刃的鑿。）」〔註19〕另外加上《岳麓簡》第三冊〈03 猩、敵知盜分贓案〉：「猩知人盜坺冢」。〔註20〕除了這三條秦系文字的例證外，別無他證。而「坺」有「挖掘」的意思，劉文引郭沫若、裘錫圭先生據《說文》「汝南名收芌為叔」，因而謂「叔」字從手持弋掘土。事實上，《說文》說的是「汝南名『收』芌為叔」，並不是「汝南名『掘』芌為叔」，文獻中也沒有「掘芌為叔」的例證，《詩‧豳‧七月》「九月叔苴」，苴是麻子，不在土中，所以孔疏點明是「叔苴謂『拾取』麻實以供食也」，這裡的「叔」

〔註18〕質月旁轉，見陳新雄《古音學發微》（臺北：文史哲出版社，1972 年 1 月），頁 1056。
〔註19〕劉樂賢〈釋〈赤鵠之集湯之屋〉的「坺」字〉，清華大學出土文獻研究與保護中心網站，2013 年 1 月 5 日。所引原文後的白話語譯是《睡虎地秦墓竹簡》原考釋所作的白話語譯。
〔註20〕本條例證蒙蘇建洲君 2020 年 3 月 15 日來函惠示，特此致謝。

是「收」的意思。「叔」有「挖掘」的用法，只能說是秦地特有的方言詞彙吧。（事實上裘錫圭先生在〈釋弋〉一文中已經加了編按說：「也可能如有些學者所說的那樣，本象樹杙於地」，其實就是有點放棄「以弋掘地」之說了。〔註21〕）是否能根據這些理由來改釋楚簡〈赤鵠之集湯之屋〉中的杢為「叔」，並取代原考釋的「坒（發）地」，其實是還可以再討論的。

其次談郭店簡〈語叢四〉10「車戲（轍）之杢酳，不見江沽（湖）之水」。「杢酳」二字共有「莖酳」、「醓盎」、「醓醓」、「密閣」、「鮂鮪」、「鮒鰌」、「蔽翳」、「鯢鰍」等八種以上的說法〔註22〕，其中陳偉先生以為「莖」讀為「鮒」，是一種小魚，引《易‧井》「井谷射鮒」，虞翻注：「鮒，小鮮也。」「鰌」通作「鰍」，通常指泥鰍。〔註23〕泥鰍之說甚為合理，「鮒」陳文釋為一種小魚，則稍嫌籠統。我們編《上海圖書館藏戰國楚竹書（一）讀本》時，採用了釋「鮪」為「泥鰍」之說；「鮂」則改採《易‧井》「井谷射鮒」陸德明釋文引子夏傳，釋為「蝦蟇（蛤蟆）」；或讀「鮂」為「閉」，修飾「鮪」。全句用白話來說就是：「車轍中的蝦蟇和泥鰍，見不到江湖之大水」或「車轍中閉塞的泥鰍，見不到江湖之大水」。〔註24〕以上的解釋，無論是字形或文義，應該都還可以說得過去。

不過，《清華（叁）》〈赤鵠之集湯之屋〉的「杢」字被劉樂賢先生改隸為「坴」之後，很快地，這個說法被不少學者接受了。溜達溜達先生在武漢簡帛網論壇《清華（叁）》〈赤鵠之集湯之屋〉初讀第35樓根據劉文的新釋讀，指出〈語叢四〉的杢字「當隸定為從『艹』『坴』，『菽酳』即《爾雅》之『鮂鮪』也。甚麼『泥鰍』之說，亦可以廢矣。」

季案：溜達溜達先生的說法雖然只有短短的幾句話，但是，乍看之下，形義解釋都有根有據，尤其《爾雅》「鮂鮪」的書證，更是一個強而有力的證據，說服力非常夠，所以很多學者好像都接受了這個說法。不過，古書中的草木鳥

〔註21〕裘錫圭〈釋弋〉，《裘錫圭學術論文集1》（上海：復旦大學出版社，2012年6月），頁69。

〔註22〕參曾憲通、陳偉武主編《出土戰國文獻字詞集釋》（北京：中華書局，2018年12月），第一冊，頁376～378。

〔註23〕陳偉《郭店竹書別釋》（武漢：湖北教育出版社，2003年），頁235～236。

〔註24〕季旭昇主編《上海博物館藏戰國楚竹書（一）讀本》（臺北：萬卷樓圖書公司，2004年7月），頁152。

獸蟲魚與今日的名稱有的相去甚遠，而且同一名稱，古人之說各不相同。仔細追查之下，《爾雅》的「鮛鮪」恐怕跟〈語叢四〉是毫無關係的。

《爾雅》的「鮛鮪」是什麼呢？《爾雅·釋魚第十六》云：

> 鮥，鮛鮪。郭注：「鮪，鱣屬也。大者名王鮪，小者名鮛鮪。今宜都郡自京門以上江中通出鱏鱣之魚，有一魚狀似鱣而小，建平人呼鮥子，即此魚也。音洛。」邢昺疏「鮥，鮛鮪」云：「……陸機云：『鮪魚，形似鱣而青黑，頭小而尖，似鐵兜鍪，口亦在頷下。其甲可以摩薑，大者不過七八尺，益州人謂之鱣鮪。大者為王鮪，小者名鮛鮪。一名鮥，肉色白，味不如鱣也。今東萊遼東人謂之尉魚，或謂之仲明。仲明者，樂浪尉也，溺死海中，化為此魚。』又曰：『河南鞏縣東北崖上，山腹有穴。舊說云此穴與江湖通。鮪從此穴而來。北入河西上龍門，入漆沮。故張衡賦云："王鮪岫居。" 山穴為岫，謂此穴也。』〈月令〉季春『薦鮪於寢廟』，《天官·䱉人》『春獻王鮪』是也。」〔註25〕

照這個解釋，「鮥」就是「鮛鮪」，是「鱣」的一種。單看「鱣」字，一般會解釋為「鱓」的別稱，鱓無鱗，鑽在泥中，生活在車轍之水中，似乎很合理。不過，《爾雅》的「鮛（或作叔）鮪」雖然是「鱣屬」，其實是和「王鮪」相對的，「鱣屬」的「鱣」讀「張連切」，是一種大魚，長二、三丈（見《爾雅注疏》郭注），與通「鱓」的「鱣（音鱓）」是完全不同的動物。據《爾雅注疏》引陸機說，鮪「大者不過七、八尺」，名為「王鮪」，小者名為「叔鮪」（據阮元校勘，鮛一作叔，叔跟王相對，是「小」的意思）。王鮪有七八尺，那麼叔鮪至少也有三尺半（都是指成魚），陸機的時代一尺大約 24.5 公分，三尺半大約有 85.75 公分，其實是相當長的。這麼長的魚，不可能生活在「車轍之水」中吧！再說，所有《爾雅》注解家所注的「鮛鮪」都是指生活在江河海湖中的大魚，沒有一家是指生活在泥水中的小魚。此外，更明確的例證是郭璞的〈江賦〉，〈江賦〉是一篇描寫長江的大文章，其中寫到江中的魚類是這麼寫的：

> 魚則江豚海狶，叔鮪王鱣。《南越志》曰：「江豚似豬。」《臨海水土記》曰：

---

〔註25〕《爾雅注疏》（臺北：藝文印書館，1956 年），頁 165。斷句參李學勤主編《十三經注疏·13·爾雅注疏》（北京：北京大學出版社， ），頁 295～296。

「海豨,豕頭,身長九尺。」郭璞《山海經注》曰:「今海中有海豨,體如魚,頭似豬。」

《爾雅》曰:「鮥,鮛鮪。」郭璞曰:「鮪屬,大者王鮪,小者叔鮪。」王鱣之大者,猶曰

王鮪。鮥音洛。鱝鰊鱗魩,鮻鰩鯩鱱。《山海經》曰:「鱝魚,其狀如魚而鳥翼,出

入有光,其音如鴛鴦。」郭璞曰:「音滑。舊說曰:『鰊,似繩。』」《山海經》曰:「鱗,其

狀如鱖。」居逯[切]〔註26〕,蒼文赤尾。」郭璞曰:「舊說曰:『魩,似鱓。』」《楚辭》曰:

「鮻魚何所出。」王逸曰:「鮻魚,鮻鯉也。」《山海經》曰:」鰩魚,狀如鯉。」又曰:

「鯩魚,黑文,狀如鮒,食之不腫。」郭璞曰:「音倫。」《廣雅》曰:「鱱,鱨也。」或

鹿絡象鼻,或虎狀龍顏。《臨海異物志》曰:「鹿魚,長二尺餘,有角,腹下有腳,

如人足。」郭璞《山海經注》曰:「麋鹿角曰絡。」又曰:「今海中有虎鹿魚,體皆如魚,

而頭似虎鹿。龍顏,似龍也。」鱗甲鏙錯,煥爛錦斑。鏙錯,間雜之貌。揚鰭掉

尾,噴浪飛唌。〈上林賦〉曰:「捷蝔掉尾。」《說文》曰:「噴,吒也。」唌,沫也。

排流呼哈,隨波遊延。或爆采以晃淵,或嚇鰓乎巖間。《說文》曰:「爆,

灼也。」今以為曝曬也。曝,步木切。《廣雅》曰:「晃,暉也。」嚇,猶開也。介鯨乘

濤以出入,鰻鱭順時而往還。《爾雅》曰:「介,大也。」《字林》曰:「鰻魚,出

南海,頭中有石,一名石首。」郭璞《山海經注》曰:「鱭,狹薄而長,頭大者長尺餘,一

名刀魚,常以三月八月出,故曰順時。」〔註27〕

其中寫到的魚都是江中的大魚(連最小的「鱭」都「頭大者長尺餘」,難謂小魚),「魚則江豚海豨,<u>叔鮪</u>王鱣」中的「叔鮪」絕非車轍泥水中的小魚。雖然古人對草木鳥獸蟲魚的訓解往往不甚精確,但是沒有一家說「叔(鮛)鮪」是車轍泥水中的小魚,因此把〈語叢四〉中的「𦫵酘」解為「鮛鮪」,說成是車轍泥水中的小魚,可能難以成立!

《爾雅‧釋魚第十六》的「鮥,鮛鮪」還有一種讀法。《詩‧衛風‧碩人》「鱣鮪發發」,陸德明《釋文》:「鱣,陟連反。大魚,口在頜下,長二三丈,江南呼黃魚,與鯉全異。鮪,于軌反,似鱣,大者名王鮪,小者曰叔鮪。沈云:江淮間曰叔,伊洛曰鮪,海濱曰鮥。」〔註28〕如果依照陸德明引沈重的解釋,《爾雅》此處應讀為「鮥,鮛:鮪。」即「鮥」、「鮛」都是「鮪」的異名,是江淮、伊洛、海濱的大魚,「鮛鮪」並不連讀,也不是一種小魚。

---

〔註26〕案:「切」字冗。所有的《山海經》本子都沒有「切」字,《文選》李善注誤增。

〔註27〕昭明太子著,李善注《文選》,葉12~13。大字為文選本文,小字為李善注。

〔註28〕《毛詩注疏》(臺北:藝文印書館,1955年),頁130。

　　最後要討論〈越公其事〉的「&#9645;」與「&#9645;」。這兩個字形，和《清華簡（叁）・赤鵠之集湯之屋》）的「&#9645;」（簡13）、「&#9645;」（簡14），以及〈語叢四〉的&#9645;都不同，沒有必要非改隸為「&#9645;」不可。從文義來看，〈越公其事〉原考釋以為簡51的「&#9645;」是「必視」的合文，字形上是合理的，但釋為「考校」則不妥。簡51「王乃歸（邍？）使人省問群大臣及邊縣城市之多兵、無兵者，王則必視，唯多兵、無兵者是察」，依照鄭邦宏先生的意見，把「必」讀為「比」，釋為「皆、都」，其實是說得通的。前後文義銜接，非常流暢合理。簡44說「王乃趣使人察省城市邊縣小大遠邇之勾、落，王則必（比）視，唯勾、落是察省」，前後文義銜接，也非常流暢合理。

　　鑑於戰國文字訛形嚴重，這兩個字釋為「朮視」的可能性也不是完全沒有，但釋為「朮視」，各家講的通讀並不是很理想。我們認為如隸為「朮視」，應讀為「周視」，《禮記・月令》「是月也，命司空曰：時雨將降，下水上騰，循行國邑，周視原野，修利隄防，道達溝瀆，開通道路，毋有障塞」、《淮南子・時則》「循行國邑，周視原野，修利隄防，導通溝瀆」、《呂氏春秋・季春紀・三月紀》「循行國邑，周視原野；修利隄防，導達溝瀆，開通道路」（三例說的其實是同一回事），「周視」就是全面巡視、仔細查看。「朮」，式竹切，上古音聲屬舌頭，韻屬覺部；「周」，職流切，上古聲屬舌頭，韻屬幽部，二者聲紐近同，韻部為陰入對轉。義訓也合於〈越公其事〉。

　　如果「朮視」讀為「周視」可以成立，那麼我們再狗尾續貂一下，後世的「孰視」、「熟視」可能就是出自〈越公其事〉的「朮視」。「孰視」一詞最早見《莊子・外篇・知北遊》：「光曜問乎無有曰：『夫子有乎，其無有乎？』光曜不得問，而孰視其狀貌，窅然空然，終日視之而不見，聽之而不聞，搏之而不得也。」《戰國策・秦一・陳軫去楚之秦》：「夫軫天下之辯士也，孰視寡人。」「熟視」則先秦未見，首見漢代。從詞源來看，「朮視」、「孰視」、「熟視」三者音義俱近，可能是同一個詞的分化。

　　本文從〈越公其事〉的「&#9645;」與「&#9645;」出發，檢討了《清華簡（叁）・赤鵠之集湯之屋》）的「&#9645;」（簡13）、「&#9645;」（簡14），郭店簡〈語叢四〉10的「&#9645;」，以為這些字改釋為從「朮」，固然有一定的道理，但也還存在著一些不確定的因素；舊說以為從「必」，雖然字形上存在著一些缺點，但也不是完全不能成立。看來「必」、「朮」可能有一些訛混的情況是我們還沒有完全明白的，可能需要

更多的證據才能論定。

## 參考文獻

### （一）古籍、專書及學位論文

1. 《毛詩注疏》，臺北：藝文印書館，1955 年。
2. 《爾雅注疏》（臺北：藝文印書館，1956 年。
3. 昭明太子著，李善注《文選》，見《四部叢刊初編》，上海商務印書館，1919 年。
4. 陳新雄《古音學發微》，臺北：文史哲出版社，1972 年 1 月。
5. 李學勤主編《十三經注疏・13・爾雅注疏》，北京：北京大學出版社，1999 年 12 月。
6. 陳偉《郭店竹書別釋》，武漢：湖北教育出版社，2003 年 1 月。
7. 季旭昇主編《上海博物館藏戰國楚竹書（一）讀本》，臺北：萬卷樓圖書公司，2004 年 7 月。
8. 清華大學出土文獻研究與保護中心編、李學勤主編《清華大學藏戰國竹簡（柒）》，上海：中西書局，2017 年 4 月。
9. 何家歡：《清華簡（柒）《越公其事》集釋》，河北大學碩士論文，2018 年 6 月。
10. 曾憲通、陳偉武主編《出土戰國文獻字詞集釋》，北京：中華書局，2018 年 12 月。

### （二）單篇論文及網站文章、論壇發言

1. 子居：〈清華簡七《越公其事》第七、第八章解析〉，2018 年 8 月 4 日，http://www.xianqin.tk/2018/08/04/663/。
2. 郭永秉：〈談談戰國楚地簡冊文字與秦文字值得注意的相合相應現象〉，戰國文字研究的回顧與展望國際學術研討會，復旦大學出土文獻與古文字研究中心，2015 年 12 月 12～13 日。
3. 裘錫圭：〈戎生編鐘銘文考釋〉，《保利藏金》，嶺南美術出版社，1999 年；又見《裘錫圭學術文集 3》，上海：復旦大學出版社，2012 年 6 月。
4. 裘錫圭：〈釋弋〉，見《裘錫圭學術論文集 1》，上海：復旦大學出版社，2012 年 6 月。
5. 劉樂賢：〈釋〈赤鵠之集湯之屋〉的「埱」字〉，清華大學出土文獻研究與保護中心網站，2013 年 1 月 5 日。網址：http://www.ctwx.tsinghua.edu.cn/publish/cetrp/6831/2013/20130105155850543558094/20130105155850543558094_.html。
6. 石小力：〈清華七整理報告補正〉，清華大學出土文獻研究與保護中心網，2017 年 4 月 23 日，網址：http://www.tsinghua.edu.cn/publish/cetrp/6831/2017/20170423065227407873210/20170423065227407873210_.html。
7. 王寧：簡帛論壇：「清華七《越公其事》初讀」論壇，第 116 樓，2017 年 5 月 1 日。網址：http://bsm.org.cn/forum/forum.php?mod=viewthread&tid=3456&extra=&page=12。

　　本文的基本材料是由臺灣師範大學國文研究所博士生江秋貞蒐集的，論文蒙蘇建洲、張榮焜、金宇祥、黃澤鈞、彭慧玉、駱珍伊、邱京、范天培、張鵬蕊諸君參與討論並提供意見，謹此致謝。原發表於《中國文字》2020 年夏季號，2020 年 6 月。

# 據甲骨文「取婦好」重讀《左傳》襄公二十九年「女齊治杞田」節服虔注

　　《左傳》襄公二十九年「晉侯使司馬女叔侯來治杞田」一節，是一段很有意思的歷史故事。女叔侯（即「女齊」，「女」為其氏，「叔」為行次，「侯」為其字，「齊」為其名）奉晉平公的命令到魯國去要魯國把侵佔杞國的田地還給杞國，結果女齊沒有讓魯國全部還給杞國。晉悼夫人（晉平公的母親，娘家是杞國）生氣了，應該是在晉平公面前吧，很生氣地把女齊痛罵了一頓。平公把這事兒告訴女齊，女齊也不甘示弱地回嘴了一大串。全文大抵不難理解，但是有幾個地方學者還有不同的意見，尤其孔疏所引服虔注，有些句子的意義很含混，可以再討論。《左傳》原文如下：

> 晉侯使司馬女叔侯來治杞田，弗盡歸也。晉悼夫人慍曰：「齊也取貨，先君若有知也，不尚取之。」公告叔侯，叔侯曰：「虞、虢、焦、滑、霍、揚、韓、魏，皆姬姓也，晉是以大。若非侵小，將何所取？武獻以下，兼國多矣，誰得治之？杞，夏餘也，而即東夷；魯，周公之後也，而睦於晉。以杞封魯猶可，而何有焉？魯之於晉也，職貢不乏，玩好時至，公卿大夫，相繼於朝，史不絕書，府無虛月，如是可矣，何必瘠魯以肥杞？且先君而有知也，毋寧夫人，而焉用老臣？」[註1]

---

〔註1〕左丘明撰、杜預注、孔穎達疏《左傳注疏》（臺北：藝文印書館，1955 年），頁 667。下文杜注、孔疏均見於此，不再加注。

這一段記載的意思大體明白可知，晉悼夫人怪女齊沒有完全歸還田地給杞，是因為收取了魯國的賄賂，先君如果有知，一定「不尚取之」。女齊的回答則理直氣壯，晉國不就是靠著一直侵略小國才強大的嗎？魯國對晉國貢獻不斷，為什麼要把魯國佔領的田地還給杞國呢？先君如果有知，「毋寧夫人」，何必用到我這個老臣？

但是，《左傳》這段記載中，「不尚取之」、「毋寧夫人」，學者的看法不同。這些不同意見中，比較重要的大約有以下五家：

一、東漢末年的服虔釋「不尚取之」為「尚當取女叔侯殺之」；釋「毋寧夫人」為「寧取夫人」；沒有解釋「取貨」。服注見於孔疏所引，孔疏云：

> 服虔云：「不尚，尚也。尚當取女叔侯殺之。」下叔侯云：「先君而有知也，毋寧夫人，而焉用老臣？」服虔云：「毋寧，寧也。寧自取夫人，將焉用老臣乎？」杜以其言大悖，無復君臣之禮，故改之，以為夫人云「不尚取之」者，先君不高尚此叔侯之取貨也；「毋寧夫人」，謂先君當怪夫人之所為也。劉炫以夫人慍而出辭，則其言當悖，直言不尚此事，所譏大輕淺，非是慍之意。《昭八年》穿封戌云：「若此君之及此，追恨不殺靈王。」其意乃悖於此。蓋古者不諱之言。服虔之說，未必非也。

服注沒有解釋「取貨」，應該即「收取貨賄」的意思。因為《左傳》出現過很多「貨」字，「獧貨筮史」、「甯俞貨醫」、「冒于貨賄」、「取貨于宣伯」，都跟「賄賂」、「收受賄賂」有關，時人都懂，所以不需要加注。

比較難懂的是服虔釋「不尚取之」為「尚當取女叔侯殺之」。「取」字為什麼可以有「取而殺之」的意義？沒有人說得清楚。《說文》：「捕取也。從又，從耳。《周禮》：『獲者取左耳。』《司馬法》曰：『載獻聝。』聝者，耳也。」這個義項，典籍是用「聝」字來表示，先秦典籍未見「取」字有「殺人取左耳」的用法，《說文》所釋「捕取」和「殺」並不等同。楊伯峻、徐提二先生編的《春秋左傳詞典》「取」字下收了九個義項：①戰勝而獲取；②以強力奪取他人之物；③採取，擇取；④拿取；⑤受取；⑥滅人之國以擴張己地；⑦得到；⑧同「娶」；⑨周「聚」。〔註2〕其中沒有一個是「取而殺之」，似乎楊伯

---

〔註2〕楊伯峻、徐提編的《春秋左傳詞典》（北京：中華書局，1985年11月），頁364。

峻先生不認為服注的解釋是正確可取的，所以不收「取而殺之」（「取而殺之」這四個字的意思誰也講不清楚，楊伯峻先生也很難收入《春秋左傳詞典》）。

不過，「取」由「捕取」引申出「取人性命」，其實是很合理的，「取其性命」就相當於「殺」。《史記・項羽本紀》記述楚漢相爭的末期，項羽被劉邦大軍追殺到東城，只剩二十八騎，「項王謂其騎曰：『吾為公取彼一將。』令四面騎馳下，期山東為三處。於是項王大呼馳下，漢軍皆披靡，遂斬漢一將」，這兒的「取」確實可以等同於「殺」。《故訓滙纂》「取」字條下第④義項為「謂殺也」，舉的書證是《資治通鑑・齊紀八》「帝使文曠取祐」胡三省注。〔註3〕按其原文本見《南齊書・卷四十二・江祐傳》：「帝使文曠取祐，以刀環築其心曰：『復能奪我封否？』祐、祀同日見殺。」〔註4〕說明「取」確實可以等同「殺」。那麼，服虔注《左傳》「不當取之」為「尚當取女叔侯殺之」，是否就是這種用法？我們以為，如果服注是這個意思，他只要說：「不尚，尚也。尚當殺之。」就可以了。服虔接著注「毋寧夫人」為「寧取夫人」，就更不會是「寧殺夫人」了。孔疏中有「劉炫以夫人慍而出辭，則其言當悖，直言不尚此事，所譏大輕淺，非是慍之意。《昭八年》穿封戌云：『若此君之及此，追恨不殺靈王。』其意乃悖於此」。劉炫的話雖然也沒有說得很清楚，但是他認為晉悼夫人既然「慍而出辭（生氣罵人）」，如果只是「直言不尚事」（應該是批評杜預注只說「先君不高尚此叔侯之取貨也」），「所譏太輕淺（罵人的語氣及內容太輕了）」。所以劉炫接著又引穿封戌說「若此君之及此，追恨不殺靈王（如果早知道你會即位當楚王，我只恨當時沒殺了你靈王）」，以此來說明先秦臣下對君長講話不避諱「殺」。因此最後劉炫說「服虔之說，未必非也」，似乎暗示著他認為服虔釋「寧取夫人」應該是「寧取夫人而殺之」。晉悼夫人為了娘家的權益，慍罵女齊，本是人情之常，女齊再大悖無禮，也不致於回罵要先君對晉悼夫人「取而殺之」。清儒雖然頗有贊同服注的，如惠棟《春秋左傳注》〔註5〕、洪亮吉《春秋左傳詁》〔註6〕、沈欽

---

〔註3〕宗福邦、陳世鐃、蕭海波《故訓滙纂》（北京：商務印書館，2003年7月），頁752。

〔註4〕〔梁〕蕭子顯撰《南齊書》（北京：中華書局，點校本廿四史修訂本，2017年8月），第836頁。

〔註5〕〔清〕惠棟《春秋左傳注》，《皇清經解》（臺北：漢京文化有限公司，1980年），冊十三，頁8656。

〔註6〕〔清〕洪亮吉撰，李解民校點《春秋左傳詁》（北京：中華書局，1987年10月），頁608～609。

韓《春秋左氏傳補注》〔註7〕。但也都沒說出為什麼「取」字有「取而殺之」的意思。

二、杜預注釋「不尚取之」為「不尚叔侯之取貨」；釋「毋寧夫人」為「毋寧怪夫人之所為」。杜注釋「不尚叔侯之取貨」，「不尚」二字沒有解釋，語意不是很清楚，孔疏明白地說杜注的意思是「先君不高尚此叔侯之取貨也」。「不高尚」就是「不嘉許」、「不認同」。很多學者指出「尚」的本義與「上」密切相關，所以「尚」可以由「上」的意義引申出「高尚」、「嘉許」等意義。孔疏之說應該是合於杜預的意思。

杜注「毋寧怪夫人之所為」中的「夫人之所為」，應該是指夫人慍而指責叔侯這個動作。從《左傳》原文來看，叔侯理直氣壯地說了一大段為晉謀福利的話，自認為此次出使歸田對晉有功，先君應該嘉許他，而夫人卻對他不滿，還慍怒斥責他，因此先君應該「毋寧怪夫人之所為」（先君應該會責怪夫人的「作為」——指「斥責我」這件事）。問題是：《左傳》的「毋寧夫人」沒有動詞、也沒有補語。杜注加上了一個動詞「怪（責怪）」、又加上了一個補語「之所為」，增字解經，是否合於《左傳》的原意，恐怕還可以討論。

三、竹添光鴻《左氏會箋》釋「尚」為「嘉」，「不尚」是「不悅」之意。既曰不悅之，則罰殛其身之意隱然。〔註8〕釋「尚」為「嘉」，是從「尚」的「上」義引申而來。但是從「不嘉」再引申為「不悅」就越說越偏了。他所以要這麼說，目的是要引出「既曰不悅之，則罰殛其身之意隱然」，「罰殛」之意跟服虔注的「取而殺之」就搭上了。所以要這麼曲曲折折，主要原因應該是要讓「不尚取之」能有「取而殺之」的意思，所以不得不費盡洪荒之力，一轉再轉。但是為什麼「不悅取之」有「罰殛」之意（即服注「取而殺之」之意），《左氏會箋》也還是說不清楚。就訓詁的要求來看，這樣的輾轉引申，說服力不高。

四、于鬯以為既是先君取，就是必死了，服注「殺之」二字是多餘的：

服云「不尚、尚也。尚當取女叔侯殺之」。「殺之」二字猶為蛇

---

〔註7〕〔清〕沈欽韓《春秋左氏傳補注・八》，葉十七；收在《皇清經解續編》，冊十四，頁 10995。

〔註8〕竹添光鴻《左氏會箋》（成都：四川出版集團・巴蜀書社，2008 年 8 月），襄六，葉五，總頁碼 1530～1531。

足。《傳》言「取」不言「殺」，則何必謂先君「取而殺之」？要先
君既死，苟為先君取，是必死矣。夫人之意止詛女叔侯死而已。死
後殺不殺，非傳義所有也。故下文云：「母寧夫人，而焉用老臣？」
孔義又引服虔云：「毋寧，寧也。寧自取夫人，將焉用老臣乎？」此
女叔侯正答夫人「不尚取之」之語。意謂先君與夫人有恩愛，於老
臣無有，故先君若有知而取，寧取夫人，不取老臣。是亦詛夫人死
而已。豈謂先君取夫人而殺之乎？於彼不得著殺之義，則於此亦不
得著殺之義，明矣！故服義自允，而「殺之」二字所當削者。〔註9〕

季案：于說在夫人詛女齊的部分，乍看也還合情合理。但是刪掉「殺之」
二字，那就是于鬯注，而不是服虔注了。訓解古籍，任意刪改文字，終究不
妥。至於在女齊詛夫人的部分，那就毫無說服力了，如果先君與夫人恩愛，
那麼先君去世時就該「取」夫人而去了。當時未「取」，現在君夫人為娘家講
幾話，慍罵幾句，朝臣就以這種不成理由的理由回罵，幾近潑婦罵街，毫無
道理，孔疏說「杜以其言大悖，無復君臣之禮」，是很精當的。

五、高本漢《左傳注釋》對「不尚取之」的處理是：他先引了（一）杜預
說。（二）服虔說。（三）理雅各 Legge 說：「如果先君們能知道這件事，他們不
會贊同他的這種（受賄）作為。」引完之後沒有任何分析批評。最後列出他的
看法：（四）這句話應該是指女侯說的：「如果先君（悼公）能知道這件事，他
（女叔侯）也就「不會以收取（賄賂）為是（＝尚）了」。〔註10〕

季案：高注對「尚」字的解釋與杜注不同，但二者應該是同一個基本義所
引申出來的。杜注「尚」的意思是「高尚」（據孔疏），「不尚」就是「不以……
為高尚」、「不推崇」；高本漢先生的「尚」意思是「是（對、正確）」。二者都是
由「尚」的基本義「上」所推衍出來的。但是把「尚」釋為「是（對、正確）」，
好像沒有佐證。而且依高本漢先生的注釋「先君若有知也，不尚取之」，前句的
主語是先君，後句的主語是女叔侯，從語法的角度來看，不是很合理。

六、楊伯峻先生《春秋左傳注》釋「取貨」為「取杞田」，釋「不尚」為
「不佑助」：

---

〔註9〕于鬯《香草校書》（北京：中華書局，2000 年 10 月），頁 836～837。標點略有調整。
〔註10〕高本漢撰、陳舜政譯《高本漢左傳注釋》（臺北：國立編譯館編審委員會，1972 年
　　　 2 月），頁 499。

　　　取貨，杜注謂受賄。然下文叔侯答辭不辯受賄事，杜注疑不確。
取貨，仍是取杞田，田土亦貨也。尚，《爾雅・釋詁》「右也。」郝
懿行《義疏》：「《詩・抑》云：『肆皇天弗尚』，言天命不佑助也。」
此不尚取之，謂女齊不盡歸田於杞。先君有知，不佑助也。……服
虔云：「毋寧，寧也。」句謂先君若有知，寧使夫人自為之，何必用
我為之？寧使夫人自為之者，古代婦女不外交，則意謂此事先君亦
曰不當為也。〔註11〕

　　季案：楊伯峻先生疑杜注釋「取貨」為「受賄」，不確，以為「取貨，仍
是取杞田，田土亦貨也」。可是，「取杞田」不一樣是「受賄」嗎？叔侯答辭不
辯受賄事，並不代表他沒有受賄。從他理直氣壯地說明他為什麼為魯國保留
田地，因為魯國對晉國多所貢獻，為魯謀利也就是為晉謀利，我們可以合理
地推測：叔侯認為「取貨」是無需辯解之事（他認為這是他該得到的報酬）。
再說，在《左傳》的時代，「取田」恐怕比「取貨」嚴重。在先秦禮儀中，出
使他國，地主國和使者都會互贈禮物，只是禮之多少，一般都有慣例，超過
慣例就是賄賂；田地則不可能當成禮物私相授受。《襄公四年》：「和戎有五利
焉，戎狄荐居，貴貨易土，土可賈焉，一也。」把戎人「貴貨易土」認為是戎
人和漢人很大的不同，可知漢人是「賤貨貴土」。女叔侯被派出去歸田，要歸
的田應該都是很明確的，女叔侯再大膽，也不可能公然私吞這些土田。不知
道楊伯峻先生根據什麼理由說「取貨，仍是取杞田」？由《左傳》原文完全看
不出來，所以楊伯峻先生的學生沈玉成先生寫的《左傳譯文》對「齊也取貨」
這一句也只是含糊籠統地譯為「女齊辦事不得力」〔註12〕，並沒有接受楊伯峻
先生「取貨」是「取杞田」的這個意見。

　　楊注引郝懿行《爾雅義疏》釋「肆皇天弗尚」的「尚」為「佑助」，用來
解釋《左傳》此處的「尚」為「佑助」。季案：「右」字於此可能有兩種解釋，
一是幫助，事情未完成之前神明「幫助」完成；一是福祐，事情完成之後，神
明認為做得很好而庇祐之，賜之以福。楊注引郝說釋為「佑助」，顯然是採前
一義，依《左傳》記載，女叔侯已經把歸田的事情辦完了，神明不可能再「幫

---

〔註11〕楊伯峻《春秋左傳注（修訂本）》（北京：中華書局，1990 年 5 月），頁 1160～1161。
〔註12〕沈玉成《左傳譯文》（北京：中華書局，1981 年），頁 357。

助」他辦理歸田之事，因此晉悼夫人沒有罵女叔侯「先君不會『幫助』你」的
必要。

　　楊注「毋寧夫人，焉用老臣」，採用服虔說釋為「先君若有知，寧使夫人自
為之，何必用我為之？」這是合理的。但是接著說：「寧使夫人自為之者，古代
婦女不外交，則意謂此事先君亦曰不當為也」，就顯得有點多餘，「先君亦曰不
當為也」是指誰不當為（出使歸田）呢？如果指晉悼夫人不當為（出使歸田），
那是盡人皆知的事，先君不會說這麼無意義的話。如果是指女叔侯不當為（出
使歸田），那就變成女叔侯在罵自己。楊注最後這三句話實在讓人看不懂。

　　如果把楊伯峻先生的說法稍稍修正，如楊的學生沈玉成先生《左傳譯文》
是這麼說的：「晉侯派司馬女叔侯前來辦理使魯國歸還杞國土田的事情，但沒有
全部歸還給杞國。晉悼夫人生氣說：『女齊辦事不得力。先君如果有知，不會贊
助他這樣辦事的。』……叔侯說：『如果先君有知，就寧可讓夫人自己去辦，又
哪裡用得著我老臣？』」〔註13〕

　　這個譯文把楊注的缺點幾乎都改掉了（只保留了「佑助」）。這差不多是目
前大部分參考使用《左傳》的人比較接受的說法。時代最早、而且為鄭玄所欽
服的服虔注，目前似乎沒有人理會了。〔註14〕

　　隨著1899年甲骨文出土，有關甲骨的研究日益深入，我們發現甲骨文中
「取」字有一種用法，與《左傳》本節的服虔注密切相關，服虔注本節的「取」
為「取而殺之」，其實是有來歷的。甲骨卜辭中有「且乙取帚　大甲取帚　唐
取帚好」（《合集》2636）、「帝取帚好」（《合集》2637）、「婦好有取，不上」
（《合補》5554）等辭，李宗焜先生指出其內容是卜問哪個先王會把婦好的靈
魂取走、「取婦好」就是「先王取去婦好的靈魂」，意味婦好的死亡。〔註15〕陳
劍先生指出甲骨文中的「取婦好」與《尚書‧金縢》的「丕（備）子之責」密
切相關，都是指已經死去的先王希望他的身邊子孫齊備，因此把某人「取」

〔註13〕沈玉成《左傳譯文》（北京：中華書局，1981年），頁357。
〔註14〕趙生群《左傳疑義新證》（北京：人民文學出版社，2013年1月），頁296～297引朱
　　　　駿聲、王念孫說，贊成服注讀「尚」為「當」，釋「不尚取之」為「尚當取女叔侯殺
　　　　之」。但也沒有詳細解釋「取」為什麼可以釋為「取而殺之」。鄭玄欽佩服虔的《左傳
　　　　注》，把自己注釋已久的《左傳注》全部送給服虔，說見《世說新語‧文學》篇。
〔註15〕李宗焜《婦好在武丁王朝的角色》，2011年3月中研院史語所「第三屆古文字與古
　　　　代史國際學術研討會」論文，正式刊登於《古文字與古代史》（中研院史語所，2012
　　　　年3月）第三輯，頁100、103。

去，也就是要「取」某人的靈魂，對這個人而言就是「死亡」。「取」字的這種意義還見於西周金文、秦漢文字，如西周中期卯簋蓋銘（《集成》04327）「昔乃祖亦既令乃父死司荊人，不淑，取我家窣，用喪」，「窣」讀為「柱」，謂不弔昊天取去我家柱石之臣，因以不祿也」。睡虎地甲種日書《詰》篇「人恆亡赤子，是水亡傷（水罔象）〔註16〕取之」【65 貳簡背】，指嬰兒常夭折、不能順利養大。這是「水罔象」將嬰兒取去所導致」。甘肅天水放馬灘秦簡《日書》乙種的《納音五行》部分「【徵日卜：……子孫】蕃昌；少者以死，有口之者；母死，取長子；長子死，取中子；中子死，取少子」（108b）……諸有「取」字之文，皆謂家中某人死後，其鬼將為祟而把另一人取去，亦即將導致相應的某另一人之死。〔註17〕

　　李、陳二家對甲骨文這種「取」字的解釋非常合理。但是，先王為什麼要「取」子孫，甲骨卜辭中並未說明，我們只能做點推測。一個理由是死者對活人作祟，商人相信死去的先祖親人會害活著的親人，如《合集》5658：「羌甲求王　南庚求王」，裘錫圭先生讀「求」為「咎」，即卜問是已去世的羌甲或南庚帶給王災咎。〔註18〕此外甲骨文中「祖乙虫（害）王」、「父庚虫（害）王」、「父辛虫（害）王」、「妣己虫（害）王」、「兄丁虫（害）王」……等，數量極多，都是可能「害」王的人。〔註19〕祖、妣、父、母、兄都是自己的親人，為何要「咎王」、「害王」，難以理解，但既用「求（咎）」、「虫（害）」字，一般而言應該是負面意義的帶來災咎、加害的意思，可以等同於「施予災害」、「殺害」。前引李、陳二文所談到先王對婦好「取其靈魂」用的是「取」而不是「害」，應該表示意義不同，但也不排除有「咎害」的意思，至少「取走靈魂」對活人而言就已經是一種「咎害」了。至於陳文所舉卯簋蓋銘「不淑，取我家窣，用喪」、睡虎地甲種日書《詰》篇「水亡傷取之」、甘肅天水放馬灘秦簡《日書》乙種的「母死，取長子」等的「取」，看來就是「取其靈魂」，也就是「殺害」的意思。

---

〔註16〕釋「水亡傷」為《莊子・達生》的「水罔象」，是一種鬼怪，為劉樂賢《睡虎地秦簡日書研究》的意見。

〔註17〕陳劍《「備子之責」與「唐取婦好」》，中研院第四屆國際漢學會議，2012 年 6 月 20～22 日。

〔註18〕裘錫圭《釋求》，《古文字研究》十五輯，頁 204。

〔註19〕參《殷墟甲骨刻類纂》頁 683～686。

另一個理由是要子孫去服侍先王，這一點從甲骨文中似乎看不到確證〔註20〕，但是從《金縢》來看，顯然是肯定的。《金縢》中周公要以自己的生命替武王死去的理由是：「惟爾元孫某，遘厲虐疾。若爾三王是有丕子之責于天，以旦代某之身。予仁若考能，多材多藝，能事鬼神。乃元孫不若旦多材多藝，不能事鬼神。」《清華壹·周武王有疾周公所自以代王之志》〔註21〕作：「爾元孫發也，遘害虐疾，爾毋乃有備子之責在上。惟爾元孫發也，不若旦也，是仁若巧能，多才多藝，能事鬼神。」兩篇內容都明明白白地寫著，武王或周公到天上去的目的是「事鬼神」。因此《清華壹》此處所說的「備子之責」，指的當然不會是先祖只求子孫齊備在身邊，此處的「備」至少含有「齊備待用」的意味。前引陳文列舉的「備內官」、「備嬪嬙」、「備姓」、「備百姓」，〔註22〕都有「齊備待用」的意味，是嫁女侍候對方的謙詞。《清華壹》所稱的「備子」應該與之類似，也有「齊備待用」的意味。

綜上所述，「取婦好」一類的「取」，從商代起可能就有兩種意義，一類是單純的「取其靈魂」即「令其死亡」（周代以後繼承此義的「取」較多，前引陳文所不引上天取我家老柱臣，水罔象取人等都是），另一類可能是「取其靈魂，上天以侍侯尊長鬼神」。以這兩種意義來看《左傳》服虔注，似乎剛好可以解釋得非常恰當。

晉悼夫人氣女齊沒有把田地全還還給杞，因此罵道：「先君若有知，不尚取之」，服虔釋為「不尚，尚也。尚當取女叔侯殺之」〔註23〕，意思應該是「先

<hr>

〔註20〕李宗焜先生回覆筆者的請教時說：「唐取婦好」的作用，「甲骨文沒明說，但從傳統文獻的思維，服侍先王自有可能，或與先王同享祭祀。」

〔註21〕這是《清華壹》相當於傳世《尚書·金縢》篇的篇名，寫在該篇第14簡的簡背。就內容來看，這個篇名和《尚書·金縢》篇的篇名所指涉的內容是完全一樣的，雖然兩篇的文字有一些出入。因此一般引清華簡此篇，也有直接寫成《金縢》，並無不可。為了方便閱讀，引文均用寬式隸定。

〔註22〕《左傳·昭公三年》：「齊侯使晏嬰請繼室於晉，曰：『寡君使嬰曰：「寡人願事君，朝夕不倦，將奉質幣，以無失時，則國家多難，是以不獲。不腆先君之適，以<u>備內官</u>，焜燿寡人之望，則又無祿，早世隕命，寡人失望。君若不忘先君之好，惠顧齊國，辱收寡人，徼福於大公、丁公，照臨敝邑，鎮撫其社稷，則猶有先君之適，及遺姑姊妹若而人。君若不棄敝邑，而辱使董振擇之，以<u>備嬪嬙</u>，寡人之望也。」』」同樣嫁女給晉，前面稱「備內官」，後面稱「備嬪嬙」，其實都是嫁給晉君的謙卑之詞。至於「備三恪」、「備官」、「備器用」的「備」，就只有「齊備」的意思了。

〔註23〕「不尚，尚也」這種解釋，我們認為應該要非常謹慎。絕大部分這種句法都可以用反詰語來解釋，「不尚取之」應該也可以解為「不應當取了他的靈魂嗎？」也就是「不應當取其性命嗎？」

君應當取女叔侯的靈魂（就是殺了女叔侯）。」晉悼夫人這句話中的「取」只有「取其靈魂而殺之」，沒有「使子孫齊備以待用」的意思。女齊聽到以後，先為自己的作為進行辯解，最後說：「先君而有知也，毋寧夫人，而焉用老臣。」意思是：「先君如果有知，寧可取夫人的靈魂，讓你到天上去服侍先君吧！哪裡用得到我這個外姓的老臣呢？」這句話中的「取」，應該就有「使子孫齊備以待用」的意思。因為夫人你和先君是一家人，取你靈魂才能「使子孫齊備」。而我女叔侯和先君並不是一家人，年齡也大了，無法如先君意去侍侯先君啊！

　　女齊姓嬉（見下引《世本》注），與晉國君主不同姓（晉國姓姬），因此不能被晉先君取去以求「子孫齊備」。先秦以女為氏者，大約有以下數人：女艾（《左傳·哀公元年》「使女艾諜澆」，杜注：「女艾，少康臣。」）；女鳩、女房（湯之賢臣。見《史記·殷本紀》），這些人和女齊有沒有血緣關係，無可考。其後見於《左傳·莊公二十五年》有陳國的女叔：「陳女叔來聘，始結陳好也，嘉之，故不名。」杜注云：「女叔、陳卿，女氏，叔字。」楊伯峻先生以為：「女為其氏，彝器有女嫛彝〔註24〕（見右圖），叔為其字，傳云：『不名』可證。」則女為其氏，叔為其行次。晉國的女齊（即女叔侯、司馬侯。女為其氏，齊為其名，叔為行次，侯為其字，司馬為官職。）；女叔寬，女齊之子（《左傳·昭公二十六年》：「使汝寬守關塞。」又稱女寬、汝寬、女叔褎，名寬，字褎。）；女賈，魯大夫，季氏家臣（《左傳·昭公二十六年》「申豐從女賈。」）〔註25〕秦嘉謨輯《世本》以為這些都是周宣王時大司馬程伯休的後裔，嬉（喜）姓：

〔註24〕季案：楊伯峻舉此器以證明先秦有「女」氏，不可信。楊氏所舉此器並未注明見於何種著錄，遍查銅器著錄，未見「女嫛彝」，疑為《殷周金文集成》2579號之嫛鼎。清高宗敕編《西清續鑑甲編》卷二葉七名為周婦鼎；清吳榮光《筠清館金文》卷二葉十三名為商女嫛彝，全銘釋文作「女嫛莫刊王癸日賞嫛貝朋用作嫛尊彝」；羅振玉《三代吉金文存》名為𡠖鼎，《貞松堂集古遺文》卷三葉十二釋文作「□𡠖于王癸日寶𡠖貝二朋用乍𡠖障彝」。容庚《商周彝器通考》上冊頁309第（一四一）名為女嫛方鼎，全銘釋文作「女嫛覲于王。癸日賞嫛貝二朋。用作嫛尊彝。」銘文拓片見上，首字作「𡥀」，各家都當作不識字，只有吳榮光、容庚以為「女」，並不可信。從時代來看，此器多半屬殷晚（或周初歸順殷人作），首字應為族徽。器主名嫛，或可作嫛。金文「女」未有作氏名者，參張世超等著《金文形義通解》（京都：中文出版社，1996年3月），頁2817～2819。

〔註25〕以上參方炫琛《左傳人物名號研究》（政治大學學博士論文，1983年7月），頁113～116；又《左傳人物名號研究》（臺北：花木蘭出版社，2017年9月）下篇，67～71條，頁84～85。

夔方鼎

《殷周金文集成》
02579號

程。(《世本》:「顓頊生老童,老童生重黎。」太史公《自序》云:「重黎世序天地,在周,程伯休甫其後也。」韋昭《國語》注曰:「程,國;伯,爵;休父,名也。以諸侯為大司馬。」是程國亦嬉姓。)程氏。程伯休父為周宣大司馬,封於程,後遂為氏。(太史公《自序》、韋昭《國語注》、《廣韻‧二十四清》)司馬氏。程伯休甫當周宣王時,失其守而為司馬氏。司馬氏世典周史。(同右)女氏。惠襄之間,司馬氏去周適晉,有司馬侯,字女叔,為女氏。(同右。《左傳‧襄公二十六年》集解)〔註26〕

女齊姓嬉,和晉君姓姬不同一家。晉悼夫人來自杞國,姓姒,但既嫁給晉悼公,當然和晉君是一家人,因此女齊說先君若有知,要「取」人,那麼當然是「毋寧夫人,焉用老臣?」服注「取」為「取而殺之」的說法,乍看非常嚇人,但從孔疏引劉炫的話來看,服注是有一定道理的。劉炫說:「夫人慍而出辭,則其言當悖,直言不尚此事,所識大輕淺,非是慍之意。昭八年穿封戌云:『若此君之及此,追恨不殺靈王。』其意乃悖於此。蓋古者不諱之言。服虔之說,未必非也。」《醒世姻緣傳》引俗語說:「相罵沒好口,相打沒好手。」晉悼夫人怒罵女齊,詛咒他去死;而女齊也回罵晉悼夫人去死,看來也合情合理,而且更具有戲劇張力。更重要的是,依這種解釋,二人互相詛咒對方去死,都是當時禮俗還存有的現象,有典有據,不是潑婦罵街式的胡鬧。

杜預不接受服注,劉炫認為理由是「其言大悖,無復君臣之禮」,一位國君之母,先君夫人,應該是受過嚴謹的禮教訓練的,雖然生氣,但是不會開口就咒人死。另外一個理由,《左傳》中晉悼夫人生氣後說的話是:「齊也取貨。先

---

〔註26〕秦嘉謨輯《世本》,頁249。據漢宋衷注、清陳嘉謨等輯《世本八種》,上海:商務印書館,1957年12月。大字為《世本》本文,括弧內小字為秦嘉謨注。

君若有知也，不尚取之。」前後兩個「取」字，意義應該相同。女齊出使，貪取貨賄，先君如果有知，應該不會同意女齊的貪取。杜預這樣解釋晉悼夫人的話，比較符合先秦君夫人的教養形象。但是，從《左傳》中女齊聽到晉悼夫人罵他的話之後，回應了這麼長一大段，可以理解女齊應該是很生氣的。同理也可以證明晉悼夫人罵女齊的話不會輕描淡寫，很有教養，劉炫的分析是有道理的。至於服注把《左傳》前後兩個「取」字作了不同的解釋，這在古籍中也很常見，不是什麼重大的缺點。

　　以上所論服虔注中對「取」的解釋，可能服虔本人也未必能夠解釋得這麼清楚。但他的說法，應該是師承有自，其說也得到劉炫的贊同，可見得服虔、劉炫等學者的時代，學者對「取」的這種用法，應該還有相當部分的傳承及認識。學者或以為《左傳》本節的孔疏其實都是劉炫的話，〔註27〕但是既然被孔穎達收入正義中，至少可以代表他有一定程度的認同。也就是說，至少唐代的孔穎達對「取」的這種用法，也應該還有一定的認識。孔疏最後說：「服虔之說，未必非也。」我們非常同意這句話。

　　本文承讀書會張榮焜、金宇祥、黃澤鈞、駱珍伊、邱京、范天培、張鵬蕊、李志青諸君參與討論，提供意見。謹此致謝。

---

〔註27〕〔清〕劉文淇《左傳舊疏考正・五》，葉十九；收在《皇清經解續編》，冊十四，頁11164。

# 《禮記‧曾子問》「三月廟見」考辨

《禮記‧曾子問》:「三月而廟見,稱來婦也。」歷來的解釋非常紛紜,歸納起來有:(一)三月成婚說;(二)三月祭禰說;(三)三月成婦說等三種。本文從歷代學者的說法中擇要臚列,並一一加以考辨,以申明周代婚禮重在合二姓之好,女子出嫁前納采、問名、納吉、納徵、請期,都要在家廟中舉行,表示請祖宗同意把女兒嫁出去。而親迎成禮後三個月,男方也要安排一場廟見祭祖之禮,表示男方祖先正式同意接納這位新婦,這就是三月廟見。由於資料太多,本文的討論以與先秦典籍及其傳注有關的為主。

## 一、前 言

〈曾子問〉是《禮記》中頗為特殊的一篇,全篇採用一問一答的形式,記載了許多變禮,孫希旦《禮記集解》說:「此篇多記吉凶冠昏所遭之變,內子游問者一條、子夏問者一條,餘則皆曾子問而夫子答之者。亦有不言曾子問,直曰孔子曰者,或記者文略,或孔子自為曾子言之,不待其問也。蓋先王所著之為禮者,其常也,然事變不一,多有出於意度之外,而為禮制所未及備者,曾子預揣以為問,夫子隨事而為之處。蓋本義以起夫禮,由經以達之權,皆精義窮理之實也。」據此,我們可以透過〈曾子問〉篇的禮之權變,更深入地了解周代制禮的精神。此外,〈曾子問〉篇也保留了一些周代的禮俗,是研

究周代社會的很好的參考材料。由於經文簡略，加上古籍闕佚，使得後人對這些材料的解釋互相歧異，甚至彼此違戾。本文所要討論的「三月廟見」，便是與周代婚禮有關，而後代解釋莫衷一是的一段資料，原文如下：

> 孔子曰：「嫁女之家，三夜不息燭，思相離也；取婦之家，三月不舉樂，思嗣親也。三月而廟見，稱來婦也；擇日而祭於禰，成婦之義也。」

這是《禮記·曾子問》第十二章的文字[註1]，全章可分四節，一、二、四節都好解釋，只有第三節，異說紛紜，難以解決。歸納起來，可分三類：（一）三月成婚說；（二）三月祭禰說；（三）三月成婦說。以下本文擬對這些說法一一加以考辨，希望能決疑定衷，對周代婚禮的探討提供一些參考。

## 二、三月成婚說考辨

主張此說的，主要有劉向、賈逵、服虔、陳奐、劉壽曾等，綜合他們的說法，三月廟見是指周代大夫以上的貴族在結婚當夕不能和新娘同房，因為新娘嫁到夫家之後，必須經過三個月的考核。三個月後，如果考核通過，夫家便為新人舉行一場廟見之禮，新郎和新娘才可以同房成婚，然後新郎才可以派人把新娘來嫁時所帶來的馬送回去，這叫「反馬」。如果考核不通過，三個月一到，新娘便要自個兒坐著原來的車馬回娘家，接受解除婚約的命運。以下就是他們的說法及筆者的考辨：

### （一）劉向說考辨
《列女傳·卷四·齊孝孟姬》：

> 孟姬者，華氏之長女、齊孝公之夫人也，好禮貞一，過時不嫁。齊中求之，禮不備，終不往。不躡男席，語不及外，遠別避嫌，齊中莫能備禮求焉，齊國稱其貞。孝公聞之，乃脩禮親迎於華氏之室……孝公親迎孟姬於其父母，三顧而出，親授之綏，自御輪三，曲顧姬輿，遂納於宮。三月廟見，而後行夫婦之道。」

又同卷〈宋恭伯姬〉：

---

〔註1〕〈曾子問〉分章，各家不同，本文依據藝文印書館出版的嘉慶二十年江西南昌府學開雕重刊宋本《禮記注疏》的分法。

伯姬者，宋公之女、成公之妹也。其母曰繆姜，嫁伯姬於宋恭
公，恭公不親迎。伯姬迫於父母之命而行。既入宋，三月廟見，當
行夫婦之道，伯恭以恭公不親迎，故不肯聽命，宋人告魯，魯使大
夫季文子於宋，致命於伯姬……」

案：齊孝孟姬的事迹，史無可考，不知是劉向據傳說渲染而成，或根本就
是向壁虛造的。至於宋恭伯姬，這是一個春秋時代的名女人，因為以《春秋》
那樣寶貴的典籍，居然記載了九條有關他的事，而《春秋》三傳對這九條經文
的解釋又互有出入，《春秋》經文及三傳傳文如下：

1. 成公八年經：「宋公使華元來聘。」

   《左傳》：「宋華元來聘，聘共姬也。」

2. 成公八年經：「夏，宋公使公孫壽來納幣。」

   《公羊》：「納幣不書，此何以書？錄伯姬也。」

   《左傳》：「夏，宋公使公孫壽來納幣，禮也。」

3. 成公八年經：「衛人來媵。」

   《公羊》：「媵不書，此何以書？錄伯姬也。」

   《穀梁》：「媵，淺事也，不志。此其志何也？以伯姬之不得其所，故盡
   　　　　　其事也。」

   《左傳》：「衛人來媵共姬，禮也。凡諸侯嫁女，同姓媵之，異姓則否。」

4. 成公九年經：「二月，伯姬歸于宋。」

5. 成公九年經：「夏，季孫行如宋致女。」

   《公羊》：「未有言致女者，此其致女何？錄伯姬也。」

   《穀梁》：「致者，不致者也。婦人在家制於父，既嫁制於夫。如宋致女，
   　　　　　是以我盡之也。不正，故不與內稱也。逆者微，故致女。詳其
   　　　　　事，賢伯姬也。」

   《左傳》：「夏，季文子如宋致女。」

6. 成公九年經：「晉人來媵。」

   《公羊》：「媵不書，此何以書？錄伯姬也。」

   《穀梁》：「媵，淺事也，不志。此其志何也？以伯姬之不得其所，故盡
   　　　　　其事也。」

《左傳》:「晉人來滕,禮也。」

7. 成公十年經:「齊人來滕。」

《公羊》:「滕不書,此何以書?錄伯姬也。三國來滕,非禮也。曷為皆以『錄伯姬』之辭言之?婦人以眾多為侈也。」

8. 襄公三十年經:「五月甲午,宋災,伯姬卒。」

《穀梁》:「取卒之日加之災上者,見以災卒也。其見以災卒奈何?伯姬之舍失火,左右曰:『夫人少辟火乎!』伯姬曰:『婦人之義,傅母不在,宵不下堂。』左右又曰:『夫人少辟火乎!』伯姬曰:『婦人之義,保母不在,宵不下堂。』遂逮乎火而死。婦人以貞為行者也,伯姬之婦道盡矣!詳其事,賢伯姬也。」

《左傳》:「或叫於宋大廟曰『譆譆、出出』,鳥鳴于亳社,如曰『譆譆』。甲午,宋大災。宋伯姬卒,待姆也。君子謂宋共姬女而不婦,女待人,婦義事也。」

9. 襄公三十年經:「秋七月,叔弓如宋,葬宋共姬。」

《公羊》:「外夫人不書葬,此何以書?隱之也。何隱爾?宋災,伯姬卒焉。其稱謚何?賢也。何賢爾?宋災,伯姬存焉。有司復曰:『火至矣,請出。』伯姬曰:「不可。吾聞之也:『婦人夜出,不見傅母不下堂。傅至矣,母未至也。』逮乎火而死。」

《穀梁》:「外夫人不書葬,此其言葬,何也?吾女也。卒災,故隱而葬之也。」

《左傳》:「秋七月,叔弓如宋,葬共姬也。」

以上九條記載,從出嫁到埋葬,包括了伯姬的大半生。這些記載中,我們只能看得出伯姬是個極端的道德教條主義者,卻不能找到一絲三月成婚說的證據。其中第 5 的致女,依杜預注是「女嫁三月,又使大夫隨加聘問,所以致成婦禮,篤婚姻之好」,這種禮俗又見桓公三年《左傳》:「冬,齊仲年來聘,致夫人也。」杜預注:「古者女出嫁,又使大夫隨加聘問,存謙敬、序殷勤也。在魯則曰致女,在他國而來則總曰聘,故傳以致夫人釋之。」由此看來,《左傳》的致女、致夫人是指女嫁三月後,女方家長派人去看看女兒婚後的情況,與親家連絡感情。所以要等三個月,是避免太早的關心,反而會阻礙了女兒對夫家的適應。由此看來,致女只是常禮,沒有什麼特殊意義。

　　《公羊傳》的傳文說得不夠明白，所以注解家越注越玄，如何休注：「古者婦人三月而後廟見稱婦，擇日而祭於禰，成婦之義也，父母使大夫操禮而致之。必三月者，取一時足以別貞信，貞信著然後成婦禮。書者與上納幣同義，所以彰其絜，且為父母安榮之。言女者，謙不敢自成禮。婦人未廟見而死，歸葬於女氏之黨。」旭昇案：何注幾乎全部出自〈曾子問〉，但他把「婦」和「女」對立，以為「婦」已成禮，「女」未成禮。《春秋》經說致「女」，因此表示「謙不敢成禮」。這個說法有兩個疑點：（1）照何注，致女成婚是常禮，伯姬不敢自成禮，只是遵循正常的禮制，並不是什麼特別貞廉的事，不值得《春秋》記他一筆；（2）《春秋》經說致「女」，只是點明伯姬是魯女，與成婦與否無關。隱公二年《公羊傳》明明白白地說：「女曷為或稱女、或稱婦、或稱夫人？女在其國稱女，在塗稱婦，入國稱夫人。」在途中即可稱婦，入國即可稱夫人，〔註2〕可見《公羊傳》原本沒有「三月成婚」的說法，何休注「婦」「女」對待，也是不合傳旨的臆說。何休以下，所有主張「三月成婚」的公羊家，大概都是受了《列女傳》的影響。

　　《穀梁傳》的文字也說得不太明白，但傳文說「逆者微，故致女」，似乎如果逆者不微，就不用致女。致女與否，決定於逆者的顯微，致女的意義何在？委實教人猜不透。傳文說「致者，不致者也，婦人在家制於父，既嫁制於夫」，似是以「制」解「致」，所以鄭玄釋致女為「致之使孝，非是始致於夫婦也」，〔註3〕范寧也說成「致勅戒之言於女」，楊士勛疏說：「徐邈云：『宋公不親迎，故伯姬未順為夫婦，故父母使卿致伯姬，使成夫婦之禮。以其責小禮，違大節，故曰不與內稱，謂不稱夫人而稱女。』案：傳稱賢伯姬，而徐云責伯姬，是背傳而解之，故范以為謂致勅戒之言於女也。」據此，《穀梁傳》和早期的《穀梁》學者在解釋致女時，並沒有提到三月成婚的說法。

　　《春秋》三傳於此都沒有三月成婚的說法，那麼《列女傳》的說法又是從哪兒來的呢？筆者不敢斷然說它捕風捉影，向壁虛造，但前人確有這麼批評的，劉知幾《史通・卷十八・雜說下・別傳》條云：

〔註2〕《春秋・桓公三年・經》：「九月，齊侯送姜氏于讙。」《公羊傳》：「此入國矣，何以不稱夫人？自我言齊，父母之於子，雖為鄰國夫人，猶曰吾姜氏。」也可證明《公羊傳》主張「入國稱夫人」。

〔註3〕見《禮記・曾子問》疏引。

劉向《列女傳》云：「夏姬再為夫人，三為王后，……」校以年代，殊為乖剌。至他篇，茲例甚眾。故論楚也，則昭王與秦穆同時；言齊也，則晏嬰居宋景之後，今粗舉一二，其流可知。

觀劉向對成帝稱武、宣行事，世傳失實，事具《風俗通》，其言可謂明鑑矣！及自造〈洪範五行〉及《新序》、《說苑》、《列女》、《神仙》諸傳，而皆廣陳虛事，多構偽辭，非其識不周而才不足也，蓋以世人多可欺故也。嗚呼！後生可畏，何代無人？而輒輕忽若斯者哉？夫傳聞失真、書事失實，蓋事有不獲已，人所不能免也。至於故為異說，以惑後來，則過之尤甚者矣！案：蘇秦答燕易王，稱有婦人將殺夫，令妾進其藥酒，妾佯僵而覆之。又甘茂謂蘇代曰：貧人女與富人女會績，曰：『無以買燭，而子之光有餘，子可分我餘光，無損子明。』此並戰國之時游說之士寓言設理，以相比興。及向之著書也，乃用蘇氏之說，為二婦人立傳，定其邦國，加其姓氏，以彼烏有，持為指實，〔註4〕何其妄哉！

劉知幾的批評或許嚴厲了些，但確是事實。劉向「睹俗彌奢淫，而趙衛之屬起微賤、踰禮制」，所以「採取《詩》《書》所載賢妃貞婦興國顯家可法則，及孽嬖亂亡者，序次為《列女傳》」。這本書的寫作目的本非傳史，所以不但不必詳考真偽，甚至於還可以「廣陳虛事，多構偽辭」。不幸後人沒有把握此際，眩於劉向傳經之盛名，遂誤把《列女傳》當信史，倒果為因，反用《列女傳》之說注解《春秋》，真是可歎。

## （二）賈逵說考辨

《左傳・隱公八年・傳》：「四月甲辰，鄭公子忽如陳逆婦。辛亥，以媯氏歸。甲寅，入于鄭，陳鍼子送女，先配而後祖。鍼子曰：『是不為夫婦，誣其祖矣，非禮也，何以能育？』」

案：《左傳》這段文字，歷代異說很多，周師一田〈左傳先配而後祖辨〉已一一辨析，〔註5〕並駁賈逵說之謬。其結論大要為：《左傳》先說「入于鄭」，然後說「先配而後祖」，可見「先配而後祖」是「入于鄭」以後的事。周代大

---

〔註4〕見《列女傳》卷五〈周主忠妾〉、卷六〈齊女徐吾〉傳。
〔註5〕見《潘重規教授七秩誕辰論文集》頁69～78，臺灣師大國文系印行，1977年。

夫不得外娶，但是如果受命出使，順便外娶，則是被允許的。根據《左傳‧隱公三年》周鄭交質，鄭公子忽因此以人質的身份來到周。隱公七年，忽仍在周，而被周桓王所寵的陳桓公看上了，主動向鄭莊公提議要把女兒嫁給忽，莊公答應了。隱公八年，忽到陳國去迎娶嬀氏，依禮應有聘問之事，返抵國門時應先告廟，此之謂「祖」。鄭公子忽以為此行旨在親迎逆婦，因而忽略了返命告廟等禮節，所以陳鍼子譏他先配後祖，即重視婚配，忽略了反命告廟。由此看來，先配而後祖與三月成婚無關。

### （三）服虔說考辨

《禮記‧曾子問‧三月廟見》章孔疏：「若賈、服之義，大夫以上無問舅姑在否皆三月見祖廟之後乃始成昏，故譏鄭公子忽先為匹配乃見祖廟，故服虔注云：『季文子如宋致女，謂成昏。』是三月始成昏，與鄭義異也。」

案：「致女」與三月成婚無關，已見（一）劉向說考辨條下。茲不贅。

### （四）陳奐說考辨

《詩毛氏傳疏‧草蟲》篇疏：「傳云：『婦人雖適人，有歸宗之義。』以釋《經》未見、憂心。未見君子謂未成婦也，古者婦人三月廟見然後成婦。禮：未成婦有歸宗義。故大夫妻於初見時心憂之衝衝然也。《春秋》宣五年秋九月齊高固來逆叔姬，冬齊高固及子叔姬來。《左傳》：『冬來，反馬也。』杜注云：『禮：送女留其送馬，謙不敢自安。三月廟見，遣使反馬。』孔疏云：『禮：送女適於夫氏，留其所送之馬，謙不敢自安于夫，若被出棄，則將乘之以歸，故留之也。至三月廟見，夫婦之情既固，則夫家遣使反其所留之馬，以示與之偕老，不復歸也。』案：古者諸侯以上不取國中之女，反馬告寧，乃遣大夫行之。大夫無外交，不得取他國中之女。女歲歸寧，大夫不得親自反馬。故齊高固既取魯女而來反馬，示譏爾。然大夫禮亦三月廟見，亦留馬，留馬之禮即有歸宗之義。諸侯以上體尊無出，士卑當夕成昏，皆不歸宗。故此《傳》亦謂大夫妻而言也。《禮記‧曾子問》篇：『孔子曰："三月而廟見，稱來婦也。"曾子問曰："女未廟見而死，則如之何？"孔子曰："不遷於祖，不祔於皇姑，婿不杖、不菲、不次，歸葬於女氏之黨，示未成婦也。"』此亦大夫禮也，嫁不三月不成婦，死則歸黨，出則可以歸宗，全婦節，遂女志。」

又，〈葛屨〉篇「摻摻女手，可以縫裳」陳奐疏云：「女者，未成婦之稱。

〈有狐〉傳：『在下曰裳，所以配衣也。』今女手縫裳，是亦褊也。《禮記·曾子問》篇：『孔子曰：三月而廟見，稱來婦也。』隱八年《左傳》：『鄭公子忽先配而後祖，鍼子曰：是不為婦，誣其祖矣。』孔疏云：『賈逵以配為成夫婦也。禮：齊而未配，三月廟見然後配。』……《白虎通義·嫁娶篇》：『婦入三月，然後祭行。舅姑既沒，亦婦入三月奠菜于廟。三月一時，物有成者，人之善惡可得知也。然後可得事宗廟之禮。』何休注莊二十四年、成九年《公羊傳》，與《通義》同。然則大夫以上三月廟見成昏，與士當夕成昏禮異，漢人傳注皆同，唯鄭說不同。鄭《駁異義》云：『昏禮之暮，枕席相連。』《曾子問·疏》云：『如鄭義，則從天子以下至於士，皆當夕成昏，舅姑沒者三月廟見。故鄭〈成九年〉注云："致之使孝，非是始致於夫婦也。"又鄭〈隱八年〉注云："祖為祖道之祭。"是皆當夕成昏也。』案：毛傳雖無明文，然〈草蟲〉『未見君子，憂心忡忡』，傳云：『婦人雖適人，有歸宗之義。』謂未三月、未成婦，有歸宗義。是大夫以上皆三月成婦也。此傳云：『三月廟見，然後執婦功。』亦謂未三月未成婦，不執婦功也。庶人深衣無裳，而首章言縫裳，下章佩其象揥，亦是大夫攝盛之禮。則此詩亦不指士庶以下也。箋云：『未三月，未成為婦。』此鄭本古說。」

　　案：〈草蟲〉原文為：

　　　　喓喓草蟲、趯趯阜螽，未見君子，憂心忡忡。亦既見止，亦既覯
　　止，我心則降。

　　　　陟彼南山，言采其蕨，未見君子，憂心惙惙。亦既見止，亦既覯
　　止，我心則說。

　　　　陟彼南山，言采其薇，未見君子，我心傷悲。亦既見止，亦既覯
　　止，我心則夷。

　　《毛詩·序》：「〈草蟲〉，大夫妻能以禮自防也。」傳：「喓喓，聲也。草蟲，常羊也。趯趯，躍也。阜螽，蠜也。卿大夫之妻待禮而行，隨從君子。忡忡，猶衝衝也，婦人雖適人有歸宗之義。覯，遇。降，下也。」案：毛傳非常平實，意思是：女孩子雖出嫁了，但仍有被休的可能，所以本詩的女主角在還沒見到丈夫時，憂心忡忡地，怕不被丈夫喜歡。直到遇見丈夫，被接納了，才放下心來。新嫁娘有這種心理，原是極普遍的現象，和三月廟見無關。但

毛傳實在太簡略了，所以鄭箋說：「草蟲鳴，阜螽躍而從之，異種同類，猶男女嘉時以禮相求呼。『未見君子』者，謂在塗時也，在塗而憂憂不當君子，無以寧父母，故心衝衝然，是其不自絕於其族之情。『既見』，謂已同牢而食也。『既覯』，謂已昏也。始者憂於不當，今君子待己以礼，庶自此可以寧父母，故心下也。《易》曰：『男女覯精，萬物化生。』」案：鄭箋雖是大致遵照毛傳的解釋，但他把毛傳的「歸宗」解釋成「不自絕於其族之情」，顯然不是毛傳的本義。毛傳《召南‧草蟲》、《邶風‧燕燕》、《小雅‧黃鳥》三詩中都用到「歸宗」一詞，意思應該都是「被出還家」。〔註6〕鄭箋「不自絕於其族之情」的本義並不好懂，孔疏以為就是毛傳的意思。陳奐不肯接受鄭箋的說法，抓住「歸宗」一詞，強與「三月廟見」綰合為一事，又豈是毛傳的本義！

本詩如果依詩序說成是大夫的結婚詩，那麼依照周代禮儀，大夫不得外娶，新娘必然是本國人，而且新郎官一定要親自迎娶，〔註7〕親迎時「壻御婦車，授綏」，新娘已經見到新郎了，那麼詩文中的「未見君子」應該是指新郎官還沒到的時候，而不是鄭箋的「在塗」。「亦既見止」應該是指女方把新娘交給新郎的時候，而不是鄭箋的「同牢而食」，「亦既覯止」當和「亦既見止」同義，變換字面，是為了達到一唱三歎的歌詠效果。至此，新娘子已經「我心則降」，何待三月！

本詩如不從舊說，而逕自玩味詩文，全詩應是寫婦人懷念征夫，王質《詩總聞》、季本《詩說解頤》、屈萬里《詩經釋義》都是這麼主張，如據此說，本詩更與三月成婚無關。

〈葛屨〉的原文如下：

> 糾糾葛屨、可以履霜。摻摻女手、可以縫裳。要之襋之、好人服
> 之。

> 好人提提、宛然左辟、佩其象揥。維是褊心、是以為刺。

《毛詩‧序》：「〈葛屨〉，刺褊也。魏地陿隘，其民機巧趨利，其君儉嗇急，而無德以將之。」毛傳：「夏葛屨，冬皮屨，葛屨非所以履霜。摻摻，猶纖纖。

─────────────

〔註6〕〈燕燕〉「之子于歸，遠送于野」，毛傳：「歸，歸宗也。」〈黃鳥〉「言旋言歸」，毛傳：「婦人有歸宗之義。」

〔註7〕參周師一田〈春秋親迎禮辨〉頁101～162，《林景伊先生六秩誕辰論文集》，臺北：政大中文研究所。

婦人三月廟見，然後執婦功。」鄭箋：「葛屨賤，皮屨貴，魏俗至冬猶謂葛屨可以履霜，利其賤也。言女手者，未三月未成為婦。裳，男子之下服，賤，又未可使縫。魏俗使未三月婦縫裳者，利其事也。」案：毛傳、鄭箋都主張「三月成婦」，然後才可以執婦功，但陳奐一定要曲解為「三月成婚」，甚為無謂。他的理由是詩文用「摻摻女手」，而不用「摻摻婦手」。其實，經傳用字並沒有這麼嚴，如《儀禮》用字素稱嚴謹，而〈士昏禮〉從親迎的降階登車起稱婦，在這之前稱女。《公羊傳・隱公二年》說：「女：在其國稱女，在塗稱婦，入國稱夫人。」這些是尚未成婦的例子。《邶風・泉水》寫許穆夫人思鄉，詩云「女子善懷」，這是已成婦而仍稱女的例子，可見過份執著於婦或女的用字是沒有什麼意義的。

陳奐把毛傳的「婦人雖適人，有歸宗之義」為「禮：未成婦，有歸宗義」，雖只更動了幾個字，但易引起誤導，有偷天換日之嫌，因為文獻上找不出這樣的禮。他對〈草蟲〉、〈葛屨〉二篇的疏解，既非毛傳的原旨，更非《詩經》的本義，當然不能引來說明「三月廟見」為「三月成婚」。

### （五）劉壽曾說考辨

劉壽曾在〈昏禮重別論對駁議〉一文中大力主張三月廟見為大夫以上三月成婚之禮，[註8]全文採對辯形式，往返二萬餘言，歸納他的議論，除了羅列前述各家的舉證外，他最主要的論點是：大夫以上婚禮與士婚禮不同，三月廟見為大以上婚禮。支持這個論點的理由有四：（1）〈昏禮〉中有大夫婚禮，而且與士婚禮不同。（2）大夫三廟，所以能既廟見又祭禰；士一廟，所以士不可能既廟見又祭禰。（3）〈曲禮〉納女於天子，國君、大夫都有辭，士無辭。（4）〈昏義〉釋婦順，先說順於舅姑、和於室人，然後說當於夫，為大夫以上昏禮義。茲一一考辨如下：

### （1）〈昏禮〉中有大夫婚禮，而且與士婚禮不同

〈昏禮重別論對駁議〉第四條：「《左傳・宣五年・正義》云：『《儀禮》昏禮者，士之禮也，其禮無反馬，故何休據之作《膏肓》，以難《左氏》，鄭玄箋之曰："〈冠義〉云：無大夫冠禮，而有其昏禮。[註9]"』則昏禮者，天子、諸

---

〔註8〕見《皇清經解續編》第十一本第一千四百二十四卷，臺北：漢京文化事業有限公司，1980。

〔註9〕見《儀禮・士冠禮・記》，又見《禮記・郊特牲》。

侯、大夫皆異也。』先君〈中篇〉〔註10〕引之，謂天子、諸侯、大夫昏禮與士昏禮不同，蓋依據鄭義也。」

案：劉氏這段話全依《儀禮‧士冠禮‧記》，其實《士冠禮‧記》這段話是很有問題的，這段話的原文是：「無大夫冠禮，而有其昏禮。古者五十而后爵，何大夫冠禮之有？公侯之有冠禮也，夏之末造也。」照這段話來看，夏末以後明明已有大夫冠禮了，為何還說「無大夫冠禮」呢？況且大夫以上昏禮已不傳，如何知道大夫以上一定是「三月廟見」然後成婚呢？

### （2）大夫三廟，所以能既廟見又祭禰；士一廟，所以士不可能既廟見又祭禰

〈昏禮重別論對駁議〉第八條：「〈王制〉大夫三廟，一昭一穆，與太祖之廟而三；士一廟。是大夫有祖廟有禰廟，而士但有禰廟──〈祭法〉之士有二廟，與〈王制〉不同，先儒已駁其非。〈曾子問〉以三月廟見、擇日而禰分言，是廟見祭禰不同日，其不同日者，以不止一廟也。明乎此，而先君定（三月廟見）為大夫以上禮，通達無滯，而不必以經文未言大夫以上為疑也。」

案：三月廟見與擇日祭禰是否同一事，本文後半將有敘述，此先不論。〈祭法〉、〈王制〉所述廟制不同，〈祭法〉：「大夫三廟、二壇，曰考廟、曰王考廟、曰皇考廟，享嘗乃止。顯考、祖考無廟有禱焉，為壇祭之，去壇為鬼。適士二廟、一壇，曰考廟、曰王考廟，享嘗乃止，顯（皇）考無廟有禱焉，為壇祭之，去壇為鬼。官師一廟，曰考廟，王考無廟而祭之，去王考曰鬼。庶士、庶人無廟，死曰鬼。」〈王制〉：「大夫三廟，一昭一穆，與太祖之廟而三。士一廟，庶人祭于寢。」二說不同，鄭玄〈王制〉「士一廟」注：「謂諸侯之中士、下士，名曰官師者。上士二廟。」據鄭注，天子的中士、下士，及所有的上士都是二廟。劉壽曾說士只有一廟，所以三月廟見必然屬於大夫以上之禮。其論自欠周嚴。

### （3）〈曲禮〉納女於天子，國君、大夫都有辭，士無辭

〈昏禮重別論對駁議〉第八條：「納女之辭，天子、諸侯、大夫皆有之，而士、庶人無之者，天子、諸侯、大夫皆三月廟見然後成昏，士、庶人則當夕成昏，故有致女不致女之殊也。」

〔註10〕指劉壽曾之父劉毓崧之〈昏禮重別論〉之中篇。

案：《禮記‧曲禮下》：「納女於天子曰備百姓，於國君曰備酒漿，於大夫曰備灑掃。」鄭玄注：「納女猶致女也。婿不親迎，則女家遣人致之，此其辭也。」其實納女與致女不同，〈曲禮〉納女是常禮，鄭注致女是非常禮，周代婚禮中天子不親迎，使公卿攝行；諸侯親迎於境上，越國則卿為君逆，這些都是不親迎的常例，但新郎雖不親迎，也一定派大臣代他去迎接，沒有說由「女家遣人致之」的，鄭注謬甚。趙良澍〈讀禮記〉：「納女與致女不同。」其說甚是，〈曲禮〉的納女應該就是嫁女。其次，納女於大夫以上有辭，納女於士也一樣有辭，孫希旦《禮記集解》說：「愚謂：〈士昏禮〉問名，主人對辭曰：『吾子有命，且以備數而擇之。』若天子，則曰以備百姓之數而擇之；國君則曰備酒漿之數；大夫則曰備掃灑之數也。」孫氏把納女之辭和〈士昏禮〉「問名」對辭等列，足見他認為納女之辭是婚禮常例，應該在問名一節，而且士昏禮也應該有納女之辭。這是比較合理的解釋。劉壽曾採鄭注之說，已經有問題了，他又把鄭注的「致女」解成《左傳‧成公九年》的「致女」，而又不用鄭玄注《左傳》「致女」的解釋──「致之使孝，非是始致於夫婦也」──當然是離題愈遠了。

### （4）〈昏義〉釋婦順，先說順於舅姑、和於室人，然後說當於夫，為大夫以上昏禮義

〈昏禮重別論對駁議〉第八條：「大夫以上贊醴婦諸節無明文可證，其禮似當行於廟見之後。詳先君之意，亦以禮所未言，故就士之行於廟見前，以推大夫以上行於廟見後。……〈昏義〉之釋婦順，先言順於舅姑、和於室人，即所謂重在成婦，不係成妻也。繼言而后當于夫者，蓋順舅姑和室人之後，而後可以成昏也，此當是大夫以上昏禮。由是推之，大夫以上昏禮雖亡，其義尚可考而得。」

案：《禮記‧昏義》記婚後次日及第三天的儀節如下：「夙興，婦沐浴以俟見。質明，贊見婦於舅姑，婦執笲棗、栗、段脩以見。贊醴婦，婦祭脯醢祭醴，成婦禮也。舅姑入室，婦以特豚饋，明婦順也。厥明，舅姑共饗婦以一獻之禮，奠酬，舅姑先降自西階，婦降自阼階，以著代也。成婦順，成婦禮，明婦順，又申之以著代，所以重責婦順焉也。婦順者，順於舅姑，和於室人；而後當於夫，以成絲麻布帛之事，以審守委積蓋藏。是故婦順備而後內和理；內和理而後家可長久也；故聖王重之。」著代一節，鄭玄以為也許是大夫以上禮，鄭玄

注：「〈昏禮〉不言厥明，此言之者，容大夫以上禮多或異耳。」這個說法，後世禮家差不多都不贊成，孫希旦《禮記集解》說：「疏謂士禮饗婦與盥饋同日，此厥明饗婦為大夫禮，非也。〈士昏禮〉饗婦不言厥明，特文略耳。婦見之後繼之以醴婦，又繼之盥饋，禮亦煩矣，饗婦用其明日為宜。〈士昏禮〉饗婦之後又有饗送者之禮，亦不言明日，其為文略可知。」吳廷華《儀禮章句》、胡培翬《儀禮正義》大致相同。其次，依周代制度，男子三十而娶，〔註11〕五十而爵，〔註12〕那麼男子結婚時身份應該都還是士，自應採用士婚禮，所謂大夫禮，只是預備大夫喪偶再娶之用，〔註13〕那是特殊而罕見的禮制。〈昏義〉敘述士婚禮的一般意義，其中突然夾著一小節大夫婚禮，這是不太合理的。況且，即使厥明饗婦是一段大夫婚禮，也沒有任何理由可以說明它一定是在三月廟見之後才舉行的呀！

把「三月廟見」解釋成大夫以上迎娶之後三個月才能結婚的禮制，我認為是秦漢以後學者的臆想，其發生程序大約是劉向為了編《列女傳》的需要，把〈曾子問〉的三月廟見改造成「三月廟見始行夫婦之道」，隨後賈逵、服虔、何休、陳奐、劉壽曾等人又陸續把經傳中與三月有關的婚禮文字拉進來，儼然架構成一套大夫禮制。其實從內容來看，新娘嫁到男方，如果表現不佳，三月期滿後被遣返，必然是聲名敗裂，為人不恥的，還有可能像陳奐說的「全婦節、遂女志」嗎？從歷史文獻來看，周代如果有這種禮制，為何八百年中沒有一件考核不通過、不能完成廟見的記載？齊襄公的妹妹文姜，未出嫁前已與襄公私通，魯桓公三年九月文姜嫁給魯桓公，襄公還依依不捨地送她到魯國，這麼一個帷薄不修的女子，桓公居然也接納了，直到魯桓公十八年，文姜與襄公在齊國幽會，桓公陪著去，結果桓公在齊遇害。〔註14〕如果真有三月廟見始行夫婦之道的制度，文姜能通過考核嗎？

## 三、三月祭禰說考辨

主張此說的主要有孔穎達、夏炘、江永、王夢鷗等。他們的說法是：舉行

〔註11〕見《禮記‧曲禮》、〈內則〉、《穀梁傳‧文公十二年》、《周禮‧地官‧媒氏》。
〔註12〕見《禮記‧郊特牲》。
〔註13〕見《儀禮‧士冠禮‧記》「無大夫冠禮，而有其昏禮」鄭注。
〔註14〕見《左傳‧桓公三年》、《史記‧齊世家》、《詩‧齊風‧蔽笱》、《詩‧南山‧序》。

婚禮時，公婆仍然健在的，那麼新娘子在結婚的次日就要拜見公婆；如舉行婚禮時，公婆已過世了，那麼新娘子要在婚後三月之後祭拜公婆，相當於結婚次日拜見公婆的意思。這便是三月廟見。由於主此說的把廟見和奠菜、祭行糾在一起，所以我先把這些原文抄下，再引述各家之說，加以考辨。

《儀禮·士昏禮》：「若舅姑既沒，則婦入三月乃奠菜。」

《儀禮·士昏禮·記》：「婦入三月，然後祭行。」

## （一）孔穎達說考辨

《曾子問》：「三月而廟見，稱來婦也；擇日而祭於禰，成婦之義也。」鄭注：「謂舅姑沒者也。必祭成婦義者，婦有供養之禮，猶舅姑存時盥饋特豚於室。」孔穎疏：「若舅姑存者，於當夕同牢之後，明日婦執棗栗腶脩見於舅姑，……更無三月廟見之事。若舅姑既沒，……至三月乃奠菜於舅姑之廟。故〈昏禮〉云：『舅姑既沒，則婦入三月乃奠菜』是也。昏禮奠菜之後更無祭舅姑之事，此云祭於禰者，正謂奠菜也，則廟見、奠菜、祭禰是一事也。」

案：鄭注在「擇日祭禰」下注「謂舅姑沒者也」，孔穎達以為這個注應該包括「三月廟見」，而廟見、奠菜、祭禰為一事。這是最傳統的說法，接受的人最多。不過，廟見、祭禰若是同一件事，〈曾子問〉卻分為兩句來說，辭義重複，似可不必。

## （二）夏炘說考辨

夏炘《學禮管釋·九·釋廟見祭禰祭行為三事》：「若舅姑既沒，則三月祝率婦入廟奠菜，……其禮悉與見舅姑準。……祭禰者，象生時婦饋舅姑為之，……是祭禰當盥饋一節無疑。……至於三月祭行謂婦入夫家三月之後，四時之祭乃行，新婦得以與祭，注所謂助祭是也。」（鄭珍《儀禮私箋》說同。）

案：夏說雖駁孔疏，並明白主張廟見、祭禰、祭行為三事，但仔細看他的內容，其實和孔疏並無不同。以為舅姑既沒，三月入廟奠菜，與舅姑生時，昏後次日婦見舅姑禮同。

## （三）江永說考辨

江永《禮記訓義擇言》四：「三月廟見『稱來婦』，正與〈昏禮〉三月奠菜『稱某氏來婦』合，宜為一事。若擇日而祭於禰，則〈士昏禮〉『婦入三月，然後祭行』是也。……朱氏分廟見與奠菜為二事，謂祭行即廟見，謂舅姑存者亦

有廟見。愚謂舅姑存者亦有廟見,但有三月入廟助祭之禮,別無廟見祖舅祖姑之禮,孫婦見祖廟,自是後世俗禮,不可以例古人也。」

案:江永說孫婦見祖廟是後世俗禮,理由只是先秦古籍中看不到這樣的記載。然而古籍亡佚,禮經三百,今存十七,今人看不到的古禮太多,恐怕不能以現存典籍看不到便斷然否定它。

### (四)吳廷華說考辨

吳廷華《儀禮章句》「若舅姑既沒」注:「奠菜、祭菜,殺於正祭,此所謂廟見也。婦人必舅姑受之室使代己,而後主祭祀。舅姑在,則降阼階時已受之舅姑,與祭可矣!若舅姑沒則無所受矣,故於時祭之先行廟見之禮,以明其職之有所自受,然後可以助祭也。」(胡培翬《儀禮正義》說同。)

案:四時祭祀有定時,三月廟見則無定時(若舅姑既沒,婦入三月然後廟見,則廟見以婦入計時),吳廷華說「於時祭之先行廟見之禮」,時間上可能有問題。

### (五)王夢鷗說考辨

王夢鷗先生《禮記今註今譯》:「舊說此處讀為『三月而廟見,稱來婦也』,於是解說紛紛。今按:《韓詩外傳》卷二引此作『三月而廟見禰,來婦也』,禰即下文『擇日而祭於禰』之禰;來婦,謂來此為媳婦,亦即下文『成婦之義也』。《儀禮‧士昏禮》云:『若舅姑既沒,則婦入三月乃奠菜,祝曰:某氏來婦⋯⋯』云云,此處即申其義。」

案:王夢鷗先生根據《韓詩外傳》來更正傳統對〈曾子問〉的句讀,以支持三月廟見即三月祭禰之說。據商務印書館發行的《禮記今註今譯》附錄二參考書目,王先生採用的《韓詩外傳》是《漢魏叢書》本,而今所見新興書局出版的《漢魏叢書》中的《韓詩外傳》又是採用明萬曆間新安程榮刊本作底本。這個本子好不好,文字是否比較可信?以下,我把中央圖書館(今改稱國家圖書館)善本書室所藏各種版本《韓詩外傳》的用字羅列於後,看看「三月而廟見」之後的那個字到底是什麼?

明十行活字本作「稱」

嘉靖十八年薛來芙蓉泉書屋刊本作「禰」

嘉靖間吳郡沈辨之野竹齋刊本作「禰」

　　明覆刊沈辨之野竹齋本作「稱」〔註15〕

　　嘉靖間吳郡蘇氏通津草堂刊本作「稱」

　　萬曆間新安程榮刊漢魏叢書本作「禰」

　　明末何允中刊漢魏叢書本作「稱」

　　明末虞山毛氏汲古閣刊津逮秘書本作「稱」

　　以上八個本子都號稱明本，而字或作「稱」、或作「禰」，同是漢魏叢書，程榮刊的和何允中刊的就不同，那一個本子才對呢？

　　從版本學史來看，明代私刻水準之差，歷代無出其右，只有毛晉算是明代私人刻書中的傑出人物，汲古閣對版本的選擇很精，算是比較可靠的。此外，以刻工、版式來看，明覆刊沈辨之本也不錯，此本書首有元至正十五年錢惟善序，說是海岱劉貞來所刊，可見此本的原底本可能是元版，也算是比較可靠的。而以上兩個本子都作「稱」。

　　從校讎學來看，「稱」、「禰」二字的俗寫形近易混。「稱」的俗寫作「称」，「禰」的俗寫作「祢」，字形相似，明人刻書又好用俗寫，因而導致譌誤，其譌誤程序如下：稱－称－祢－禰。

　　從文義來看，〈士昏禮〉的「來婦」是個名詞，「稱來婦也」的「來婦」也是個名詞。改讀為「三月而廟見禰，來婦也」，其下句缺少動詞，如果依王先生解作「來此為媳婦」，則婦為動詞，先秦似乎沒有這種用法。

## 四、三月成婦說考辨

　　這一說認為周代婚禮中，新娘子嫁到男方，當夕成婚，但要在昏後三月廟見先祖，後才真正成為這個家族的一份子。主張此說的，主要有班固、朱子、萬斯大等。

### （一）班固說考辨

　　班固《白虎通・嫁娶》：「婦入三月然後祭行，舅姑既沒亦婦入三月然後奠菜于廟，三月一時，物有成者，人之善惡可得知也，然後可得事宗廟之禮，曾子曰：『女未廟見而死，歸葬于女氏之黨。』示未成婦也。」

　　案：《白虎通》把「婦入三月然後祭行」和「舅姑既沒亦婦入三月然後奠菜

〔註15〕案：此本版本有誤，書首木記沈辨之的辨寫成𨑊，一看即知是偽造。

於廟」分說，可見得認為是兩件事，但同樣「三個月」的要求，這是成婦的基本條件。

## （二）朱熹說考辨

朱熹《家禮‧昏禮》：「婦見舅姑：明日夙興，婦見於舅姑，舅姑醴之。婦見於諸尊長，若冢婦則饋於舅姑，舅姑享之。廟見：三日，主人以婦見於祠堂。」注：「古者三月而廟見，今以其太遠，改用三日。」〔註16〕

案：這是昏禮的第二節，前一節是婦見舅姑，可見舅姑健在。後一節是廟見，當然不是指舅姑既沒者。據注，朱子以三日廟見替三月廟見，足見朱子認為三月廟見是舅姑健在的常禮。

## （三）萬斯大說

萬斯大《禮記偶箋》：「三月廟見即士昏禮所謂婦入三月然後祭行也，謂行祭於高曾祖廟，此指舅姑在者言。擇日而祭於禰，即士昏禮所謂舅姑既沒，則婦入三月乃奠菜也。鄭注昏禮三月祭行為助祭，而不指為廟見，孔氏又因昏禮無廟見祖廟正文，遂於此條疏謂廟見、祭禰止是一事，然舅姑在者，高曾祖之廟，婦可以不見乎？下文云女未廟見而死，不祔於皇姑，可見廟見非指祭禰，何則？祔必以昭穆，孫婦必祔祖姑，皇姑祖姑也。生時未廟見，故死不遷不祔。〈昏禮‧記〉所謂三月然後祭行者，乃行祭於高曾祖廟，而以婦見與此記三月廟見之文相發，此謂士也。若大夫有始祖廟者，則並見始祖廟也。其或支子之小宗止有禰廟，則已見於己所得祭之廟，而餘廟則統於宗子以見之也。」

案：萬氏說廟見即祭行，未必正確。但他指出廟見對祖，而不是對舅姑，所以女未廟見而死，不遷於祖、不祔於皇姑，極有見地。論支子統於小宗，也合理可從。

## 五、結　語

以上有關三月廟見的三種說法，三月成婚說最不可信，三月祭禰說最傳統而有勢力，但我以為三月成婦說最合理，理由如下：

一、〈曾子問〉的「嫁女之家三夜不熄燭，思相離也；取婦之家三日不舉樂，

---

〔註16〕朱熹《儀禮經傳通解》中的〈家禮〉沒有這段文字。這段文字是據《五禮通考‧卷一五五‧宋昏禮》葉十七引。

‧555‧

思嗣親也；三月而廟見，稱來婦也；擇日而祭於禰，成婦之義也」，很明顯地是與婚姻有關的四件不同的事，嫁女之家與取婦之家不同，自然三月廟見也和擇日祭禰不同。廟見須三月，祭禰須擇日，是時間不同；廟見稱廟，祭禰稱禰，是對象不同。

二、古代婚禮自納采、問名、納吉、納徵、請期、親迎、成禮、見舅姑，直到廟見，才算真正完成。親迎成禮見舅姑的意義，人人知道，但在這前、後二階段的意義，一般人都不太留意，所以〈曾子問〉第十四章、十二章、十三章特別點出了這兩個階段的意義：

> 曾子問曰：「取女，有吉日而女死，如之何？」孔子曰：「婿齊衰而弔，既葬而除之。夫死亦如之。」

> 「三月而廟見，稱來婦也。擇日而祭於禰，成婦之義也。」曾子問曰：「女未廟見而死，則如之何？」孔子曰：「不遷於祖，不祔於皇姑，婿不杖、不菲、不次，歸葬于女氏之黨，示未成婦也。」

已請期而未親迎，而準新娘過世了，準新郎要為她齊衰而弔，可見夫妻的名份情禮不是從親迎才開始。新娘未廟見就過世了，必須葬回女方家，因為她還不是男方家族中的「婦」，可見夫妻關係也不是在親迎成禮見舅姑後便已完成。必須過了三個月，新娘子已經熟習新環境，已廟見先祖了，從此可以參與家族大事——祭祀了，她才正式成為男方家族中的一份子。由「不遷於祖、不祔於皇姑」可以知道，廟見所要請求認可的對象是祖、皇姑，而不是過世的舅姑，萬斯大的分析很有見地。

三、廟見所以必須在婚後三月，《白虎通》的解釋是「三月一時，物有成者，人之善惡可得知也」，這個解釋的前兩句不錯，末句嫌泛道德意味太強了。從周代制禮的精神來看，女子剛到新環境，諸多不習慣，需要慢慢學習、適應，三月之期正是供她學習、適應之用，三月之後，她便具有主持家務的能力了。所以周代婚禮與三月有關的節目很多，三月廟見、三月祭行（《士昏禮·記》）、三月致女（《春秋·成公九年·經》）、三月反馬（《左傳·宣公五年》）、若不親迎則婦入三月然後壻見（〈士昏禮·記〉），都是由於「三月成婦」的緣故，也都與舅姑存歿無關。至於〈士昏禮·記〉「若舅姑既沒，則婦入三月乃奠菜」所以也要等上三個月，原因也是「三月成婦」。否則如純從見舅姑著眼，

舅姑存者，結婚次日便已見舅姑，舅姑沒者，祭禰奠菜何必等上三個月？

四、或以為〈曾子問〉所載都是非常罕見的非常禮，所以三月廟見應該也是舅姑既沒的非常禮。的確，〈曾子問〉採問答形式的各章所記都是變禮，但有三章不是問答式，而直接記下「孔子曰」的，體例不同，內容性質似乎也不太一樣。除「三月廟見」外，另二章是：

> △孔子曰：「諸侯適天子，必告于祖，奠于禰，冕而出視朝，命祝史告於社稷宗廟山川，乃命國家五官而後行，道而出。告者，五日而遍，過是，非禮也。凡告，用牲幣。反，亦如之。諸侯相見，必告于禰，朝服而出視朝。命祝史告于五廟所過山川。亦命國家五官，道而出。反，必親告于祖禰。乃命祝史告至于前所告者，而後聽朝而入。」孔疏：「不云曾子問，直云孔子曰者，以此與上事連文。上既云以名徧告社稷宗廟，因論出朝告祖禰之事，此乃因上起文也。此篇之內時有如此，故下曾子問云……孔子曰：『嫁女之家三夜不息燭。』與此相類。」

> △孔子曰：「宗子雖七十，無無主婦；非宗子，雖無主婦可也。」
> 孔疏：「凡無問而稱孔子曰者，皆記者失問也。」

案：孔疏二章發二凡，無宗子章也許是記者失問，其內容也是非常禮。但天子諸侯章內容屬常禮，所以孔疏說是因上起文，又說嫁女之家章也是如此。由此看來，這三章不一定非是變禮不可。

五、《禮記·昏義》：「昏禮者，將合二姓之好，上以事廟，而下以繼後世也，故君子重之。是以昏禮納采、問名、納吉、納徵、請期，皆主人筵几於廟，而拜迎於門外，入，揖讓而升，聽命於廟，所以敬慎重，正昏禮也。」由於婚禮重在合「二姓」之好，因此對「廟」特別重視。廟是家族的象徵，女子離開娘家，嫁往夫家之後也要聽命於夫家的廟，三月廟見的意義就在這裡。

綜合以上的考辨，我認為「三月廟見」的解釋是：周代婚禮中，女子出嫁後三個月，男方要為她安排一場廟見祭祖之禮，象徵著男方祖先接受她為家中的一份子，從此賦予她「上事宗廟、下繼後世」的責任。

## 參考書目

1. 《列女傳》，劉向，中華書局。

2. 詩毛氏傳疏，陳奐，廣文。

3. 昏禮重別論對駁議，劉壽曾，皇清經解。

4. 春秋左氏傳補注，沈欽韓，皇清經解。

5. 春秋傳，毛奇齡，皇清經解。

6. 春秋大全，胡廣，商務。

7. 春秋大事表，顧棟高，皇清經解。

8. 公羊逸禮考徵，陳奐，皇清經解。

9. 左傳先配而後祖辨，周師一田，潘重規教授七秩誕辰論文集。

10. 儀禮校勘記，阮元，皇清經解。

11. 儀禮鄭注句讀，張爾岐，學海。

12. 儀禮章句，吳廷華，皇清經解。

13. 讀風偶識，崔述，河洛崔東壁遺書。

14. 春秋昏禮餘論，周師一田，師大國文學報第二期。

15. 毛詩傳箋通釋，馬瑞辰，廣文。

16. 殷周制度論，王國維，商務王靜安先生遺書。

17. 王制著成之年代及其制度與周禮之異同，陳瑞庚。

18. 春秋穀梁傳注考證，齊召南，皇清經解。

19. 春秋親迎禮辨，周師一田，慶祝林景伊先生六秩誕辰論文集。

20. 禮記集解，孫希旦，商務。

21. 儀禮正義，胡培翬，皇清經解。

22. 學禮管釋，夏炘，皇清經解。

23. 儀禮私箋，鄭珍，皇清經解。

24. 禮記訓義擇言，江永，皇清經解。

25. 白虎通，班固，廣文。

26. 五禮通考，秦蕙田，新興。

27. 禮記偶箋，萬斯大，皇清經解。

28. 禮記今註今譯，王夢鷗，商務。

29. 韓詩外傳，韓嬰，中央圖書館善本書室。

　　本文發表於《中國學術年刊》第九期，1987 年。現僅就內容稍做修改，其餘注腳、參考書目均依原文未改。後來林素娟〈古代婚禮「廟見成婦」說問題探究〉，《漢學研究》第 21 卷第 1 期；虞萬里〈昏禮階級異同說平議：以〈士昏禮〉與《春秋三傳》、《列女傳》為中心〉，《中正漢學研究》2014 年第 1 期均有相關討論，可以參看。

# 周代試婚制度說的檢討

## 一、前　言

　　中國古代有試婚制度嗎？凡是探討過中國古代婚禮的人大概都會碰到這個有趣的問題。《中央日報》二月三日「文史周刊」登了管東貴先生的〈中國古代的娣媵婚與試婚〉一文，主張周代有試婚制。隨後九月二十五、二十六兩天，中副又刊登了傅隸樸先生的大作〈中國有過試婚制度嗎〉，痛斥中國古代有試婚制度之說。由於筆者曾對試婚制度的基本依據——三月廟見，做過一次尚稱廣泛的考察，而且對周代文化的性格很有興趣，因此筆者願意把三月廟見的考察擇要摘出，藉以看看周代有沒有試婚制度。

　　周代試婚制度的主要內容是：周代大夫以上的貴族在結婚的當天不能享有洞房婚花燭夜，因為新娘嫁到夫家之後，必須經過三個月的考核。如果新娘子在考核期間表現良好，那麼滿三個月後，夫家便為她安排一場名叫「廟見」的祭祀典禮，夫婦才可正式同房。然後新郎倌才可以騎著新娘來嫁時的馬匹，護送新娘子回娘家歸寧，這叫「反馬」。如果新娘子在考核期間表現惡劣、考核不佳，那麼三個月一到，新娘子便要自個兒騎馬回娘家，接受解除婚約的噩運了。由於考核期間新娘子不和新郎同房，所以即使試婚失敗，新娘子仍是清白的。

　　歷代主張周代有試婚制度的，說法大致都如上所述。由於管文又說「周人

克殷以前實行的是一種以生育與否為成敗標準的試婚制，克殷之後……乃改娣媵制……兼有行為試婚成份。」因此本文暫且把傳統的說法稱做「德行試婚制」，管文所謂周人克殷以前實行的叫「生育試婚制」。以下本文透過歷代主張周代有試婚制的學者所徵引的文獻，擇要加以檢討辨正，以證明這些主張都是出於附會。由於管文發表在先，本文就先由娣媵婚談起。

## 二、娣媵婚和試婚制無關

娣媵婚是周代的特殊婚禮之一，《詩經》上說：「韓侯娶妻……諸娣從之。」《公羊傳》說：「諸侯娶一國，則二國往媵之。」這種姊妹同嫁一夫的情形，就叫娣媵制。娣媵制並不是規定姊妹一定要同嫁一夫，只是可以有這種做法而已。娣媵婚的目的及其起源，由於年代久遠，資料太少，很難有確切的結論。管東貴先生說娣媵婚的目的是要多生孩子，這是傳統的講法，和《白虎通·嫁娶篇》說的「重國、廣繼嗣」意思是一樣的。至於說娣媵婚是源於試婚制度，不但在文獻上找不出證據，而且在邏輯上也站不住腳。管文說「周人的娣媵婚兼有行為試婚的成份」，行為試婚也就是前面所說的德行試婚。就事實而言，娣媵婚的目的是多生孩子，德行試婚制卻規定夫婦在試婚期間不准同房，這兩者有著根本上的矛盾，不知道周人的娣媵婚怎樣可以「兼有行為試婚的成份」？

就現存文獻來看，我們找不出「周人娣媵婚兼有行為試婚的成份，甚至於連證明周初有生育試婚制的效力都沒有，因為：

生育試婚制的成立應該包含兩個要件：一是試婚期間女子懷孕了，應該有一種儀式宣布試婚成功，正式結婚。二是試婚期間女子未能懷孕，就算試婚失敗，婚姻取消。從文獻來看，周代婚姻中有沒有這兩項要件呢？如果沒有，我們就不能說周初曾實施生育試婚制。人類一切的婚姻制度都是為了保障獲得子嗣而設，無子可以出妻，也是保障的方式之一，但是只要它不具備上述兩個要件，我們就不能同意它是源於試婚制度。管文說無子出妻、娣媵婚的根本用意都是在保障娶方獲得子嗣，「只是保障的辦法不同，但都可能是源自生育試婚制的遺跡。」照這個邏輯，古代人類一切婚姻制度的根本用意幾乎都在保障獲得子嗣，雖然保障的辦法不同，但都可能是源自生育試婚制的遺跡。然而，事實真是如此嗎？

《周易·歸妹》卦說：「歸妹以娣，反歸以娣。」把媵解釋成姊姊，見惠棟

《易說》。管文把這句爻辭解釋成「姊姊出嫁，因不生育而遭遣回，把妹妹再嫁過去」，用來證明周初民間還在實行生育試婚制。就字義而言，把「歸」解釋成「被夫家遣回」是可以的，但是有什麼證據說被遣回的原因一定是不能生育呢？《易經》是占卜之書，文辭簡單，本來是允許算命者做各種引伸、猜測，學者引以為史料時卻不可以隨意引伸、猜測，學術工作和算命終究是不一樣的。

總之，管文用來支持試婚制的理由，證據力都很薄弱，難以令人信服。娣勝婚自有他「廣繼嗣」、「結外援」的作用，何必一定要附會試婚制？因此，由娣勝婚的存在並不能證明周代有試婚制。

## 三、《禮記》的「三月廟見」不是試婚制

《禮記·曾子問》篇說：「三月而廟見，稱來婦也。」歷代學者對這一段文字的解釋很不一致，概括地說，可以分成以下三派：

### （一）三月廟見是試婚三月後的廟見成婚之禮

主張這一說的學者認為〈曾子問〉篇又說：「女未廟見而死……歸葬於女氏之黨，示未成婦也。」未廟見不能算成婦，可見得廟見的作用是成婦。而且未廟見而死稱「女」，不稱「婦」，婦就是太太，可見得三月廟見後夫妻才能同房，同房之後才能成「婦」。他們又鑑於《儀禮·士昏禮》中有當夜入洞房的記載，於是又說士以下結婚當天晚上入洞房，大夫以上必須三月廟見後才能入洞房。

這一派學者太拘泥於「女」和「婦」用字的不同，事實上「婦」有兩個意義，對丈夫而言，「婦」是「太太」。對公婆而言，「婦」是「媳婦」，因為古代婚禮是家族的大事，所以《禮記》上的「婦」，多半是指媳婦，成婦只是「成為這個家族的媳婦」的意思。《禮記》用字並不是很嚴格的，〈曾子問〉篇說：「女未廟見而死……不遷於祖、不祔於皇姑、婿不更、不菲、不次……。」如果未三月廟見，新娘不能稱婦，那新郎為什麼可以稱婿呢？可見得執著《禮記》的用字，以為三月廟見就是試婚三月後的廟見成婚之禮，並不能讓人信服。

### （二）三月廟見是沒有公婆的新娘子在婚後三月祭拜公婆之禮

在《儀禮·士婚禮》中，新娘子於結婚的次日就要見公婆。如果沒有公婆的話，那新娘子要在婚後三個月行祭拜公婆之禮，作用和結婚次日拜見公婆相當。《禮記·曾子問》篇說：「三月而廟見，稱來婦也；擇日祭而於禰，成婦之

義也。」鄭玄注:「謂舅姑沒者也。」孔穎達疏認為鄭玄的意思是指「三月廟見」就是「擇日祭禰」,是沒有公婆的新娘子在婚後三月祭拜公婆的禮節,由於這是十三經注疏中的講法,所以歷代相信它的人最多。

### (三)三月廟見是新婦三月祭祖之禮

主張這一說的學者認為「三月廟見」和「擇日祭禰」是兩回事,「三月廟見」是新婦祭祖之禮,「擇日祭禰」才是新婦祭拜已去世的公婆之禮。班固《白虎通》、朱子《家禮》、萬斯大《禮記偶箋》,都主張這一說。筆者以為這一說可以和《儀禮·士昏禮》的「婦入三月然後祭行」、「若不親迎,則婦入三月然後婿見」,以及《左傳》的三月「反馬」、三月「致女」等記載互相配合,是最理想的說法。鄭玄在《箴膏肓》中說:「婦入三月祭行乃反馬,禮也。」可見得鄭玄認為婚後三月祭行,然後才能反馬歸寧,而三月祭行和三月廟見有著相當密切的關係。我曾懷疑《禮記·曾子問》鄭玄注「謂舅姑沒者也」,只是指「擇日祭禰」,不包括「三月廟見」,《禮記》的原文是這樣的:

> 三月而廟見,稱來婦也。擇日而祭於禰,成婦之義也。

鄭玄注:

> 謂舅姑沒者也。必祭成婦義者,婦有供養之禮,猶舅姑存時盥
>
> 饋特豚於室。

鄭注中的「必祭」指「擇日而祭於禰」,「成婦義者」指「成婦之義也」,完全沒有談到「三月廟見」一句,因此我認為鄭注「謂舅姑沒者也……」只是解釋「擇日祭禰」,和三月廟見無關。而三月廟見就是前引「婦入三月祭行乃反馬」的「三月祭行」。孔穎達疏說「三月廟見」就是「擇日祭禰」,恐怕是對鄭玄注的誤解。

以上三說之中,第一說牽強附會,沒有事實根據。二、三兩說都可以成立,很難論定誰對誰錯。不管怎樣,從《禮記》的「三月廟見」不能證明周代有試婚制度,這一點是可以肯定的。

## 四、《左傳》的「致女」、「反馬」和試婚制無關

《左傳·成公九年》:

> 二月,白姬歸於宋。夏,季孫行父如宋致女。

服虔注：「季文子如宋，謂成昏。」（《禮記‧曾子問》孔疏引）由於二月魯國的伯姬嫁到宋國，夏、魯國派季孫行父去「致女」，服虔一推算，這中間剛好三個月，於是認為這就是周代的試婚制。伯姬二月嫁到宋國，經過試婚三月，順利通過考核，於是魯國派人去告訴伯姬可以結婚了，這是服虔對「致女」的解釋，歷代學者多不同意。所以杜預《左傳》注說：「女嫁三月，又使大夫隨加聘問，謂之致女。」換句話說：女兒嫁出去三個月後，已經適應了夫家的生活了，於是派人去探看一下，表示娘家的關心。至於間隔三個月才派人探看，恐怕含有避免干擾的意思，《顏氏家訓》說：「教婦初來，教兒嬰孩。」新媳婦剛到夫家，要學習、適應的東西很多。娘家太早派人探看致意，反而會干擾新媳婦的學習和適應。其次，就算有試婚制，伯姬的考核成績如何？能不能廟見成婚？這個決定權是操在男方家中，魯國嫁女兒，那裏有資格干涉試婚的成敗呢？可見得服虔對「致女」的解說不值得採信。

　　《左傳》又有「反馬」之說，宣公五年《經》：「秋九月，齊高固來逆叔姬。冬齊高固及叔姬來。」《左傳》：「冬來，反馬也。」歷代學者多有將「反馬」解釋成試婚制的（見第一節說明及下節陳奐疏），也有根本反對婚禮有反馬之制的（如《公羊》家何休寫了一本《左氏膏肓》，就否定反馬之制，傅隸樸先生即從此說。）筆者以為《左傳》雖文辭華麗，但也是先秦史書之一，似乎不宜輕易否定。何況鄭玄先在太學唸書，向第五元先（人名）學《公羊傳》，後來才向張恭祖學《左傳》。跟鄭玄同時的何休寫了一本《左氏膏肓》來批評《左傳》，鄭玄立刻寫了一本《鍼膏肓》來反駁他，何休覺得駁不過鄭玄，於是嘆道：「康成（鄭玄）入吾室，操吾矛，以伐我乎？」鄭玄既然學過《公羊傳》，當然能以《公羊傳》來伐何休，那麼鄭玄在《鍼膏肓》中說的：「高固以秋九月來逆叔姬，冬來反馬，則婦入三月祭行乃反馬，禮也。」似乎還是值得采信的。鄭玄反對試婚制，認為從天子到士都是結婚當天入洞房（《禮記‧曾子問》孔疏引），他的反馬只是歸寧的意思，沒有一點試婚制的味道。後代學者要嘛就相信《公羊》家何休的主張，否定有反馬；要嘛就接受鄭玄的解釋，以反馬為歸寧。如果既接受《左傳》反馬之制，又否定鄭玄歸寧之說，從心所欲，隨意解經，似乎不足為取。

　　由此看來，《左傳》的致女、反馬都和試婚制無關，因此我們不能從《左傳》中找出周代有試婚制的記載。

## 五、《詩經‧草蟲》篇不是試婚詩

《詩經‧召南》中有一篇〈草蟲〉詩，某些學者也把它解釋成周代的試婚詩，〈草蟲〉的原文如下：

> 喓喓草蟲，趯趯阜螽，未見君子，憂心忡忡。
>
> 亦既見止、亦既覯止，我心則降。
>
> 陟彼南山，言采其蕨，未則君子，憂心惙惙。
>
> 亦既見止、亦既覯止，我心則說。
>
> 陟彼南山，言采其薇，未見君子，我心傷悲。
>
> 亦既見止、亦既覯止，我心則夷。

這是一首婦人思念丈夫的抒情詩，全詩三章，每章頭兩句是「興」，次兩句是婦人敘述實情，最後三句是婦人敘述她的想念。如果換成白話，首章的意思如下：

> 草蟲嘰嘰地叫，阜螽撲撲地跳，丈夫遠在他鄉，我的心中好煩
>
> 惱。如果能見到他，如果能遇到他，我的煩惱才會消。

這是多麼真摯動人的抒情詩呀！二、三章雖然換了韻，意思完全一樣，但是，這麼明白易懂的一首詩，還是有人要說它是試婚詩。在這些人當中，主張最力的是清朝的陳奐，他在《詩毛氏傳疏》中說：

> （毛）傳云：「婦人雖適人，有歸宗之義。」以釋經「未見」、
> 「憂心」。未見君子，謂未成婦也。古者婦人三月廟見，然後成婦。
> 禮：未成婦有歸宗義，故大夫妻於初見時心憂之忡忡然也。《春秋‧
> 宣五年》「秋九月，齊高固來逆叔姬。冬，齊高固及子叔姬來。」
> 《左傳》：「冬來，反馬也。」杜注云：「禮：送女留其送馬，謙不
> 敢自安，三月廟見，遣使反馬。」孔疏云：「禮：送女適於夫氏，
> 留其所送之馬，謙不敢自安于夫氏，若被出棄，則將乘之以歸，故
> 留之也。至三月廟見，夫婦之情既固，則夫家遣使反其所留之馬，
> 以示與之偕老，不復歸也。」案：古者諸侯以上不娶國中之女，反
> 馬告寧，乃遣大夫行之。大夫無外交，不得娶他國之女，女歲歸寧，
> 大夫不得親自反馬，故齊高固既娶魯女而來反馬，示譏爾。然大夫

禮亦三月廟見、亦留馬，留馬之禮即有歸宗之義。諸侯以上體尊無
出，士卑當夕成婚，皆不歸宗，故此傳亦謂大夫妻而言也。《禮記·
曾子問》篇：「孔子曰：『三月而廟，稱來婦也。』曾子問曰：『女
未廟見而死，則如之何？』孔子曰：『不遷於祖，不祔於皇姑，婿
不杖、不菲、不次，歸葬於母氏之黨，示未成婦也。』」此亦大夫
禮也。嫁不三月不成婦，死則歸葬於氏之黨，出則可以歸宗，全婦
節、遂女志。

這一大段文字可以說是歷代學者中討論試婚制，而說解比較完備的一篇論述，
它囊括了反馬、廟見、歸宗等論證，用來說明〈草蟲〉篇中的「未見君子、憂
心忡忡」，是指新娘子剛嫁到夫家，害怕不能通過試婚期間的考核，因此憂心忡
忡。「亦即見止、亦既覯止，我心則降」，意思是三月廟見之後，與新郎成為配
偶，新娘才放心了。因此這是一篇試婚詩。

可惜的是，陳奐的疏解在外圍考證上充滿了附會，在詩文詮釋上充滿了曲
解。反馬、廟見的意義，前面已經說過了。陳奐固然沒有弄清楚，歸宗的意義，
陳奐也解釋得一團糟。歸宗的意思是：女子雖然出嫁了，但是和本宗的親戚關
係仍在，這個詞出於《儀禮·喪服》篇：「婦人雖在外，必有歸宗。」鄭玄注、
張爾岐《儀禮鄭注句讀》、吳廷華《儀禮章句》都說得很清楚。陳奐把歸宗說成
「被休棄歸返娘家」，雖沿襲毛傳，但顯然是錯誤的。

就詩文而言，「未見君子」不能解釋成未三月廟見。古代婚禮中，新郎必須
親迎新，在婚禮進行中，夫婦同牢而食，合巹而飲，未見君子，這個婚禮要怎
樣舉行呢？三月廟見是見祖宗，「亦既見止、亦既覯止」是指遇到、見到丈夫，
二者怎樣也不能附會在一塊兒呀。

歷代贊成周代試婚制度說的當然不止以上這些，本文只能舉出其中最重要
的幾家。清朝劉壽曾有一篇《昏禮重別論對駁議》，用了二萬多字來說明周代有
試婚制，但是考證過於繁瑣，本文無法一一列舉，有興趣的讀者不妨去找來看
看。這篇文章收在《皇清經解續編》第一千四百二十四卷，《皇清經解（正、續）》
這套書，各大圖書館都會有。

## 六、試婚制度說源於《列女傳》

以上本文列舉了先秦典籍中可以被後世解釋成試婚制的文獻資料，在先

秦典籍中，沒有一段文字很明確地說明周朝有試婚制，所有關於試婚制的解說全都是後人的猜測，那麼這些猜測是那裡來的呢？非常荒謬的，這些猜測最早似乎是得自一部小說的啟示——劉向的《列女傳》。《列女傳·卷四齊孝孟姬傳說》：

> 孟姬者，華氏之長女，齊孝公之夫人也，好禮貞一、過時不嫁……
> 孝公親迎孟姬於其母，三顧而出，親迎之綏，自御輪三，曲顧姬輿，
> 遂納於宮。三月廟見，而後行夫婦之道……

這是最早標出「三月廟見而後行夫婦之道」的文字，何休、賈逵、服虔的年代都在劉向之後，就現存文獻料來看，說何、賈、服的試婚制是受劉向列女傳的影響，這是很有可能的。《列女傳》是一本小說，劉向鑑於西漢末年社會風氣日趨敗壞，於是蒐集了一些傳說佚聞中的女性故事，編成一部《列女傳》，希望女孩子讀了這些故事後能變得貞靜專一，嫻淑有禮，其性質和《女四書》、《女兒經》一樣，並不是很嚴肅的學術著作。舉例來說，杞梁之妻在《禮記·檀弓》篇中只是六十餘字的一段史事，到了《列女傳》中就加進了哭城、投水等荒誕不經的民間傳說，由此可見《列女傳》不是一本嚴肅的學術著作。我曾懷疑把三月廟見說成試婚三月，原來只是西漢少數塾師陋儒的誤解，由於恰合《列女傳》強調婦德的需要，於是劉向編《列女傳》時就採用了這一個說法，其作用只是嚇嚇女孩子，要她們好德易色、守禮貞一罷了。後人懾於劉向傳經的盛名，連帶也接受了《列女傳》中三月廟見的意義。（這只是筆者的一個推測，還沒有很充份的證據，姑且做為周代試婚制度說起源的一個假設。）

## 七、層累構成的周代試婚制度說

以上本文探討了先秦重要典籍和試婚制的關係，並且認定周代沒有三月廟見式的德行試婚制，也沒有以生育為標準的生育試婚制。至於這些試婚制度說的形成，我認為可以用「層累構成說」來解釋。顧頡剛在《古史辨》中說：「古史是層累造成的，發生的次序和排列的系統恰是一個反背。」當然顧氏早年研究古史的態度不夠嚴謹，許多論證也顯得大膽有餘，縝密不足。但「層累構成說」確實可以解釋某些古史中的不合理的現象。古禮是古史的一部份，當然也可能有這種現象。我們看德行試婚制最先由劉向在《列女傳》中不經意地提到，其後服虔用《左傳》的「致女」來附會它、賈逵用《左傳》

的「先配後祖」來附會它、何休用《公羊傳》的伯姬故事來附會他，到清朝的陳奐、劉壽曾，不但綜合以上各家之說，還又附會上《詩經》、《易經》，揮灑立論，言之鑿鑿，使德行試婚制由空穴來風的一句殘叢小語，衍變成一套嚴密周備的婚禮制度，這不就是「層累構成」的現象嗎！

至於生育試婚制的形成也是一樣。管東貴先生否認了郭沫若在《甲骨文字研究》中所提出的「娣媵婚源於群婚說」。人類社會有群婚制，這是每一個民族在草昧時期必經的階段。郭氏說娣媵婚源於群婚，還算是沾得上一些邊，他的錯誤只是在於把商朝那樣文明高度發展的王朝說成還在實施亞血族群婚制—這是最讓人無法接受的一點。然而，管文「娣媵婚源於試婚說」比起郭氏的主張來，似乎更教人驚駭——人類社會所以會產生試婚制，多半是由於該民族的宗教規定不准再娶，不准多妻，而人們為了繁衍子嗣的需要，又不得不防止娶來的女子有不孕的可能，於是發展出生育試婚制，把正式的結婚娶妻延到既有子嗣之後，既可確保有後，又不虞違背宗教規定，真是兩全其美的好辦法，可惜在古代中國並沒有產生這種婚制的必要條件——以周人允許一夫多妻（指包含一妻以外妾媵之類的各色名目）的情形來說，周代不須要試婚制；以孔子對周文贊美的情形來說，周代不可能試婚制；以先秦文獻的記載來看，周代根本沒有試婚制。管文以《易經》中一句占卜的爻辭推斷周初行生育試婚制，其後改行德行試婚制，這種推斷的考證基礎實在是太薄弱了。

## 八、結　語

周朝是中國歷史上文化高度發達的朝代之一，周公制禮作樂、孔子提倡仁愛，都是影響中國人既深且久的事，在這麼濃厚的人文空氣之下，居然會存在著極不人道的試婚制，這是很不可思議的。本文由考察證明先秦文獻中沒有記載試婚制的正面證據，也沒有當時人批評試婚制的反面證據，其結論只有一個，那就是：周代根本沒有試婚制，不管是生育試婚制，或是德行試婚制。

筆者基於對周文的尊敬，寫成這篇文字，或許也難免犯了主觀偏頗的毛病，如果有什麼不當的敘述，或遺漏了什麼重要的文獻，那是筆者才疏學淺，還得請方家們指教！

《中央日報》70（1981）年 10 月 30 日～11 月 1 日副刊連載。

# 論「昭明文選」和「文心雕龍」選文定篇的異同

## 一、結　論

　　文心雕龍是我國文學史上最有系統的一篇論文經典；文選則是我國中古文學史上最有名的一篇文學總集。據清人劉毓崧通義堂集書文心雕龍後一文所考，文心雕龍大約是在南朝齊明帝永泰元年到齊和帝中興二年（西元 498～502 年）之間寫成的。據繆鉞文選與玉台新詠一文所考，文選大約是在南朝梁武帝大通元年到中大通三年（西元 527～531 年）之間完成的。文心雕龍的作者劉勰和文選的總編輯有著相當密切的關係，南史劉勰傳說：

　　　　天監初，起家奉朝請……除仁威南康王記室，兼東宮通事舍人
　　　　（掌宣傳令旨內外宣奏之官）……遷步兵校尉，兼舍人如故。昭明
　　　　太子好文學，深接愛之。

　　二人個性接近，都長於佛理。舍人是左右親近之官，昭明太子對劉勰又「深接愛之」，所以後世許多學者認為文選的編纂受文心雕龍的影響很深，如：

　　　　「昭明太子纂集文選，為詞宗標準；彥和此書（文心雕龍），實
　　　　括大凡，妙抉其心，二書宜相輔而行者也。」——清孫梅四六叢話

凡例上「劉勰傳載其兼東宮通事舍人，深被招明接納，雕龍論文之言，又若為文選印證，笙磬同音。是豈不謀而合？抑嘗共同討論？」——駱鴻凱文選學纂集第一

「文選分體凡三十有八，七代文體，甄錄略備，而持校文心，篇目雖小有出入，大體適相吻合。文心……書中選文定篇，去取之情，復與昭明同其藻鏡。」——同上體式第四

「在評價作品本文的標準上，（劉勰）卻與當時的選文家相當接近，這可用文心雕龍所列述的各類文章與昭明文選所列載的各類文章比較而得。昭明文選除了下列『立言為宗』的作品，其餘選錄的十之八九都與劉勰『選文以定篇』的篇目相同。」中外文學八卷八期王夢鷗先生劉勰論文觀點的試測

當然，歷來反對這種說法的並不是沒有，齊益壽先生在第二屆中國古典文學會議發表的劉勰與蕭統文學觀之比較（學生書局出版之中國古典論文集不及刊載）就主張劉勰與蕭統的文學觀有著很大的差異，評價作品的標準和選文定篇也非常不同，並且以統計法，對二書的賦、詩、論、書互相比較，從而歸結出劉勰與蕭統二人文學觀的「巨大差異」！

這個結論正確與否，筆者不敢妄下雌黃，但是在齊先生的統計中卻存在著非常明顯的疏漏，照筆者的統計，結果卻和齊先生完全相反，以下便是筆者的統計與說明。由於詩賦共三十一卷，已佔了文選一半以上的篇幅；而書論一共不滿九卷，數量越少，統計的誤差越大，所以本文只以詩賦為代表。

## 二、文心和文選詩體的比較

| 作　　者 | 作品（文心） | 作　　者 | 作品數目（文選） |
|---|---|---|---|
| 張衡 | 怨篇 | 同上 | 1 |
| 曹丕 | | 同上 | 2 |
| 曹植 | | 同上 | 21 |
| 王粲 | | 同上 | 11 |
| 徐幹 | | 無 | |
| 應瑒 | | 同上 | 1 |
| 劉楨 | | 同上 | 10 |
| 嵇康 | | 同上 | 7 |

| | | | |
|---|---|---|---|
| 阮籍 | | 同上 | 17 |
| 應璩 | 百一詩 | 同上 | 1 |
| 張載 | | 同上 | 3 |
| 張協 | | 同上 | 10 |
| 張亢 | | 無 | |
| 潘岳 | | 同上 | 10 |
| 潘尼 | | 同上 | 4 |
| 左思 | | 同上 | 9 |
| 陸機 | | 同上 | 31 |
| 陸雲 | | 同上 | 5 |
| 張華 | | 同上 | 5 |
| 郭璞 | 仙篇 | 同上 | 5 |
| | | 束皙 | 1 |
| | | 謝靈運 | 38 |
| | | 韋孟 | 1 |
| | | 應吉甫 | 1 |
| | | 謝瞻 | 5 |
| | | 范曄 | 1 |
| | | 顏延年 | 21 |
| | | 丘遲 | 2 |
| | | 沈約 | 13 |
| | | 孫楚 | 1 |
| | | 謝朓 | 20 |
| | | 盧諶 | 5 |
| | | 鮑照 | 10 |
| | | 虞羲 | 1 |
| | | 何劭 | 3 |
| | | 王康琚 | 1 |
| | | 殷仲文 | 1 |
| | | 謝混 | 1 |
| | | 謝惠連 | 5 |
| | | 江淹 | 32 |
| | | 徐敬業 | 1 |
| | | 歐陽建 | 1 |
| | | 任昉 | 2 |

| | | 司馬彪 | 1 |
|---|---|---|---|
| | | 傅威 | 1 |
| | | 郭泰機 | 1 |
| | | 劉琨 | 4 |
| | | 王僧達 | 2 |
| | | 陸厥 | 2 |
| | | 范彥龍 | 3 |
| | | 陶潛 | 7 |
| | | 荊軻 | 1 |
| | | 劉邦 | 1 |
| | | 佚名 | 19 |
| | | 李陵 | 3 |
| | | 蘇武 | 4 |
| | | 傅玄 | 1 |
| | | 曹攄 | 2 |
| | | 王讚 | 1 |
| | | 棗據 | 1 |
| | | 張翰 | 1 |
| | | 王微 | 1 |
| | | 袁淑 | 2 |
| | | 劉鑠 | 2 |
| 計 20 人 | | 計 62 人 | |

　　由於文心雕龍另有樂府篇，本表以明詩篇為主，所以文選的樂府、挽歌二類不列入統計。

　　以上二者有著很明顯的不同，任何人看了都會說：文心和文選二者選文定篇差異性很大。所以齊先生說：

　　（1）文心所列作者共 20 人，其中 16 人（當係 18 人）同於文選，4 人（恐係 2 人）為文選所無。

　　（2）文選所列作者共 59 人（當係 62 人），其中 16 人（當係 18 人）同於文心，43 人（當係 44 人）為文選所無，故不同者約為相同者的二點七倍。

　　但是，當我們再進一步深入考察時，我們將發現這個結論似乎下得太匆促了些，因為：

　　（1）文心雕龍對南朝文人例不點名評述，明詩篇說：「宋初文詠，體有因

革，莊老告退，而山水方滋。儷采百字之偶；爭價一句之奇。情必極貌以寫物；辭必窮力而追新，此『近世』之所競也！」文心雕龍寫成年代距劉宋建國不過七十年，既稱宋初為近世，宋代文人或仍健在，不便加以品評，另一方面，當代作品的好壞，當代人自有評論，大家都很熟悉，文心也不用加以品評。所以文心雕龍的明詩篇只寫到郭璞，樂府篇只寫到陸機，詮賦篇只寫到袁宏，其他各篇尠有例外。而文選體例是不錄現人，因此文選作品年代最晚的是梁朝劉峻的辨命論，二書下限年代不一樣，怎麼可以籠統不分呢？文心雕龍是論文的書，品陟優劣，最易引起紛爭，所以下限年代要提早一些。文選是選文的書，一經品題，身價十倍，所以下限年代可以晚些，這種源於二書性質不同的差異，與文學觀無關。

（2）文選所錄漢朝以前的作品中，李陵、蘇武7首，文心以為恐怕不是漢代的作品，古詩十九首，文心以為「古詩佳麗，或稱枚叔，其孤竹一篇，則傅毅之詞，比采而推，兩漢之作乎！」這是基於作者認定的不同而產生的差異，就作品而言，我們不能說這是文選所收，而文心不論。

因此，文選詩作者62人，不在文心內的44人中，除去漢代的李陵、蘇武、古詩十九首，及南朝的陶潛、謝靈運、顏延年、鮑照、謝惠連、謝瞻、范曄、王僧達、王微、袁淑、劉鑠、丘遲、沈約、謝朓、虞羲、江淹、徐敬業、任昉、陸倕等22人外，我們可以得到以下的結論：

（1）文選詩作者62人，與文心相同的有18人，不同的有22人，大致相當。

（2）相同的18人，詩作共有一五九首，不同的22人，詩作只有34首，相同者的作品是不同者的四點七倍。

## 三、文心和文選賦體的比較

| 作　者 | 作品（文心） | 作　者 | 作品數（文選） |
|---|---|---|---|
| 荀況 | 禮賦 | 無 | |
| 宋玉 | 風賦 | 同上 | 4 |
| 陸賈 | 無 | | |
| 賈誼 | 鵩鳥賦 | 同上 | 1 |
| 枚乘 | 菟園 | 無 | |

| | | | |
|---|---|---|---|
| 司馬相如 | 上林 | 同上 | 3 |
| 揚雄 | 甘泉 | 同上 | 3 |
| 王褒 | 洞簫 | 同上 | 1 |
| 班固 | 兩都 | 同上 | 8 |
| 張衡 | 二京 | 同上 | 5 |
| 王延壽 | 靈光 | 同上 | 1 |
| 枚皋 | 無 | | |
| 東方朔 | 無 | | |
| 王粲 | | 同上 | 1 |
| 徐幹 | 無 | | |
| 左思 | | 同上 | 4 |
| 潘岳 | | 同上 | 8 |
| 陸機 | | 同上 | 2 |
| 成公綏 | | 同上 | 1 |
| 郭璞 | | 同上 | 1 |
| 袁宏 | 無 | | |
| | | 班彪 | 1 |
| | | 班昭 | 1 |
| | | 孫綽 | 1 |
| | | 鮑照 | 2 |
| | | 何晏 | 1 |
| | | 木華 | 1 |
| | | 謝惠連 | 1 |
| | | 謝莊 | 1 |
| | | 彌衡 | |
| | | 張華 | 1 |
| | | 顏延年 | 1 |
| | | 向秀 | 1 |
| | | 江淹 | 2 |
| | | 傅毅 | 1 |
| | | 馬融 | 1 |
| | | 嵇康 | 1 |
| | | 曹植 | 1 |
| 計21人 | 計31人 | | |

　　乍看之下，上表二書的差異性也很大，齊先生說：

（1）文心賦作者 21 人，其中 14 人與文選相同，7 人為文選所無。文選賦作者 31 人，其中 14 人與文心相同，17 人為文心所無。

（2）文心所列 21 人之中，有 11 人不列作品篇名，僅對作者作出評論，所列篇名共得 13 篇，其中九篇同於文選，4 篇不同。文選 31 名作者，所列篇名共得 55 篇，其中只有 9 篇同於文心，46 篇為文心所無。

（3）以作者言，由於文選有 14 人同於文心，17 人不同，故不同者多於相同者。以作品篇目而言，由於文選有九篇同於文心，46 篇不同，故不同者為相同者的五倍強。

齊先生所作結論的疏忽如下：

（1）南朝以下鮑照、謝莊、謝惠連、顏延年、江淹等五人不應列入。

（2）文心雕龍以論文為主，列舉篇名，旨在舉例，不求備舉。例如畋獵類，司馬相如有兩篇佳作，文心雕龍只能舉一篇為範例，文選就必須悉數網羅。以文心示範性的篇目和文選見好即錄的篇目同列並舉，這是不可能得到合理的結論的。

因此，要比較篇目必須文選和文選比較。文選和文心同樣都收錄的人戶者多半是一流作者，文選收錄而文心不收的作者多半是二流作家，偶有佳作，幸蒙收錄。文心收錄而文選不收的多半不是好作家，但在文體演進上佔有重要地位，文心不能不論及，但究其文筆，多非佳作。如果不能區別這三種情況，那麼文心雕龍明詩篇所列舉的詩作只有三篇，而文選所收詩作共 193 篇，不同的是相同的六十三倍，差異性豈不更大！比較同一文體中文心和文選所收錄作家的異同可以顯示出文心和文選對作家優劣認定標準的異同，而比較文選中與文心相同的作家的作品數，與文心不相同的作家的作品數的多少，可以證明前一項比較的正確與否。賦體比較的結論如下：

（1）文選所列賦作家中，和文心相同的有 14 人，不同的只有 12 人。

（2）相同的 14 人在文選中共有 43 篇賦，不同的那 12 個人，在文選中只有 12 篇，以作品而論，相同的是不同的三倍強。

## 四、結　論

筆者的說明中還遺漏了一項：沒有詳細說明為什麼「文心收錄而文選未收的多半不是好作家？」以賦體而言，荀子的賦只是賦體的濫觴，陸賈賦不傳，

枚皋作賦倚馬可待，定非佳構，東方朔賦失之滑稽，體近俳優。其他各家各體，大致類此，讀者可以很容易的在文學史中找到這一類的資料，本文就不多費筆墨了。

　　齊先生又從劉勰和蕭統的文學觀來說明二者的差異，從文選序來看，文選的文學觀有著文學進化論和唯美主義的傾向，這種傾向多少和文心雕龍是不同的。但是這些簡單的文學觀還不足以建立起一套文學理論，要把這兩種不成比例的文學觀互相比較，從而證明文心和文選的異同，這是本文的能力所無法做到的。本文只有一個目的，希望能說明，至少從文心與文選所列作品篇目之比較，無法歸結出劉勰與蕭統二人的文學觀的「巨大差異」！

# 散氏盤銘釋譯

　　散氏盤（夨人盤）是臺北故宮銅器三大重寶之一，是西周厲王時期的著名青銅器，清代乾隆年間在陝西鳳翔出土。盤內有銘文三百零五字，記載了散國和夨國的土地糾紛，在西周土地制度史上和裘衛鼎、佣生簋（格伯簋）同是非常重要的第一手資料。從孫詒讓、王國維以來，由於古文字之學的不斷進步，本器銘文內容大致已能全部解讀，但銘文中的人名，各家讀法差異極大，夨人有司十五人「鮮且散武父西宮襄豆人虞丂彔貞師氏右眚小門人繇原人虞荓淮嗣工虎孠霝豐父堆人有嗣彗丂」，至少有六種不同的讀法。至於「正履夨舍散田嗣土 𡥓 嗣馬單 人嗣工駄君宰德父散人小子履田戎散父教椉父襄之有嗣橐州㝬煲從𧆀凡散有嗣十夫」這一段，則至少有四種以上的讀法。究竟孰是孰非，必須細加探究。名字解詁在訓詁學上是一個夙為學者所重視的部門，本文希望利用前代學者所運用的訓詁學方法，嘗試著來解決散氏盤上的人名釋讀問題，同時也把全銘做了基本的釋譯。著錄用傳統簡稱，考釋諸家因王國維出處有二，故注釋加注出處，其餘各家均不再重複加注。

　　器名：西宮盤　西宮襄戎父盤　夨人盤　散盤

　　時代：西周中葉—韡華　西周厲王—大系

　　出土：陝西省鳳翔縣出土

　　收藏：故宮博物院（臺北）

著錄：積古 8.3

懤齋 16.4

周金 4.1

大系（初版）137

文錄 4.23

大系圖 151.錄 127.考 129

評註 111

三代 17.20.20-22〔註 1〕

通論 66:1（1)圖 253p90 插圖 13

故圖下上 210

選讀 46

金文集 304.305

河出 243

彙編 5

總集 6793

攗古 3-3.37

奇觚 8.21

故宮 1 期

韡華壬 3

文選上 3.22

小校 9.86

曆朔 4.34

通考 461:16 圖 836

積微 33

中華 74

通釋 24:191

書道 8081

永壽 3.10.13

銘文選.銘 1.268（428）考 3.297

邱集 7557

考釋：王國維〈散氏盤考釋〉，《海寧王靜安先生遺書·第五冊·古金文考釋》（臺灣商務印書館，1976 年 7 月臺一版），第 1999～2020 頁。

于省吾〈散氏盤銘〉，《雙劍誃吉金文選》（收入《彝銘會釋》，臺北：樂天出版社，1971 年 6 月），第 214～218 頁。

洪家義《金文選注繹》（江蘇教育出版社，1988 年 5 月），第 305～316 頁。

高鴻縉《散盤集釋》，臺灣師大《國文學報》1957 年 2 期。

裘錫圭〈西周銅器銘文中的履〉，《甲骨文與殷商史》第三輯，1991 年 8 月，第 427～435 頁。

器制：高 20.6　口徑 54.6　底徑 41.4 公分

銘文：19 行　305 字　重文 1

---

〔註 1〕見《羅雪堂先生全集》七編（臺灣大通書局，1968～1977），冊十七～二十。

用矢〔註2〕戕（撲）〔註3〕散〔註4〕邑，迺即散用〔註5〕田。履〔註6〕：
自瀗〔註7〕涉昌（以）南，至于大沽〔註8〕，一弄（封）；昌（以）陟、二
弄（封）；至于邊柳，復涉瀗，陟雺〔註9〕，叡䕻（邊）陕〔註10〕昌（以）
西，弄（封）于㡀（幣）䵼（城）糕（楮）木，弄（封）于芻逨〔註11〕，
弄（封）于芻道，內陟芻、豩（登）于厂㶡，弄（封）剒柈、陕陵、

---

〔註2〕矢：周人舊畿內小國，在今陝西寶雞地區。矢君稱王，傳世銅器多見。亦有單名
矢者、名白矢或矢白者、名姬矢或矢姬者等。王國維〈散氏盤跋〉云：「矢在散
東。」

〔註3〕此字舊釋撲。劉釗〈利用郭店簡字形考釋金文一例〉改釋䕻，見《古文字研究》24
輯，頁277～282，2002年。林澐〈究竟是「䕻伐」還是「撲伐」〉，《古文字研究》
25輯，頁115～118。隸「䕻」隸「撲」皆可通，茲依林說隸「撲」。

〔註4〕散：王國維〈散氏盤跋〉云：「此盤銘中多國名、地名，前人有為之說者，余以為
非知此器出土之地，則其中土地名無從臆說也。顧此器出世已逾百年，世絕無知其
淵源者，即近出之散伯敦、矢王尊亦然。嗣讀克鼎銘，其中地名頗與此盤相涉，如
此盤云『至于唯莫䕻井邑田』、又云『至于井邑』；克鼎則云『錫女井家䕻田于□』、
又云『錫女井䕻人』、又云『錫女井人奔于䕻』，知此盤出土之地距克鼎出土之地必
不遠，而克鼎出較後，器較鉅，世當有知之者，訪之十餘年莫能答。庚申冬日，華
陽王君文燾聞之陝人，言克鼎出處在寶雞縣南之渭水南岸。此地既為克之故墟，則
散氏故墟必距此不遠，因知散氏者即水經渭水注大散關、大散嶺之散。」據散白乍
矢姬匜，散與矢有婚姻關係。

〔註5〕用：因為。楊樹達云：「『用矢撲散邑，迺即散用田』，二用字皆當訓以。」（《積微居
金文說》卷一第三三葉〈散氏盤跋〉）案：二「以」字不同訓。楊氏謂皆當訓以，唯
前一「用」釋以，義猶「因為」；後一「用」釋以，義猶今之「用」。

〔註6〕履：舊釋眉，非。字又見大簋「豕侯昌睽履大易里」，吳式芬引許印林說釋履。此外
尚見五祀衛鼎「帥履裘衛厲田四田」，各家皆釋。九年衛鼎「矩迺眔濜舜令壽商眔
啻曰：顡湄（履）付裘衛林晋里」，裘錫圭先生以為亦履字。永盂「付永牵（厥）田，
牵（厥）達（率）履牵（厥）彊宋句」（率領勘定田界的人是宋句），吳鎮鋒、戚桂
宴皆釋為履。散盤此字章太炎釋履。格伯簋（倗生簋）「格白取良馬乘于倗生，牵
（厥）賈卅田，則析、格白履」，裘錫圭先生謂以上諸字皆當釋履，字從頁、從足、
（或從彳、從止、從水）從舟，眉省聲。《金文編》將散盤此字釋眉，其餘當作不
識字收在附下080、384、699等各條。履，謂履勘田界。

〔註7〕瀗：水名。王國維云：「銘中瀗水即渭水注中之扞水。」

〔註8〕大沽：地名，舊釋大沽。王國維云：「大沽者即（水經注）漾水注之故道水。」《銘
文選》從之亦釋為水名。旭昇案：其說恐非。水上不可以立封樹。

〔註9〕陟雺：登上雺，雺當是高地。

〔註10〕䕻陕：《大系》：「陟雺叡䕻陕，叡、讀如《詩·雲漢》『自郊徂宮』、〈絲衣〉『自堂徂基，
自羊徂牛』之徂，王引之云：『徂、猶及也。』（《經釋釋詞·卷八》）」義為到、往。
䕻、舊未釋，《金文編》置於附下五六〇號。旭昇案：以字形分析，從夊，從二田與
一田同，田當為聲符，則䕻即邊之初文，高平之地也，後世用原字。或釋䕻陕為地
名亦可。

〔註11〕據陳劍〈據郭店簡釋讀西周金文一例〉，《北京大學中國古文獻研究中心集刊》第二
輯，頁378～396。陳文似未引散盤此字，但依字形，應與陳文所釋同字。

剛柭，弄（封）于𣎴（巢）道、弄（封）于原道、弄（封）于周道，
昌（以）東弄（封）于䇂東彊右，還、弄（封）于履道，昌（以）南弄
（封）于𣃚莽道，昌（以）西至于堆莫。履井邑田：自根木道𠂇（左）
至于井邑弄（封），道昌（以）東、一弄（封），還、昌（以）西一弄
（封），陟剛、三弄（封），降昌（以）南弄（封）于同道，陟州剛、夆
（登）柭，降棫、二弄（封）。矢人有嗣（司）履田：鮮〔註12〕、且、敔
〔註13〕、武父、西宮襄，豆人虞丂〔註14〕、彔貞〔註15〕、師氏〔註16〕、右

〔註12〕鮮：人名，王國維〈散氏盤考釋〉以鮮且為一人，則下文荊丂為二人；郭沫若以鮮、
且為二人，乍看均可通。此矢人有司十五人，各家讀法不同，茲條列如下：
　　王國維：薰且、敔、武父、西宮襄，豆人虞丂、彔貞、師氏、右相、小門人謔、原
　　　　　　人虞莽、淮嗣工虎孝、倉豐父、堆人有嗣荊、丂。（王氏原文無標點，但後文
　　　　　　云：「凡眉田官四人、豆人五、原人一、淮與堆人五。」今姑依此意標點，
　　　　　　但淮嗣工以下五人不知王國維本意究竟如何斷讀。）
　　郭沫若：薰、且、敔、武父、西宮襄，豆人虞丂、彔貞、師氏右、𧜈、小門人謔、原
　　　　　　人虞莽、淮嗣工虎𡧑、𠕋豐父、堆人有嗣荊、丂。
　　高鴻縉：鮮且、敔、武父、西宮襄，豆人虞丂、彔、貞、師氏右𧜈、小門人謔、原
　　　　　　人虞莽、淮、嗣工虎孝、倉豐父、堆人有嗣荊、丂。
　　于省吾：鮮祖、敔、武父、西宮襄，豆人虞丂、彔貞、師氏、右省、小門人謔、原
　　　　　　人虞莽、淮嗣工虎、孝𠕋、豐父、堆人有嗣：荊、考。
　　洪家義：鮮、且、敔、武父、西宮襄、豆人虞丂、彔貞、師氏右、𧜈、小門人謔、
　　　　　　原人虞莽淮、嗣工虎孝、𠕋豐父、堆人有嗣荊丂。
　　馬承源：鮮、且、敔、武父、西宮襄，豆人虞丂、彔貞、師氏右𧜈、小門人謔、原
　　　　　　人虞莽、淮嗣工虎、𡧑𠕋、豐父、堆人有嗣荊丂。
　　裘錫圭：鮮、且、敔、武父、西宮襄，豆人虞丂、彔（麓）貞、師氏右、省、小門
　　　　　　人謔、原人虞芳、淮嗣工虎𡧑、𠕋丰父、堆人有嗣荊、丂。
　　以上諸說中，洪家義、馬承源均只有十四人，當有誤植。先秦人名以單名居多，複
　　名多另有意涵（雖然未必都能知道意涵），如果依這個原則，「鮮且」複名看不出有
　　什麼意涵，因此作為兩個單名比較合理。據此原則，鮮、且、敔、襄、丂、貞、謔、
　　莽、荊、丂（與豆人虞丂同名），應該也都是單名。
〔註13〕敔：應即𢼸旅。王國維〈散氏盤考釋〉云：「下記立誓者有有鮮且、𢼸旅、西宮襄、
　　　　武父，而無敔；此有敔而無𢼸旅，則敔與𢼸旅或一人也。」
〔註14〕豆人虞丂：王國維〈散氏盤考釋〉以為「豆，地名」，即銘末「矢王于豆新宮東廷」
　　　　之豆，此時屬矢。虞，王國維以為官名；丂，人名。
〔註15〕彔貞：王國維〈散氏盤考釋〉云：「虞、彔、師氏、右相、小門人皆官名，彔讀為
　　　　麓，《說文》麓之古文作𣏂，《左氏·昭十九年傳》：『山林衡鹿守之。』鹿亦麓也。」
　　　　貞，人名。
〔註16〕師氏：《周禮·地官·師氏》：「師氏、掌以媺詔王。以三德教國子：一曰至德，
　　　　以為道本；二曰敏德，以為行本；三曰孝德，以知逆惡。教三行：一曰孝行，以
　　　　親父母；二曰友行，以尊賢良；三曰順行，以事師長。居虎門之左，司王朝，掌
　　　　國中失之事，以教國子弟，凡國之貴遊子弟學焉。凡祭祀、賓客、會同、喪紀、
　　　　軍旅，王舉則從；聽治亦如之。使其屬率四夷之隸，各以其兵服守王之門外，且

眚（省）〔註17〕、小門人繇〔註18〕、原人虞芾（芳）〔註19〕、淮嗣（司）

躍。朝在野外，則守內列。」郭沫若《金文叢考・周官質疑》以為《周禮》此文揉合師保之師與師戍之師，必為後人所竄改。惟自金文觀之，師（師氏）雖源於武職，其職務以管理軍事為主，但亦可兼管教育、出入王命、賞賜、儐右、掌王家，或亦兼嗣寇、嗣士等司法吏治之職。（參劉雨《西周金文官制研究》頁四「師」）。王國維〈散氏盤考釋〉云：「師氏，右相官。而不名者，失其名也。」讀「眚」為「相」，現在大概沒有人接受了。郭沫若《大系》以師氏右眚一人。案：此處之師氏當讀斷，不應與下右眚為一人。裘錫圭〈西周銅器銘文中的履〉讀為「師氏右、省」，其意當以為「右」、「省」二人皆為師氏，或以為「師氏右」為官職加私名、「省」為一不帶職稱的私名。案：此處之師氏僅為矢國之官職，似不當有二師氏，履勘也不需要二師氏。裘氏斷讀恐以後說為是。

〔註17〕右眚：眚，當即眚史之省稱。眚史見鬲攸从鼎，劉雨《西周金文官制研究》云：「鬲攸从鼎有『王令省史南以即虢旅』句，該銘斷句一般都是斷為『王令省，史南以即虢旅』，這種句讀是不妥當的。我們認為應以『王令省史南以即虢旅』為句。省史是一職官名，南是省史之名。虢旅就是虢叔旅鐘之虢叔旅。此銘的意思是『周王命令省史南到虢叔旅那兒去』。《說文》：『省、視也。』省史可能是視察、執法之官。在鬲攸从鼎銘中周王命令省史南去處理鬲攸从對攸衛牧起訴的案件，這正是上述推測的有力佐證。楊樹達先生云：『省、罪也。其史司罪過之事，故曰省史。』（《積微居金文說》，頁28）楊氏之說是十分正確的。省史是掌管百官過失之史。」（頁32）旭昇案：楊氏、劉雨之說可信，本銘「右眚」之眚當即鬲攸从鼎之省史，以其分左右，故稱右眚。眚、省古本同字。師氏、右眚不帶私名，可能是任官已久，或親信於王，眾所熟悉。

〔註18〕小門人繇：劉心源云：「小門人當即《周禮》之門子。」（《奇觚》八・二六）案、《周禮・春官・宗伯》小宗伯職文云：「掌三族之別，以辨親疏，其正室皆謂之門子，掌其政令。」鄭注：「正室，適子也，將代父當門者也。」王國維〈散氏盤考釋〉以為官名。《大系》未釋，但於小門旁著一私名號，殆循上下文豆人、堆人之例，或以小門為地名。劉雨云：「小門人也可能是《周禮・地官・司徒》之司門，序官云：『司門，下大夫二人。』鄭注云：『司門，若今城門校尉，主王城十二門。』《左傳・哀公二十六年》有門尹。司門、門尹為掌管城門之職官。《國語・周語》中：『門尹除門。』韋注：『門尹、司門也；除門、掃除門廷也。』《周禮・天官・閽人》：『掌守王宮中門之禁。』注：『閽人、司昏晨以啟閉者，刑人墨者使守門。』小門人如果確係門官，那麼他的地位並不高，應是微官。」旭昇案、履勘地界，亦國家要事，司門閽者恐無資格參加（小門人應該不是門官。門官，《周禮》下大夫二人，地位也不算低）。劉心源說較合理。

〔註19〕原人虞芳：原、王國維〈散氏盤考釋〉云：「此即上原道之官。」劉心源、高鴻縉以下文之「淮」為人名，連上讀，高鴻縉云：「淮、王靜安與《大系》考釋均以為地名，讀屬下。縉疑關中有淮邑，至無徵信。且讀屬下，則似淮儼然一國而設有司空之官，更不可據，故仍從劉說以為人名，而讀屬上，蓋此芳、淮二人亦矢之虞官而籍隸原邑也。」旭昇案：此處為矢人有嗣履田者，如果「淮」字屬上讀，那麼下一人名「嗣工虎字」應該是中央官吏，不應該歸在矢人有嗣之列。

工（空）虎𡥈（孳）〔註20〕、𤔲（龠）豐父〔註21〕、堆人有𤔲（司）荆（刑）、丂〔註22〕，凡十又五夫。正履〔註23〕矢舍散田：𤔲（司）土（徒）〔註24〕𡳿（逆）𤲬、𤔲（司）馬𤐫（單）𤲬、邧人𤔲（司）工（空）駿君，宰德父。散人｛小子｝〔註25〕履田：戎、𢼸父、𢻠（教）、𤐫（䈞）父〔註26〕、

〔註20〕淮𤔲工虎孳：𤔲工，王國維〈散氏盤考釋〉云：「𤔲工即司空。」孳字舊釋孝，高鴻縉云：「𡥈、劉王俱釋孝，以虎為司空之名，孝𤔲、豐父為二人名。《大系》攷釋不從其說，以虎𡥈為司空之名。𤔲為籥師，屬下豐父。今按大系是也。司空為一國三司（司徒司馬司空）之一，只可一人充任，從未聞數人共位。倘依劉王說，則司空官人名之下，又接他人之名，而又無氏邑以別之，似數人俱為司空者，非違於事理，即涉於含糊。古人屬文，必不然也。」旭昇案：高說可商。一國三司的司空，不應出現在矢人有司之列，此處的「淮𤔲工」只是地方性的司工，這就像戰國秦漢官印中有很多「XX 司馬」，這一類的司工、司馬，都是地方性的官，不是一國三司之一。「淮𤔲工」的詞例，就像下文的「邧人𤔲工」。𡥈，張亞初〈甲骨文金文零釋‧釋孳〉（《古文字研究》六輯 165～166 頁）改釋為「孳」：「孳字从丰从子，丰為聲符，子為意符。幼兒生長發育日新月異，故寓有蓬勃興盛之意。」今從其說。

〔註21〕𤔲豐父：郭沫若以𤔲豐父為一人，《大系》云：「𤔲豐父、𢻠䈞父亦必一官一名。𤔲殆籥師、𢻠蓋校人。䈞即《汗簡》所錄𤐫字，乃果實之實之象形文。」旭昇案，郭釋𤔲為樂師，與上下人稱似同例，然古者樂師多由瞽者擔任，瞽者似無法勝任履勘地界之任務，且樂師之職務亦與地界無關，不應派其參與。疑𤔲亦為地名，或其他官名，待考。

〔註22〕堆人有𤔲荆、丂：堆、族邑名，王國維〈散氏盤考釋〉云：「此即上堆莫之官。」荆、丂應為二人，都是堆人有𤔲。「荆」即「刑」之古字。

〔註23〕正履：裘錫圭云：「『正』疑當作『正長』解。『正履矢舍散田』意即踏勘矢給予散的田地的長官。但是如果把『正』看作動詞，把『正履』當作跟『率履……』、『帥履……』類似的結構來理解，從文義上看也還是說得過去的。」據其意，正履四人當為中央所派遣或具有公信力之長官。

〔註24〕𤔲土：王國維〈散氏盤考釋〉謂此與下文之𤔲馬、𤔲工，即散之三司。裘錫圭以為他們可能是公家的官吏。「正履矢舍散田」以下之人名，各家解釋歧異頗大，茲條列於下：

王國維：𤔲土𡳿𤲬、𤔲馬𤐫𤲬，𤲬人𤔲工馬〇君，宰德父，散人小子，眉田戎𢼸父、𢻠父𤐫、憖之有𤔲橐、州𥅩、𢓜從罵，凡散有𤔲十夫。

郭沫若：𤔲土𡳿𤲬、𤔲馬𤐫𤲬，邧人𤔲工駿君，宰德父，散人小子眉田戎、𢼸父、𢻠𤐫父，裏之有𤔲橐、州𥅩、𢓜從𥅩，凡散有𤔲十夫。

于省吾：𤔲土𡳿𤲬、𤔲馬𤐫𤲬，邦人𤔲工駿君，宰德父，散人小子眉田：戎𢼸父、教𤐫父、憖之有𤔲橐、州、𥅩、𢓜從𥅩，凡散有𤔲十夫。

洪家義：𤔲土𡳿𤲬、𤔲馬𤐫𤲬，邧人𤔲工駿，君宰德父，散人小子，履田戎、𢼸父、教𤐫父、裏之有𤔲橐、州𥅩𢓜從𥅩，凡散有𤔲十夫。

裘錫圭：正履矢舍散田：𤔲土𡳿（逆）□、𤔲馬𤐫𤲬，邧人𤔲工駿君，宰德父。散人小子履田：戎、𢼸父、𢻠、𤐫父；裏之有𤔲橐、州、𥅩、𢓜、從、罵，凡散有𤔲十夫。

〔註25〕散人小子：王國維〈散氏盤考釋〉謂小子為官名。裘錫圭云：「散人方面有四個小子參加履田，在裘衛諸器所記的土地交接事件中，也都有小子參加，與此同例。」

〔註26〕教、𤐫父：教，郭沫若釋𢻠，以為校人，參 20 條注解。惟其說非是。裘錫圭以教為一人、𤐫父為一人，較可從。

襄之有嗣（司）橐、州、豪（就）、焂、從、爾〔註27〕，凡散有嗣（司）十夫。唯王九月辰才（在）乙卯，矢卑鮮、且、羼旅〔註28〕誓曰：「我戎（既）付散氏田、器〔註29〕，有爽，實余有散氏心賊，則金（鞭）千罰千〔註30〕，傳棄之〔註31〕。」鮮、且、羼旅則誓，迺卑西宮襄、武父誓，曰：「我既付散氏淫（隰）田〔註32〕、嗇田，余又爽鑾，金（鞭）千罰千。」

〔註27〕 焂從爾：王國維〈散氏盤考釋〉以為即鬲攸從之倒：「焂從爾疑鬲攸從之倒。案、閩縣陳氏有鬲从簋，涇陽端氏有鬲攸從鼎，銘中均有皇祖丁公、皇考更公語，自是一人所作。」案：其說非是。「橐、州、就、攸、從、爾」六人應皆為「襄之有嗣」。

〔註28〕 羼旅：羼，字不識，《金文編》置於附下一一八號。王國維〈散氏盤考釋〉謂羼旅即散。《大系》云：「羼字不識，當是動詞。旅當即鬲攸从鼎之虢旅，……羼殆含即、就、參、詣之意。」旭昇案、郭謂旅當即鬲攸从鼎之虢旅，「羼殆含即、就、參、詣之意」，當視羼為副詞或動詞，並無實據。王說以「羼旅」為人名，較可從

〔註29〕 田器：洪家義：「土田和農具。」馬承源：「即農具，錢鎛之類。」高鴻縉云：「器字前人俱未釋，各家均讀屬上，非也。全文乃矢歸散以田，而此忽言付散氏田器，上下不倫。且果是付散氏田器，則耒、耜、耙、鋤之類也，不但微末不足道，且上下文不一經見，決可知其非矣。……故器此處實與訓假設之『苟』同用。……此處『器有爽實』猶言『苟有失實』、『苟有虛妄』。」旭昇案：高氏疑之似有理，然「器」用為「苟」，文獻無徵。洪家義所釋可從。

〔註30〕 金千罰千：金、《說文》以為鞭之古文，舊皆釋爰，非，參四訂《金文編》四三二號。金千、鞭笞一千；罰千、罰千鍰也。總集1298號師旂鼎云：「唯三月丁卯，師旂眾僕不從王征于方，雷事夆友引曰（以）告于白懋父，才芽，白懋父迺罰得譖古三百寽（鍰）。」是周代罰金當以寽為單位。

〔註31〕 傳棄之：劉心源：「以傳車棄之。」高鴻縉：「傳播棄絕之。」馬承源：「執而放逐之，指官方執行此誓約。《孟子·萬章》：『庶人不傳質為臣。』趙岐注：『傳、執也。』」旭昇案：劉說是，傳可釋為遞解、逮捕，《史記·陳涉世家》：「宋留以軍降秦，秦傳留至咸陽，車裂留以徇。」遞解逮捕當以囚車，《史記·扁鵲倉公列傳》：「以刑罪當傳西之長安。」《索隱》：「乘傳送之。」文天祥〈正氣歌〉：「楚囚纓其冠，傳車送窮北。」與此同意。《孟子》「傳質」為「傳遞見面禮」，不是「執捕犯人」。

〔註32〕 淫田：吳大澂謂即隰田（《愙齋》十六冊第八頁），王國維〈散氏盤考釋〉云：「淫田、嗇田乃眉田之二邑。」高鴻縉：「知𤀪田為淫田，則嗇田必是乾田。」裘錫圭云：「吳大澂謂即隰田（愙齋十六冊第八頁），其說可信。《詩經》中屢以『隰』與『原』、『阪』或『山』對言，《邶風·簡兮》毛傳：『下濕曰隰。』《秦風·車鄰》毛傳：『陂曰阪，下曰隰。』《小雅·皇皇者華》毛傳曰：『高平曰原，下濕曰隰。』可見隰田就是地勢低下土質比較潮濕的田。《小雅·信南山》說：『畇畇原隰，曾孫田之。』《大雅·公劉》說：『度其隰原，徹田為糧。』這說明原田和隰田是古代最重要的兩類田（原田之稱見《左傳·僖公二十八年》晉輿人之頌）。《毛傳》說『下曰隰』，隰田也未嘗不可以稱下田，上田大概就是原田（《小雅·正月》所說的『阪田』之類的田，或許也可以包括在上田之內）。散氏盤的嗇田與卜辭上田同意。嗇當從爿得聲，爿本是『牀』的初文，『牀』和從『爿』得聲的『狀』、『牆』等字，古音都跟『上』很接近，也許『嗇田』之稱就是由『上田』變來的。從上引關於『淫田』、『上田』的卜辭來看，原田和隰田在商代大概已經是最重要的兩種田了、上引《屯南》3004第一辭說『屯用林于隰田』，第二辭說『弜屯，其[土+弓]新東』，第三辭說『更新東屯用上田』，似是卜問用草木禾稈等物為隰田、上田施肥之事的。」（〈甲骨文

西宮襄、武父則誓，氒（厥）受（授）圖〔註33〕，矢王于豆新宮〔註34〕東廷。氒（厥）ナ（左）執縷〔註35〕，史正中農。

中所見的商代農業》）馬承源：「淫讀為照……《詩・周頌・載芟》：『千耦其耘，徂照徂畛。』鄭玄注：『照謂發田也；畛謂有路徑者。』」以五祀衛鼎「氒逆彊眔屬田，氒東彊眔散田，氒南彊眔散田，眔政父田，氒西彊眔屬田，邦君屬眔付裘衛田」等敘述例之，裘說有據。

〔註33〕受圖：《大系》云：「受者、授省。言經界既定，誓要既立，乃授其疆里之圖于矢王。授圖之地乃在『豆新宮東廷』。」

〔註34〕豆新宮東廷：新宮、新建之宮，猶周公營洛邑，初稱新邑，後稱大邑、洛邑。

〔註35〕左執縷：左執券。縷，《大系》：「縷叚為契要之要。」《周禮・大史》：「掌建邦之六典，以逆邦國之治，……凡邦國都鄙及萬民之有約劑者藏焉。」劉雨《西周金文官制研究》：「縷史之縷就是約劑之約。縷約聲韻皆近，當係古今字。縷史可能就是《周禮（秋官・司寇）》中的司約。正即長。仲農為縷（約）史之名。」《周禮・天官・小宰》「六曰聽取予以書契」鄭注：「書契謂出予受入之凡要。」惟近年學者或以為「縷」應改隸「妻」字，朱德熙、裘錫圭《戰國文字研究（六種）》（《考古學報》1972年第1期）根據傳抄古文及楚簡遣策釋𡚸為縷，右從妻；吳振武1984年通過答辯的博士論文《古璽文編校訂》054號把從此偏旁的字都改釋為從妻；戴家祥在1995年出版的《金文大字典》3720頁云：「即《秋官・司約》所謂『凡大約劑書于宗彝，小約劑書于丹圖』之事也。鄭玄注：『大約劑，邦國約也。書于宗廟之六彝，欲神監焉。』……盤銘『厥左執縷史』亦指此大約劑而言。」陳秉新《釋𡊆（摘）、𣪏、般及從𣪏諸字》（《吉林大學古籍整理研究所建所十五周年紀念文集》，1998）第21頁贊同此說。在絕大部分學者接受釋「妻／縷」的時候，也有一些學者仍主張釋「縷」：1983年李學勤在《光明日報》發表的的〈西周金文中的土地轉讓〉（收入《李學勤集》）、1997年李朝遠《西周土地關係論》頁296仍釋為「縷（要）」；張振林在〈先秦「要」「妻」二字及相關字辨析〉（香港中文大學「第三屆國際中國古文字學研討會論文集」）；講得最詳細：「散盤銘文的性質為矢、散兩的要約，矢人需付散氏兩片土地並發誓不爽約。所以孫詒讓釋此字為要約之要，繁文為『縷』，是令人信服的。」（736頁）又云「古之要約，或又稱券、稱契，原本分為左右，右要由付方所執，左要受方所執，各以為憑證。《周禮・春官・大史》謂：『凡邦國都鄙及萬民之有約劑者，藏焉，以貳六官，六官之所登。若約劑亂，則辟法；不信者刑之。』大史所藏之約劑，乃為轉抄的副本（貳），存檔是為了執法檢查時有所根據。一次性的付受，左執要者可以向右方索償。《禮記・曲禮》：『獻粟者，執右契。』這是說獻粟付出方執右契。《新郪虎符》：『甲兵之符。右在王，左在新郪。』新郪鄙興士被甲用兵五十人以上，得以其所執左符，去會王之右符，秦王准許，則出右符以驗證，無誤才得發兵。其意義是左符方提出索兵要求，右符方批准付給。（旭昇案：虎符條可能可商，學者或主張是必需持王之右符，合符之後才可以調用新郪的甲兵。）《老子》：『是以聖人執左契而不責于人。』是說聖人持有向人索取的契約而不用。《馬王堆老子乙本》作『是以聖人執左芥而不以責於人。』《史記・田敬仲完世家》：『公常執左券以責于秦、韓。』是蘇代讚楚臣田軫的計策讓秦、韓二不出兵而得魏國土地，而田軫穩操左券地可要求秦、韓給予報償。……由此可知，矢人是訟事負方，付田器和濕田牆田給散氏，是氒執右縷方；而散氏是訟事勝方，屬受方，是氒執左縷方。惟氒執左縷，才值得將縷辭鑄上大盤。」又在〈篇章語法分析在銘文解讀中的意義（上）〉（《古文字研究》第25輯，2004年10月）重申了此說。在戰國簡牘出土日益增加的今天，從𡚸的字幾乎都應該視為從妻，這已是學界

的共識了，但是，仍有幾個問題要解決：（一）《上博一·性情論》14「聞歌█」的第三字，學者都同意是「要」，讀為「謠」。郭永秉在〈談古文字中的「要」字及从「要」之字〉（《古文字研究》第二十八輯）主張「要」字應作█（《合》18094）、█（西周中·衛簋·右旁）、█（《上博四·采》2），並在該文頁113注3說：「（《性》14）此字從字形看，與新蔡簡甲三294零334的█全同，應以『婁』、『要』（指《說文》古文之形）形近相混來解釋。」案：《說文》「要」字的古文之形作█，適足以說明《性》14█字釋為「要」不誤。而此形與新蔡簡甲三294+零334的█全同，應該說明了「要」、「婁」本為一字之分化。往上推，西周晚期散盤此字釋為「纓（要）」，即契約，是完全合理的。很多學者指出，銅器冊命銘文都是後鑄的，實際冊命時王命史官以「令書」「冊」命（如《集成》2827頌鼎：「尹氏受王令書，王乎（呼）史虢生冊令頌」），銅器及銘文則是冊命禮畢之後鑄造的。散氏盤的情形也應該如此，散、矢、王室三方人馬履勘土地轉讓，立契三分，左契在收受方散國，由史正中農保管（用張振林說）。據此，本文主張此字仍應隸為「纓（要）」，即契約。劉雨謂纓約為古今字，可信。要，影紐宵部；約，影紐藥部，二字聲同，韻為陰入對轉，顯為同源字。據《周禮》，與約劑有關之官吏有大史、大司寇、司約等，《春官·大史》：「凡邦國都鄙及萬民之有約劑者藏焉，以貳六官。」《秋官·大司寇》：「凡邦之大盟約，蒞其盟書，而登之于天府，大史、內史、司會、及六官，皆受其貳而藏之。」《秋官·司約》：「掌邦國及萬民之約劑，治神之約為上，治民之約次之，治地之約次之，治功之約次之，治器之約次之，治摰之約次之，凡大約劑書於宗彝，小約劑書於丹圖，若有訟者，則珥而辟藏，其不信者服墨刑，若大亂，則六官辟藏，其不信者殺。」三者中與邦國土地有關者為大史，據此，散盤之「史正」似以大史類為宜。如依此說，「矢左執纓，史正中農」的「史正」也有可能是中央官吏中農，他並未參加履勘，但是參與了土地轉換契約，並且保留了官方的一份。

校補：最近鄔可晶在〈出土《詩經》文獻所見異文選釋〉（復旦大學《出土文獻與古文字研究》集刊第十輯，2021年）中主張散盤「纓」讀為「錄」：「《周禮·天官·職幣》"皆辨其物而奠其錄"，鄭玄注引杜子春云"定其錄籍"，孫詒讓《正義》："凡財物之名數，具於簿籍，故通謂之錄。奠其錄，謂次第財幣名物善惡多少，記錄定箸於簿籍也。"此指由"厥左"執持登錄矢付散氏之諸田的簿籍（西周中期倗生簋"用典格伯田"，《左傳·襄公二十五年》"為掩書土、田"，所典、書者，即此銘所謂之"錄"），作為憑證。"厥左執纓（錄）"之後的"史正中（仲）農"，當是周王室仲裁此事的經辦人或見證人。」案：〈職幣〉原文如下：「職幣：掌式灋以斂官府都鄙與凡用邦財者之幣，振掌事者之餘財，皆辨其物而奠其錄以書楬之，以詔上之小用賜予，歲終則會其出。」注：「幣，謂給公用之餘。凡用邦財者，謂軍旅。振猶拼也、檢也。掌事，謂以王命有所作為。先言斂幣，後言振財，互之。奠，定也。故書錄為祿，杜子春云：『祿當為錄，定其錄籍。』鄭司農云：『楬之，若今時為書以著其幣。』」據此，「職幣」一職掌管收納官府都鄙剩餘的財物，分類登錄於簿籍。其說為「纓」找到一個可以順利詮釋銘文的通讀——「錄」，雖然〈職幣〉掌管的是「財物」，不是「土地」。如果比照這個思路，我們也可以看到《周禮·天官·冢宰下·司書》之職：「司書：掌邦之六典、八灋、八則、九職、九正、九事，邦中之版、土地之圖，以周知入出百物，以敘其財，受其幣，使人于職幣……凡稅斂，掌事者受灋焉，及事成則入要貳焉。」賈疏：「及事成，收斂畢，入要。寫一通副貳文書，名為要。入『司書』，故云『入要貳』焉。」賈疏的意思很清楚，「要」就是副本，則散氏盤的「纓」似乎也可以對應〈司會〉的「要」。〈司會〉所掌有「圖」，自然包括「土地」，「入要貳」應該也包含土地轉移事項。散氏盤的「矢左執纓」是指由王朝史官「厥左」（佐吏）執持矢付散氏之諸田契約的「副貳」。據

## 語　譯

因為矢侵犯了散的都邑，於是矢以田來償付給散。進行履勘：從瀗渡過往南，到大油，一封。往上走上去，二封，到邊柳。再渡過瀗，登上雩，到𡉚㑒以西，封于播城楮木，封于𡵂逑，封于𡵂道。向內陟𡵂，登上厂𢼸，封剒桼、陕陵、剛桼，封于罍道、封于原道、封于周道，向東封于𦎫東彊右。折回來，封于履道，向南封于𤔲棄道，向西到堆莫，履勘了井的邑田。從根木道左邊至于井邑又再設封：道以東、一封，還、以西一封，登上剛、三封，爬下來，以南封于同道，爬上州剛、登桼，降棫、二封。矢人有司參與履勘的有鮮、且、散、武父、西宮襄，豆人虞丂、彔貞、師氏、右眚（省）、小門人繇、原人虞芳、淮、𤔲工虎孝、釜豐父、堆人有𤔲刑丂，一共十五人。履勘矢給散的田地的朝廷長官有：𤔲土屰𢀛、𤔲馬單𥂴、𤔲人𤔲工駭君、宰德父。散人的小子參與履田的有：戎、散父、教、𥃷父等四人，以及襄的官吏橐、州、就、從、豩等，散的有𤔲共十人。在周王九月乙卯這天， 矢使鮮、且、㝸旅發誓，說：「我已把田及器交給散，如果再有差錯，那是我對散氏有賊心，願被罰鞭笞一千、罰金一千鋝，以傳車遞解放逐之。」鮮、且、㝸旅發誓完後，請西宮襄、武父發誓，說：「我已把瀒田、峷田文給散氏，我如果再有差錯變亂，願被罰鞭笞一千、罰金一千鋝。」西宮襄、武父發誓完畢，矢王在豆新宮東廷交付地圖。史官之長中農的佐吏收受了契約的副本。

原發表於《陳伯元先生六秩壽慶論文集》，臺北：文史哲出版社，1994 年 3 月。今略作修改。

---

此，散氏盤此字釋為「繑」也是完全說得通的。更進一步說，這也可以旁證「要」、「婁」本一字，《周禮》仍然保留了「要（繑）」、「婁（縷／絛）」意義相近的用法。

# 楚王熊璋劍考

## 一、緒　言

　　中國商周青銅器之美，舉世聞名；對青銅器的研究，已往學者側重禮器，較忽略兵器；但最近幾年，青銅兵器的研究越來越受到重視，尤其是青銅兵器的鑄造技術，更是學者亟欲投入的一個重大研究課題。所謂「國之大事，在祀與戎」，已往歷史說明：每一個國家最先進的科技，一定是最先用在國防工業上。青銅兵器的鑄造技術正可以反映出先秦時代的科技水準，其中有許多部份是我們今天還不能明瞭的。

　　在所有的青銅兵器中，劍是最迷人的。在武術上，後世劍術的發展出神入化，令人嘆為觀止；在先秦國防工業技術上，劍也可以說是居於領先的地位。尤其到戰國時代，無論是形制、鑄造、裝飾、銘文，青銅劍的發展也可以說是登峰造極，令人心迷目眩。

　　但是，已往論劍的文章，南方國家主要重在吳越劍，其原因固然是因為吳越劍的工藝技術領先群雄，其實另一個原因也是因為南方的最大國──楚國並沒有令人激賞的楚王劍面世（楚王劍前此面世的只有一把，即北京故宮博物院藏的楚王熊璋劍，剛出版的《楚系青銅器研究》也只收了這一把），因此楚王劍的工藝水準並不能清楚地為世人所了解。

　　去年十月筆者有幸見到一把尚未發表的楚王熊璋劍，劍是在湖北江陵出

土，後來經由香港古董商人輾轉販售到臺灣。劍身為銅鑄，銘文二行八字「楚王熊璋自乍用劍」，銘文右行，由劍柄向劍尖走，前四字在左部，後四字在右部。由於銘文行款和一般常見的吳越劍不同，所以青銅兵器的專家學者們見到之後，都不太敢肯定這把劍的真偽。我們請教過的專家們的意見大抵如下：所有人一致認為劍柄部份製作精美，毫無疑問是真品；劍身部份絕大部份人認為是真品，少數人懷疑是長劍改短，只有一位認為劍身是假的；銘文部份則比較紛歧，大部份人不敢肯定，少數人認為是偽刻。由於楚王劍的罕見，我們認為這把劍很有研究價值。經過深入的探索，我們認為這把劍應該是真品，在東周兵器的認識上，它有很多我們已往所不知道的部份，同時為我們增加了一件鑑定東周兵器的標準器。

## 二、形制的探討

本劍全長 41.5 公分、寬 4.5 公分；劍尖至劍格長 31.3 公分；劍身厚自劍尖漸漸加大，至收腰處厚 0.8 公分、近格處厚 1.1 公分；在有銘面右劍刃靠格處有兩個缺口，其中一個幾近半圓；劍柄含劍格長 10.5 公分、劍格長 2 公分、寬 5.25 公分，嵌滿綠松石；兩道劍箍各厚 0.35 公分，嵌滿綠松石，兩箍距離 2 公分；劍首底部寬 3.85 公分，由十三道同心圓狀的弦紋組成；全劍重為 705 公克（見封面彩色圖版及附圖一）。

以上的形制部份，除了劍長之外，其它都是成熟的標準東周劍的式樣。一般學者會覺得這柄劍短了些，因為常見這種形式的東周劍的長度多為 50 公分。其實，劍的長度本無定制，中國的劍起於商代，北方草原地區的游牧民族有一種曲柄式青銅短劍，長約 22 至 30 公分；西周時代劍的長度的變化較大，早期長大約 30 至 41 公分（附圖二，見《中國古代兵器圖集》第 59 頁，注一），西周末年至春秋時期的劍長約 40 至 50 公分（附圖三，見《中國古代兵器圖集》第 83 頁，注二），由此看來，本劍長 41 公分，並不是什麼可疑的事。目前所見春秋晚期吳越王者劍的長度也是參差不齊，難有定制的。何況楚王劍罕見出土，除本劍外，目前另外只有一把。

楚王熊璋劍，已往可見的著錄似乎有好幾把，經過仔細分辨，事實上是只有一把，1933 年安徽省壽縣楚幽王墓出土，長 50.5、寬 4.5 公分，現藏北京故宮博物院，著錄見於《壽縣》一圖一（附圖四）、《楚器圖釋》、《十二家・尊》

二八下、《三代》二〇・四五・四、《總集》七七一一、《邱集》八六三二、《銘文選》圖二・四二四（六五六），考四・四三一；另外考釋亦見《國學季刊》四卷一號。《十二家・尊》釋文如下：

> 楚王酓章為趡（從）
>
> 士鐾（鑄）□□用征

商氏的說明如下：

> 通劍長五十・八公寸、身長四十一・五公寸（旭昇案：兩處「公寸」皆當為「公分」之誤），色淡綠而有光。銘十三字，到（倒）刻、右讀，它器皆刻款，佳（維）此鑄字。酓章即惠王熊章也。宋時曾出楚王酓章鐘，《嘯堂集古錄》、薛氏《鐘鼎款識法帖》、王復齋《鐘鼎款識》皆著錄之。此劍文字甚摩滅，拓本多不見筆畫，於原器細審，復辨數字，第一行章下乃「為趡」二字，「趡」與「從」同。第二行「士」下為「鐾用」，末二字為「用征」，由「趡」、「士」二字推之，此殆酓章為衛士所鑄劍也。

商氏說這把劍是為衛士所鑄的，就我們現在對東周劍的了解，那當然是不能成立的。現存的東周有銘劍的層級大抵都蠻高的，尚未見到有為衛士作的劍。從銘文來看，商釋「士」字的面積只當得一個字的一半，其下應該還有未剔出的部份，所以其後諸家大都釋為「吉」，似乎更正確些。《三代釋文》以為銘文二行十三字：

> 楚□酓章□□□
>
> 吉□□□□□

《銘文選》以為銘文二行十六字，可辨者九字，隸定如下：

> 楚王酓章為□□□
>
> 吉□用□□□是尚

因為這把劍的銘文不是鳥蟲篆，顯然和本劍的意義、形制不一樣，因此兩者的長度不同，應該不是什麼大的問題。

其它見於著錄而與上述楚王熊璋劍不同的，大都是同一件仿楚王熊璋戈的偽器。這件「楚王熊璋劍」最早見於《金匱》初四・二二，《鳥蟲》二〇五頁第

四五號，銘文二行四字（附圖五）：

> 楚王畬璋
>
> 乍輟戈

此器不知現藏何處，銘文拓片是剪過的，只剩一個長方塊，但是據拓片來看，它有中脊，顯然是劍。但是它的銘文自名為「輟戈」，又應該是戈而不是劍，同樣的銘文也見於楚王熊璋戈（《鳥蟲》二〇四頁第四四號，附圖六），全銘如下：

> 楚王畬璋嚴狁南
>
> 乍輟戈呂卲殤文
>
> 武之
>
> 戊用

《金匱》所錄楚王熊璋劍只截取戈銘的前八個字，這八個字的下方還有空白處，照理應該還有字，但銘拓很明顯地已經沒有字了，而那八個字又不能通讀，所以李學勤先生認為本器銘是仿戈銘而偽作（注三），應該是非常正確的。另外，據馬承源先生《中國青銅器》所載，《中國殷周時代的武器》圖三三八也著錄了一把楚王熊璋劍。該書我沒有見到，根據上海博物館陳佩芬副館長所提供的資料，它實際上就是《金匱》初四・二二的那件偽器，並不是劍。所以除了本論文要討論的這一把外，實際上當世另外只剩一把銘文模糊不清的楚王熊璋劍，而那把劍的制作和本劍不同，所以不能完全拿來比較。

## 三、鑄造的探討

經過微焦距 X 光穿透照像，本劍是分劍身、劍柄、劍首三段鑄造的（附圖七），劍首是由十三道同心弦紋構成，最外一環上還有細細的重 V 字形紋（附圖一）。這種劍首，舉世承認現代的工藝技術還無法完全依樣造得出來。依我們的推測，這種劍首是用失臘法做的，做好之後再和劍柄焊接起來，在 X 光穿透之下還看得到焊接的痕跡（封面內頁圖一）。劍柄的材質和劍身不同，顏色較黑。莖的中部有兩道箍，箍上佈滿了紋飾，在紋飾的底部嵌滿了綠松石，有些綠松石的嵌槽甚至於寬不到半公厘，這麼精細的工藝，除了楚王，其它人是很難擁有的。

　　劍格部份佈滿了南方風格的鉤連紋，無銘面有兩個圓圈，彷彿是獸面紋中的目紋，炯炯有神。紋飾的底部嵌滿了綠松石，雖然已經脫落了一部份，但是還是看得出原來的富麗繁縟。整個劍柄工藝的精細程度超過《商周青銅兵器》中的任何一把吳王、越王劍，所以學者專家對本劍的柄部除了贊歎之外，沒有任何懷疑。

　　劍柄除掉劍首的部份外，應該是由塊範法鑄造成的，因為在莖部很明顯地可以看到有兩條範線。塊範法而能鑄到這麼精細，實在是不簡單。

　　劍身厚實完好，經過 X 光繞射鑑定，它是鑄造之後再加以鍛打而成的，所以劍身的硬度很高。越王句踐劍據稱可以一次劃破八張紙，本劍的硬度也很高（見本次研討會彭宗平所長的鑑定），顯見是鑄造後經過鍛打、錯磨製成的。

　　關於青銅劍的鍛打，學者已往也約略提過，黃盛璋先生在《古文字研究》第十五輯發表的〈敓（撻）齋（齊）及其和兵器鑄造關係新考〉一文說得最為明白，我節引如下：

> 　　兵器鑄造，先有銅兵器，後有鐵兵器，鐵兵器主要靠反覆錘鍛，……鐵兵器來自銅兵器，……但銅兵器的鍛都常被忽略，或不理解。唐蘭先生根據他考察商器的實際經驗，曾正確地指出：過去許多學者只知道青銅器是鑄造的，而不知道青銅工具和青銅兵器是要鍛的，很多年以前我在仔細考查了商代的勾兵以後，發現戈身的緊密度比戈內要高後多，就主張兵器是經過鍛擊的，曾跟馬衡先生談過，他否認青銅兵器可以鍛擊，爭辯過很久，以後我略有一些考古學知識，才知道從金相學證明青銅工具和兵器大都是經過鍛擊的。他還指出：「不懂得青銅工具和兵器需要經過鍛擊，就不能理解青銅工藝的歷史發展過程。」根據現代金相學的原理，銅器鑄造在一定條件下必須經過鍛，才能大大增加它的硬度，……兵器與工具都要求銳利，而兵器要求鋒利尤其高，成為衡量兵器的第一個標準。但如鋒利而不堅硬、軟或易折，則鋒利不能保持，作用有限，所以鋒利還必須以堅韌為基礎。而鍛的作用首先就是增加青銅的硬度。據韋特（Witter）試驗：含錫百分之五的青銅，鑄造的硬度是 68Byinell，再經錘鍛，硬度上升到 176～186B.，含錫百分之十的青銅，鑄造後的硬度是 88B.，再經過錘鍛，硬度上升到 228B.，可見鍛的作用對

提高青銅硬度作用之大，而這種作用至少周初甚至以前的公劉時代
就已認識，而用於鑄造兵器、工具，這是因為階級鬥爭與生產的需
要和不斷鑄造實踐的結果。

但是，以上這些敘述都是學者紙上的推測，沒有科學儀器的證明。現在我們經
過清華大學材料科學研究所彭所長以X光繞射鑑定證明本劍確實經過鍛打，硬
度頗高。類似這種銅劍需要鍛打的知識，一般學者未必有此認識，即使有此聽
聞，也多數採半信半疑，未必全信。偽造者要有此知識，而付諸實踐，那是不
可能的。

鍛打確定之後，它和銘文的關係就變成一個饒有趣味的問題了。照我們已
往的了解，春秋晚期雖然已有鋼的萌芽，但它的硬度似乎還不足以刻硬度較高
的青銅兵器，所以已往的學者都認為銘文錯金的凹槽多半是鑄的，尤其是這種
筆畫較精緻的作品。但是青銅兵器如果不是純擺飾，而是要實戰之用，那麼它
一定要經過鍛打，預先鑄好的字口在千錘百練的鍛打之下，豈有不變形的？那
麼它似乎只好是刀刻的囉？但是從放大照片來看，本劍的字口又不像是刀刻
的，最明顯的莫過於「鐱」字右半中上部份（封面內頁附圖二）。這個字右半
兩個「口」下面的那個部份，外框是個大「口」，「口」內是兩道彎彎的S形，
右邊的彎筆上端突出了「口」的外框，左邊的彎筆照理也應該突出，但是我們
從放大照片看到這一筆在彎剛突出「口」的地方還蠻粗的，但是再往上要收筆
的時候，粗筆卻陡地換成了細筆，在肉眼或低倍數的放大鏡看起來，那似乎是
走刀；但在高倍放大鏡下一看，它很明顯的絕對不是刀痕。照我們的推測，它
應該是用車玉的工具車出來的，而且是工匠在彎筆向上處要收筆的時候，為了
琢出篆文的筆勢，所以他換了比較細的車子，但不知道為了什麼緣故，他只車
了一筆就沒有繼續車，以致於留下了這個瑕疵，但也正是這一個瑕疵，透露出
了先秦青銅兵器琢磨字口的工藝秘密。我們另附一張更大倍數的這一彎筆的
下端字口的照片（封面內頁附圖三），由圖片我們可以看到，這種字跡收尾處
圓潤渾厚，那絕對是刀子無法刻出來的。據清華大學材料科學研究所彭所長在
電子放大鏡下測量，它的深度是筆畫寬度的一倍半。這種深度絕對也是刀子無
法刻出來的。整個字口的橫切面呈較深的半橢圓形，並且沒有用酸性物質腐蝕
過的痕跡，所以也不會是用刀刻後經過弱酸去除刀痕的，因此它不會是今人偽
刻的。由以上這兩處筆畫來看，我們認為只有古代刻玉的工具可以在硬度這麼

高的青銅兵器上刻出這麼圓潤的字口。商代的玉器上已經有可以和熊璋劍工藝媲美的紋飾，玉的硬度不輸青銅劍，因此用同樣的技術施在劍上，這應該是個合理的推測。當今傳世或出土的春秋戰國兵器還很多，如果都能用 X 光繞射鑑定，確定它是否鍛打，硬度是否較高，如果是，那麼它的字口是如何製成的？這將是一個非常有意思的研究題目。當然，我們也不排除某些東周銅器錯金的凹槽是呈倒置的「Ω形，即上小下大，這種槽是預先鑄好的，金絲錘進這種槽內後，它可以嵌得很緊，但這些部份應該是沒有經過鍛打的。

本劍劍刃鋒利而不拉手，顯見是一把古代的好劍。如果是現代人的偽作，鋒利則必拉手，不拉手則不鋒利，要既鋒利而又不拉手，除非是古代的好劍經過千年的輕微氧化耗蝕，否則是辦不到的。

劍身近尖處約七分之二的地方向內收腰，這是春秋晚期發展出來的最成熟型式，便於實戰中刺中敵人後迅速地拔出。劍身的微黑色物質是墓葬中沾附到的其它物質，不是銅鏽；據鑑定，也不是鐵鏽。

劍刃近格處有兩個凹痕，其中一個呈完美的半圓形（見附圖一、封面內頁附圖四）。據電子放大鏡觀察，它是古代留下來，而不是現代人鑽鑿的。這種半圓缺口，已往談劍的學者從來沒有注意到，但是我們察看了《商周青銅兵器》上的吳越寶劍，至少有三把以上都有這種缺口，如果不注意，很容易會以為那只是鏽蝕的痕跡。現在我們提出這一點形制的特徵，並且認為這是東周劍的一個特徵，而這是作偽者不可能知道的。至於這種缺口的作用是什麼？目前還不知道。

劍身鑄造、鍛打、錯磨完成之後，再和劍柄接在一起，由 X 光透視照相看，它的銜接點在劍格內部，劍身的基部形成兩個插銷，像兩個尖尖的大牙齒，緊緊地銜接在格內（見附圖七、封底內頁附圖一）。照這個情形來看，有可能本劍的製作程序是：先用塊範法做劍身，然後用塊範法在劍身的基部澆鑄劍柄，劍柄澆鑄完了之後，把用失臘法做成的劍首安在劍柄的上端，銅液凝固之後收縮的力量剛好把下方的劍身牢牢地咬住，向上則和劍首凝成一體，整支劍渾然完美，宛若天成。所以中國社會科學院歷史研究所所長李學勤先生以為（注三）：

> 此劍自首至格，鑄工精細，紋飾美觀，不應有任何疑問。惟劍
> 格上所嵌綠松石凌亂，片形與嵌槽不很吻合，可能經過修復，劍身

色澤特異，近鋒處內凹曲線也有些特別，可能是經過去鏽和加工的結果，需要親見原物，始可判斷。如果是後接劍身，技術上相當困難，作偽者未必能做到，在接合處也必留有痕跡，盼能再作觀察，如能拍一透視照片，更易解決。錯金銘文，如您所說，確頗精好。但字的走向倒置，筆劃不夠勻稱，似尚可議。《東周鳥蟲篆文字編》45 劍，原載《金匱論古初集》，文字恐亦偽作，全係仿奩璋戈銘，該書另一越王戈，現在日本，檢視其錯金銘文亦偽，此劍後四字恐源於越王句踐劍，敬祈比勘。

上海博物館副館長陳佩芬女士認為（注四）：

劍身前端的兩側有向裡彎的弧線，這種形式的劍春秋晚期和戰國時代都有，就鑄造技術來看，這比沒有凹刃的劍要難于鑄造，尤其是彎曲的刃部，不容易處理得好。曲刃的劍在用于刺殺時更為方便。從照片來看，這柄劍是春秋晚期的，尤其是劍首的同心圓，目前還沒有辦法可以仿造。

此外，本劍出土後劍身呈黃銅色，沒有嚴重的鏽蝕，這在出土楚劍中不為罕見，后德俊著的《楚國科學技術史稿》對舉世聞名的越王勾踐劍未鏽蝕的原因做了如下的敘述：

越王勾踐劍未鏽蝕的原因是該劍所處的環境條件決定的，目前已有相當多的出土實物資料說明了這一點，試舉幾例以證之：與勾踐劍同時出土的其它青銅劍，有的至今尚未被鏽蝕，表面閃著青銅的亮黃光澤，這些普通的青銅劍的表面是沒有作任何表面處理的。

湖北大冶銅綠山出土的大銅斧，是春秋戰國時期礦工們采礦的工具，……，這種開礦工具是不可能作什麼表面處理的，……但有的銅斧出土時幾乎沒有鏽蝕，甚至閃著青銅的金屬光澤，這就是它們所處的環境條件（礦井的深埋等）造成的。（頁 31）

本劍出土於湖北，它的表面沒有嚴重的鏽蝕，應該是所處的環境條件造成的。

## 四、銘飾的探討

經過以上的探討，劍柄、劍身、字口都沒有問題了，銘文的結構還需要稍

加探討。目前我們能看到有銘的楚王熊璋器不多，除了前面提過的楚王熊璋劍（北京故宮博物院藏）、楚王熊璋戈之外，還有以下三件：

楚王酓章鐘一（《總集》7017）

隹王五十又六祀，返自西䲨，楚王酓

章乍曾侯乙宗彝，寞之于西䲨，其永時用言

穆商、商。

楚王酓章鐘二（《總集》7018）

乍曾侯宗彝，寞之于西䲨，其永時用言

□羽反、宮反

楚王酓章乍曾侯乙鎛（《總集》7201）

隹王五十又六祀，返自西䲨，楚王酓章乍

曾侯乙宗彝，寞之于西䲨，其永時用言

以下我們依照本劍銘文的次序，以上述熊璋器為基本材料，再加上其它楚器、吳越器，以及甲金文，把字形的比對敘述如次，最後附一個字形比對表（見附表）。

「楚」字本銘作「」。合乎字形結構原理的標準鳥蟲篆「楚」字寫法應作「」（楚王孫漁戈．二，《鳥蟲》四七），下從「疋」。但是我們也看到《鳥蟲》所收七個「楚」字（見頁59），個個不同，茲依變化的程度列之於下：

| | | |
|---|---|---|
| 47 |  | 標準字形 |
| 46 |  | 「疋」字「口」形下多一短橫 |
| 44 |  | 「疋」字「口」形變「日」形，中畫向下端延伸。 |
| 45 |  | 同上。「日」形上方開口，與其上「林」形相接。（偽器） |
| 159 |  | 「林」形上殘存「竹」形。「口」形變「日」形。 |
| 58 |  | 「林」形省為「木」。「疋」形中豎畫省略。 |
| 57 |  | 「林」省為「木」。「口」形省略」。增「邑」旁。 |

由此看來，鳥蟲篆的字形變化萬千，當然還是有一定的合理度。本劍的「楚」

字作「￼」，乍看之下，「疋」字左右兩邊的筆畫等高，似是極不合理。但我們可以看到「楚」字由王孫漁戈演變到楚王熊璋戈，「疋」字的中筆向下延伸，左右兩筆稍有參差；再進一步就是本銘，為了藝術，左右兩筆互相對稱，因此它的結構演變是非常合理的。

「王」字作「￼」，結構近於《鳥蟲》四四楚王熊璋戈。《鳥蟲》所收「王」字共九十五件（見六五、一○一頁），字形雖然千變萬化，但是大別為兩類，即「王」字在下、鳥形在上的甲類；和「王」字在上，鳥形在下的乙類。而且有趣的是，吳、越兩國的兵器銘文，「王」字都是寫成甲類，「王」字一定在下；而楚國和人木弓中郤（徐）國則寫成乙類，「王」字一定在上。李學勤先生認為本銘後四字「恐源於越王句踐劍」，但從「王」字的區別來看，作偽者不可能有這樣的功力，後四字銘文抄越器，而「王」字獨採楚式。

「酓」字作「￼」，這是楚文字的標準寫法。案：「酓」即「歙」字，「歙」字甲骨文作「￼」（《甲骨文編》1079 號），象人彎腰張口伸舌飲酉中的液體，即「飲」字的古體。楚文字把「張口伸舌」的部份簡化為「今」字，並且和「人」形連在一起。《鳥蟲》收「酓」四共四見，分別是：44￼、45￼、58￼、103￼（見九五頁）。其中 45 是偽器，結構稍差，其它三字的結構都很典正。本銘的「酓」字和這三件的「酓」字結構完全一樣，毫無可疑之處。

「璋」字作「￼」，也很標準。《鳥蟲》所收「璋」字共二見，分別是：44￼、45￼（見 71 頁）。以結構論，古文字中「璋」字所從「章」的下端一般沒有一短橫畫，作「￼」（《金文編》391 號），只有楚王酓章鐘例外。《鳥蟲》44楚王熊璋戈、45 楚王熊璋劍「璋」字所從有此一短橫，和楚王酓章鐘相同。本劍銘下端無一短橫，顯見不是抄襲楚王熊璋戈、劍。春秋晚期許國子璋鐘的「璋」字作「￼」，可以參考。

「自」字在商周的寫法，一般是從上而下，先寫外廓，再寫中豎，作「￼」；但是本銘由中豎向左右兩邊伸展，作「￼」，所以有人以為可疑。但是由中豎先寫的字形在甲骨文中就可以見到，如：《粹》103、《粹》106、《粹》109 等都是。鳥蟲篆中「自」字多見，《鳥蟲》第 85 頁就收了 54 個，作偽者要模倣那一個都很容易。本劍的「王」、「熊」、「璋」三字的水準非常高，不小心摹錯的這種可能是非常低的。「自」字既有甲骨文的寫法做旁證，自然不是錯字。

「乍」字也是一般人較易起疑的地方，因為甲骨文的「乍」字多半作「￼」

（《甲骨文編》1532 號）、金文則作「」（《金文編》2058 號），而本銘作「」，和越王句踐劍非常接近，所以李學勤先生以為本劍後四字「恐源於越王句踐劍」。但我們也發現《楚王酓章鐘》（《金文總集》7017、7018）的「乍」字寫成「」，而《楚王酓章乍曾侯乙鎛》（《金文總集》7201）的「乍」字則寫作「」，很明顯地和本劍銘的「乍」字相近，應該是出於同一系統的寫手。巧的是，這些器都是楚王熊璋器，因此雖然三件鐘的銘文不是鳥蟲篆，但是它們的筆勢和劍銘卻是那麼地接近。

「用」字作「」，字形別緻，結構勻稱，無論是鳥形、或是「用」的本體，都完全符合文字學的要求。《鳥蟲》「用」字含補遺共收 189 件（見 72、102 頁），除了「用」的本體部份外，鳥形的部份，沒有一件和本銘相同的，換句話說，我們找不到作偽的依據。李學勤先生以為源自越王句踐劍，但二者並不相同。

「鐱（劍）」字作「」，和《鳥蟲》第 18 頁大部份的「鐱」字相去不大（見十八頁），只是右下方「自」形上的圓圈中的部份由兩個「口」形簡化為兩道曲線，這在鳥蟲篆中是有類似的例子，《鳥蟲》72《越王句踐劍》作「」、119《奇字劍》作「」，簡化的情形幾乎是完全相同。至於右下「自」形的右上方多了一小筆，那是楚文字常見的贅筆，如「凡」字在楚帛書中都寫作「」（參《戰國文字通論》第四章第七節裝飾符號）。

通過以上的考證，我們可以知道，本劍的銘文字形結構和一般常見的鳥蟲篆略有不同，但這並不代表什麼，因為鳥蟲篆的變化實在太大了，每一器有每一器的創意和風格。已往我們能見到的有銘楚王熊璋器本就不多，鳥蟲篆更少。本器的出現，應該能為楚王熊璋器提供一個比對的標準器。

銘文的真偽還可以從另一張放大照片看出（見封底內頁圖二），這是「酓」字「酉」形上缺金字槽的右凹槽，槽內很明顯地看到一粒小小的綠松石（寬不到 0.5 公厘）。這是當年工匠在施工時不小心掉下去的，而且已經包在生鏽的物質中，這應該不是現代作偽所能產生的。

除了銘文之外，本劍的其它工藝裝飾也非常精巧，例如劍格上的綠松石（或者是綠松石和琉璃）分成兩類，我們提供的放大照片是劍格上的目紋，很明顯地目紋的圈線是由較綠的材質嵌成的，而圈內的部份則是由較淺的青色材質嵌

成的（見封底內頁圖三，反面劍格全圖見附圖一）。李學勤先生說綠松石有些凌亂，懷疑經過修復。從放大照片來看，這種懷疑是沒有必要的。

兩道劍箍上也嵌有綠石，也是精巧異常，限於篇幅，無法提供更多的照片，非常可惜。此至於其它的工藝技巧可以探討的地方還很多，這些都有待以後慢慢研究。

## 五、結　語

楚是南方大國，楚莊王時觀兵周疆、問鼎中原，有雄霸天下的實力。但是到共王、康王時就漸漸中衰了，楚平王時信費無極的讒言，害死伍奢及其子伍尚，伍員逃到吳國，和孫武共同用謀，西破強楚，鞭楚平王屍，楚昭王甚至於被迫遷都。但在昭王、惠王時又逐漸復興，《史記·楚世家》中對楚惠王的記載是這樣的：

> （昭王）二十七年春，吳伐陳，楚昭王救之，軍城父。十月，昭王病於軍中，⋯⋯庚寅，昭王卒於軍中。子閭⋯⋯乃與子西、子綦謀伏師閉塗，迎越女之子章立之，是為惠王。⋯⋯惠王二年，子西召故平王太子建之子勝於吳，以為巢大夫，號曰白公。⋯⋯八年⋯⋯白公自立為王，月餘，會葉公來救楚，楚惠王之徒與共攻白公，殺之，惠王乃復位。是歲也，滅陳而縣之。十三年，吳王夫差彊陵，齊、晉來伐楚。十六年，越滅吳。四十二年，楚滅蔡。四十四年，楚滅杞，與秦平。是時越已滅吳，而不能正江淮北。楚東侵，廣地至泗上。

楚惠王在位五十七年，是楚國在位最長的王。從《史記》的敘述，我們就可以看出惠王開疆廣地的功蹟。他是跨春秋、戰國時代的楚王（《史記·六國年表》記戰國事始於西元前四七五年，相當於惠王十四年）。除了政治上的這些努力及偉大的成就之外，惠王在軍事、武器方面也很用心，他曾從魯國聘進了公輸般，設計了很多先進的武器，甚至於使得墨子不遠千里從宋國趕到楚國，和公輸般進行了一場沙盤推演的假想戰爭，事見《墨子·魯問篇》。

吳越長於鑄劍，世所共知，至於楚國和劍的淵源，在《吳越春秋》中有這樣的敘述：

> 湛盧惡闔閭之無道也，乃去而出水行如楚，楚昭王臥而寤得吳

王湛盧之劍於床。昭王不知其故，乃召風湖子而問曰：「寡人臥，覺而得寶劍，不知其名，是何劍也？」風湖子曰：「此謂湛盧之劍。」昭王曰：「何以言之？」風湖子曰：「臣聞吳王所得越所獻寶劍三枚，一曰魚腸，二曰磐郢，三曰湛盧。魚腸之劍已用殺吳王僚也。磐郢以送其死女。今湛盧入楚也。」……楚昭王曰：「其值幾何？」風湖子曰：「此劍在越之時，客有酬其值者，有市之鄉三十，駿馬千匹，萬戶之都二。」（第九八頁）

從這段敘述我們可以看出，楚昭王時對寶劍的重視。《越絕書·越絕外傳記寶劍第十三》除了有和《吳越春秋》上引敘述相類似的一段之外，還有以下的記載：

楚王召風胡子而問曰：「寡人聞吳有干將，越有歐冶子，此二人甲世而生，天下未嘗有。精誠上通天，下為烈士。寡人願齎邦之重寶，皆以奉子，因吳王請此二人作鐵劍，可乎？」風胡子曰：「善。」於是乃令風胡子之吳，見歐冶子、干將，使之作鐵劍。歐冶子、干將鑿茨山，洩其溪取鐵英，作為鐵劍三枚：一曰龍淵，二曰泰阿，三曰工布。畢成，風胡子奏之楚王。楚王見此三劍之精神，大悅風胡子。」……風胡子曰：「……軒轅、神農、赫胥之時，以石為兵，……至黃帝之時，以玉為兵，……禹穴之時，以銅為兵，……當此之時，作鐵兵，威服三軍。天下聞之，莫敢不服。」

作龍淵、泰阿、工布的楚王是否楚昭王，《越絕書》沒有明言，但是從風胡子談鐵劍的敘述來看，這個楚王可能就是楚惠王。因為楚國是我國最早使用鐵的地區，而鐵不能做兵器用，必需更進一步發展成鋼才可以，而我國最早的鋼劍也是出現在春秋晚期。《湖北科學技術史稿》：

一九七六年長沙新火車站工地楊家山六五號墓出土的鋼劍，是春秋晚期的遺物，也是我國目前發現的最早的一件鋼製武器。從該墓的墓葬形制、出土陶器的器形、紋飾和組合等方面來看，都與湖北江陵、湖南長沙、常德等地發現的早期楚墓完全一樣，鋼劍應是楚國的一件武器。該劍劍首已殘，莖為圓柱狀，銅格，劍身中脊隆起，劍身較窄，通長 38.4cm，莖長 7.8cm，身長 30.6cm，身寬 2.0

～.6cm，經檢測該劍是為含碳量約 0.5%的中碳鋼製成，在放大的條件下可以看到反覆鍛打的層次，約七－九層。因該劍出土時腐蝕嚴重，殘存的金屬蕊僅有 1.5*0.2mm。

楚昭王、惠王時候勵精圖治，號稱中興。昭王重視寶劍，惠王當然也是。從昭王到惠王，應該就是我國兵器從銅劍跨入鐵劍的關鍵時刻。鐵劍、鋼劍易於鏽蝕，加之有了鋼劍，就不太需要銅劍了，是否這就是有銘楚王劍較少見到的緣故呢？

　　青銅器的鑑定相當困難，本劍劍首精美無比、劍柄的鑲嵌精緻、劍身經過鍛打，都可以證明是真器。而由銘文的放大圖片可以看得出它不是刀刻的，也沒有經過酸性物質腐蝕的痕跡，字口槽底甚至於殘存有工匠不小心掉下的極小塊的綠松石，這些也都足以證明銘文應該不是偽刻的。如果這些論證能夠成立，那麼本劍將是一把非常有價值的楚王熊璋標準器。

## 注　釋

　　一、A 式長約三六・六公分，出於安徽屯溪，見劉惠和《荆蠻考》，《文物集刊》（3），文物出版社，1983 年；B 式長四一・二公分、C 式長三・九五公分出於江蘇吳縣，見葉玉奇《江蘇吳縣出土一批周代青銅劍》，《考古》1986 年 4 期；D 式長三十公分，出於江蘇高淳，見劉興《鎮江地區近年出土的銅器》，《文物資料叢刊》（5），文物出版社，1981 年。

　　二、A 式長四一公分，B 式長五一・五公分，出於江蘇吳縣，見葉玉奇《江蘇吳縣出土一批周代青銅劍》，《考古》1986 年 4 期；C 式殘長三四，一公分；D 式和 A 式等長，出於江蘇溧陽，見馮普仁《吳國青銅兵器初探》，《中國考古年會第四次年會論文集（1983）》，文物出版社，1985 年版。

　　三、據李先生來函。

　　四、據陳女士來函。

## 參考書目

1. 吳越春秋，漢趙曄，世界書局，1980 年。
2. 金文總集（總集），嚴一萍，藝文出版社，1983 年 12 月。
3. 中國青銅器的奧秘（中文版），駱駝出版社，李學勤。
4. 戰國文字通論，何琳儀，中華書局，1989 年 4 月

5. 楚國科學技術史稿，后德俊，湖北科學技術出版社，1990 年 5 月。
6. 中國古代兵器圖集，成東・鍾少異，解放軍出版社，1990 年 9 月。
7. 湖北科學技術史稿，后德俊，湖北科學技術出版社，1991 年 12 月。
8. 越絕書校釋，李步嘉，武漢大學出版社，1992 年 7 月。
9. 商周青銅兵器，王振華，古越閣，1993 年 11 月。
10. 東周鳥蟲篆文字編（鳥蟲），張光裕、曹錦炎，翰墨軒，1994 年 9 月。
11. 楚系青銅器研究，劉彬徽，湖北教育出版社，1995 年 7 月。
12. 楚系青銅器研究，劉彬徽，湖北教育出版社，1995 年 7 月。
13. 鳥蟲書論稿，馬國權，《古文字研究》第十輯
14. （捷）齋（齊）及其和兵器鑄造關係新考，黃盛璋，《古文字研究》第十五輯。

本文發表於「第七屆中國文字學學術研討會」，臺北：東吳大學中文系，1996 年 4 月 20 日。校稿時略有修改。

## 附 圖

### 附圖一、楚王熊璋劍全圖

銘文

劍首

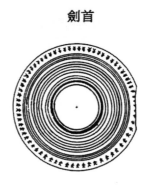

正面劍格（實心黑塊爲綠松石，虛心黑塊爲脫落者，爲了彰顯花紋，雙鉤花紋中飾滿小綠松石沒有畫出來）

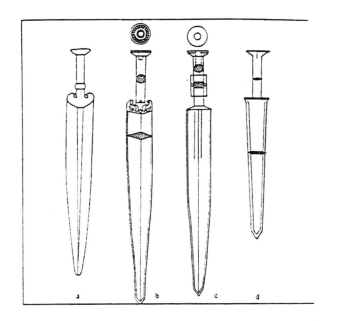

附圖二、西周時期的劍

a.長36.6cm

b.長41.2cm

c.長39.5cm

d.長30cm

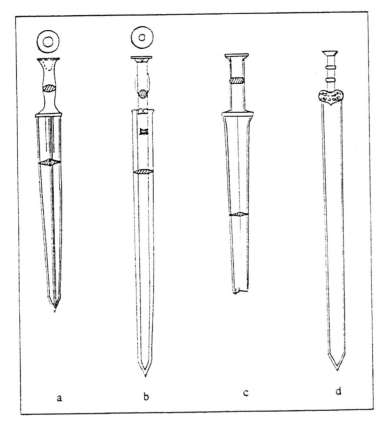

附圖三、西周末
至春秋時期的劍

a.長41cm

b.長51.5cm

c.殘長34.3cm

d.長51.5cm

附圖四、北京故宮博物院藏楚王熊璋劍全形及銘文

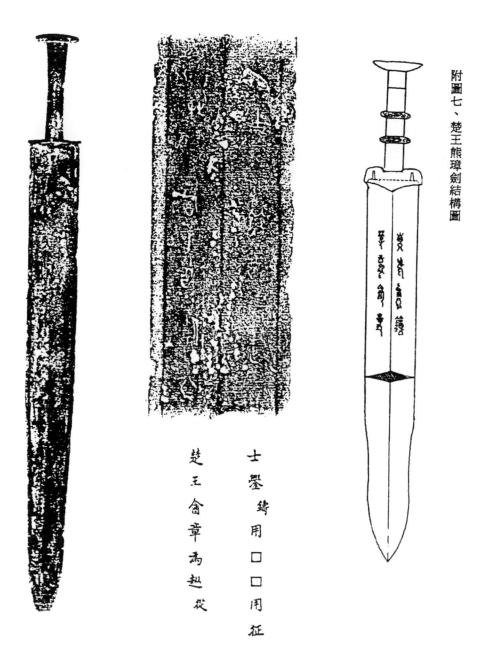

附圖七、楚王熊璋劍結構圖

士鼞鑄用□□用征

楚王舍章為趐鈗

附圖六、楚王熊璋戈　　　　　　附圖五、《金匱》楚王熊璋劍(僞器)

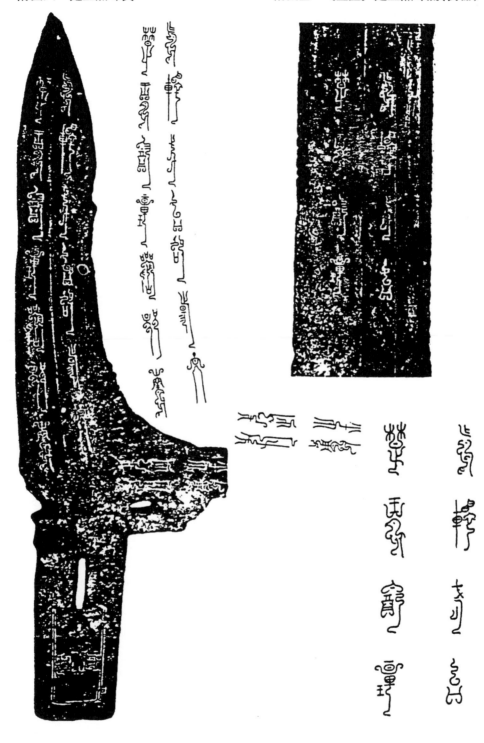

楚王熊璋劍字形比對表

| 劍銘 | 比 | 對 | 字 | 形 |
|---|---|---|---|---|
| | 楚王<br>酓章戈 | 楚王孫<br>漁戈 | | |
| | 楚王<br>酓章戈 | 攻敔王<br>光劍 | 越王<br>句踐劍 | 邻王<br>戉楚劍 |
| | 楚王<br>酓章戈 | | | |
| | 楚王<br>酓章戈 | 楚王酓章<br>乍曾侯乙鎛 | 于峆鐘 | |
| | 越王<br>句踐劍 | 粹109 | | |
| | 越王<br>句踐劍 | 楚王<br>酓章鐘 | 楚王<br>酓章戈 | |
| | 越王<br>句踐劍 | 楚王<br>酓章戈 | | |
| | 越王<br>句踐劍 | 奇字劍 | | |

# 從甲骨文說「勞」字

## 提　要

勞字，《說文》釋為：「劇也。从力、熒省——熒火燒冂，用力者勞。」其說迂曲，形義不相吻合，然二千年來苦無索解，金文雖有「勞」字，然摹寫既誤，說解亦訛。戰國文字《郭店楚墓・緇衣》既出，可確定之戰國古文「勞」字已經認出，其字上從二「火」，下從「衣」，然學者未能解釋字形，蓋以此形下部與《說文》不同，從「衣」之義難以說解。

其實此字早見甲骨文，字從二火從衣，「衣」形中綴以小點，王國維早期誤釋此字為「裘」，學者遂不悟此字實為「勞」。今由戰國文字上推金文、甲骨，知此「勞」字實從二火、從衣，示熒熒火光下，婦女綴衣之勞也。衣中小點象綴衣之形。甲骨文此字皆用於地名「師勞」，惟《合》24333 云：「乙丑征雨，至于丙寅雨，裘。」「裘」讀為「潦」，謂久雨成災，據此，「裘」即「勞」字，的然無疑。

關鍵字：勞、潦、熒、營、縈、綴衣

## 一、「勞」字的舊說

《說文解字》卷十三〈力部〉云：「勞，劇也。从力、熒省——熒火燒冂，用力者勞。 營：古文勞，从悉。」[註1] 其字形結構从力可以理解，从熒省則

────────────────

〔註 1〕大徐本《說文解字》（北京：中國書店，1989），卷十三下，七葉下。

非常奇怪，《說文解字》又解釋說「熒火燒冖，用力者勞」，則更是怪上加怪！
誰沒事去用熒火燒冖呢？《說文解字‧焱部》：「熒，屋下鐙燭之光也。」〔註2〕
小小的鐙燭之光燒冖，似乎不需要用太大的勞力去撲滅吧！「熒火燒冖」的「冖」
字，學者有兩種說法，其一以為是「冖覆」之「冖」，《說文解字‧冖部》：「冖，
覆也。从一下垂也。」〔註3〕依此義，「冖」是個動詞，似乎不是個可燒的東西！
段注：「《廣韻》引《文字音義》云：『以巾覆。从一下垂。』」依此解，則「巾」
勉強可燒，但一條小小的「巾」燒起來，似乎也不需要「用力者勞」吧！其二
以為此字是「冂遠」之「冂」，《說文解字‧冂部》：「冂，邑外謂之郊，郊外謂
之野，野外謂之林，林外謂之冂。」〔註4〕依此義，屋下的「熒火」怎麼可能去
燒野外的「冂」呢？古文勞从悉，也是不知所從何解。

清段玉裁《汲古閣說文訂》以為應該是「熒火燒門」：

> 「勞，从力、熒省——熒火燒門，用力者勞。」初印本如此；趙
> 本《五音韻譜》同；葉本「門」作「日」；周氏宋本作「冂」，小徐
> 同。今依小徐剜改「門」字為「冂」字。「冂」當音莫狄切，覆也。
> 但何不云「燒屋」，而云「燒冂」？許不生澀如此！假謂「炏」者「熒」
> 省，為「勞」之上體；「冂」為「勞」之中體，則《說文》凡言「熒」
> 省皆作「炏」，不當「炏」與「冂」為二也。熒火燒門，切近之災，
> 語本無誤，趙本為長。〔註5〕

清沈濤《說文古本考》指出《汗簡》古文「勞」从「熒」不省：

> 濤案：《汗簡》卷下之二云：「𤇆，勞，見舊《說文》。」所謂舊
> 《說文》者，僅見於此字，蓋从熒不省。《玉篇》古文作𤇆，亦非从
> 悉，然《玉篇》傳寫亦有訛。古本古文字體當如《汗簡》也。〔註6〕

清段玉裁《說文解字注》改原文作「勮也。从力、熒省，焱火燒冖，用力
者勞。𤇆，古文如此」，以為「冖」應該是表示「屋」的意思，「熒火」應作「焱
火」。又改古文作「𤇆」，从「力」：

---

〔註2〕大徐本《說文解字》（北京：中國書店，1989），卷十下，葉一上。
〔註3〕大徐本《說文解字》（北京：中國書店，1989），卷七下，葉六下。
〔註4〕大徐本《說文解字》（北京：中國書店，1989），卷五下，葉五上。
〔註5〕據《說文解字詁林》（台北：鼎文書局，1983年二版），10本，頁1357。
〔註6〕據《說文解字詁林》（台北：鼎文書局，1983年二版），10本，頁1357。

「焱」，舊作「熒」，今正，此析「熒」字而釋之。「燒宀」謂「燒屋」也，斯時用力者冣勞矣。或改「宀」作「門」者，誤。(《說文》「𤇾，古文如此」)「如此」，大徐作「从悉」，篆體作「𤇾」，今依《玉篇》、《汗簡》、《古文四聲韻》所據正。《汗簡》與《玉篇》中雖小異，下皆从力。竊謂古文乃从熒不省，未可知也。〔註7〕

段玉裁以為「勞」字釋形「熒火燒宀」應作「焱火燒宀」，以為「焱火燒宀」正是釋「熒」字。看起來似乎解決了「熒」火不能燒「宀」的問題。但是，以「宀」表示「屋」，事實上是缺乏文字學上的證據的，《說文》从「宀」的字沒有一個是表示「屋」的意義。

清徐灝《說文解字注箋》以為「勞」字當是「屋下夜中籌鐙力作勤勞」之意：

　　段說穿鑿。趙古則《六書本義》曰：「勞从力、从營省。用力經營，故勞。」其說似通，然亦非是。竊謂「熒火燒門」四字，非許語也，〈焱部〉曰：「熒，屋下鐙燭之光。」則非燒門，明矣。从力、从熒省，蓋於屋下夜中籌鐙力作勤勞之意也。古文當從段說為从力、从熒不省。〔註8〕

這是舊說中說得最好的。但是，由於沒有什麼旁證，所以也沒什麼人贊同。清王筠《說文釋例》以為「許說支詘，闕疑可也」：

　　「勞」字本不可解，許君勉強說之，終屬支詘，闕疑可也。〔註9〕

清朱駿聲《說文通訓定聲》只引數家之說，也沒有很好的解釋：

　　或曰當从「縈」省，經營之意；或曰當从「熒」省，疾急之意。
〔註10〕

清孔廣居《說文疑疑》以為從「悉營」會意：

　　趙古則曰：「勞从力、从營省。用力經營，故勞。」愚謂勞从悉、亦从營省，悉心經營，故勞。或勞心、或勞力，其義一也。〔註11〕

---

〔註 7〕段本《說文解字》卷十三下，葉五十二下。
〔註 8〕據《說文解字詁林》（台北：鼎文書局，1983 年二版），10 本，頁 1358。
〔註 9〕據《說文解字詁林》（台北：鼎文書局，1983 年二版），10 本，頁 1358。
〔註10〕據《說文解字詁林》（台北：鼎文書局，1983 年二版），10 本，頁 1358。
〔註11〕據《說文解字詁林》（台北：鼎文書局，1983 年二版），10 本，頁 1359。

　　魯師實先對各家之說提出了很好的質疑，並以為「勞」當為「从熒力會意」：

　　　　案：「勞」从熒力會意，以示小心盡力。既小心而又盡力，則易疲憊，故其義為勞劇。古文之勞亦從熒省從悉會意，構字異撰，而其示小心盡力，則與勞義不殊。可證勞勞合緒相依，不容亂以曲說也。《說文》云：「从力熒省，熒火燒冂，用力者勞。」既云从熒，熒為小光，則無「焱火燒冂」之義。且熒從焱冂聲，焱為火華，無然燒之義；冂為遠界，無居室之義，藉如其說，而以「焱火燒冂」，則遠事難赴，何能用力止火？陳義如斯，迂晦之甚矣。或曰勞从力从營省，用力經營故勞（孔廣居《說文疑疑》）；或曰篝鐙力作，勤勞之意（徐灝《說文注箋》）。是未知用力經營，與篝鐙力作，固有樂此不疲者，未足示勞劇之義也。〔註12〕

　　以上各家之說，都有一些道理，但都缺乏確證。兩千多年來，這個疑問一直沒有辦法得到解決。

## 二、古文字中的「勞」字

　　清代樸學大盛，古文字材料也開始大量出現，學者對「勞」字開始有比較多的材料可以探討了。同治庚午年（西元 1875 年）龢鎛出土，有銘文云：「鼏（鮑）弔（叔）又成勞（△6）〔註13〕于齊邦。」潘祖陰《攀古樓彝器款識》引胡石查說以為即「勞」字：

　　　　胡石查說……疑是勞字，古勞字从縈省，取經營之意，見朱氏《說文通訓定聲》。衣、系義相近。薛《款識》齊鎛「婁△朕行」、「董△其政事」，皆「勞」字，舊釋「恪」，誤。〔註14〕

　　方濬益《綴遺齋鐘鼎彝器款識》以為是「勞」的異文：

　　　　《爾雅》：「袕謂之裒。」郭注：「衣開孔也。」《說文》云：「鬼

---

〔註12〕珍本《說文析義》真蹟（台北：魯實先全集編輯委員會，1939 年 6 月影印五百部），489 頁。
〔註13〕以下引「勞」之古字形，均見文末所附「勞字字形表」，而以△替代，△後之數字指字表中之字次。
〔註14〕潘祖陰《攀古樓彝器款識》二冊，頁 6。

衣。」此曰「有成褮于齊邦」，當是「勞」之異文。〔註15〕

吳大澂《憲齋集古錄》引張孝達釋「榮」、胡石查釋「勞」，而以胡說為是：

> 褮，張孝達謂榮之假借字；胡石查釋作勞：「薛《款識》齊鎛『娑褮朕行』、『董褮其政事』，皆『勞』字，舊釋『恪』，誤。」胡說是也。〔註16〕

高田忠周《古籀篇》贊成張孝達釋「褮」，以為當是「營」之假借：

> 案劉、吳二氏說非，又吳大澂、胡石查二氏亦誤。唯張孝達釋為褮者，於篆形為得也。……上鎛云「子姓陶叔有成褮于齊邦」，下鎛云「巩褮朕行師」，又「謹褮其政事」，皆經營之營，褮營同聲通用也。《小爾雅·釋詁》：「營，治也。」《考工記》「匠人營國」，《詩·黍苗》「召伯營之」，《淮南·主術》「執政營事」，注：「典也。」皆與「有成營于齊邦」及「謹營其政事」義相似矣。又《蒼頡篇》「營，衛也」，《史記·黃帝紀》「以師兵為營衛」，此與「謹營朕行師」同意也。此等褮字為營之叚借，明矣。《說文》：「𧝑，鬼衣也。從衣、熒省聲。讀若《詩》『葛藟縈之』，一曰若『靜女其姝』。」〔註17〕

林義光《文源》卷六以為「褮」字應該是「燎」的古文：

> 齊侯鎛「𦎫叔有成褮于齊邦」、薛氏《款識》齊侯鎛鐘「董褮其政事」，依文義褮當釋為勞，本作𤇯（師寰敦），為燎之古文，象兩手持衣向火中，省作𤇯（齊侯鎛鐘），勤勞之勞為褮之借義。篆變作勞，燎屬之僚古作𤇯（僚彝辛），從𠬞褮省聲；變作𧴪（僚司徒敦）、作𧴪（伯僚尊彝）。〔註18〕

白川靜《說文新義》以為「勞」字本義為勞來、字從燎火之前揭衣：

> 若以金文之字為勞之初形，則字不從力而從衣。古文之字形或為其訛變。又兩火交叉之形為燎字之音，亦從之而出。勞字之本義似為勞賜、勞來，《詩·大雅·旱麓》「神所勞矣」，箋：「勞，勞

〔註15〕方濬益《綴遺齋鐘鼎彝器款識》卷二，頁30。
〔註16〕吳大澂《憲齋集古錄》二冊，頁25，齊侯鎛。
〔註17〕高田忠周《古籀篇》六十七，頁27。
〔註18〕林義光《文源》卷六，頁34～35。

來。」……若勞賚同義，則勞之初文裠當為與恩寵之意之字，於燎

火之前揭衣乃其勞來之法也。其聲義承燎字，从衣者，示其儀禮之

法，因而為事功、勤勞之意者也。其後裠作勞，乃作為指農事勤勞

之字，而从耒作者也。……火古乃作為修祓之聖火，惟證明裠之初

義之用例已難得矣。〔註19〕

　　既謂「證明裠之初義之用例已難得矣」，那麼白川氏的說法當然也就沒有多
少說服力了。1977年河北平山縣中山王墓出土，其中有中山王譽鼎，銘文云：
「卲（昭）考成王，身勤社稷，行四方，目（以）憂慫（△7）邦家。」學者根
據上下文，很容易就可以判斷此字應讀「勞」。趙誠以為「慫」為「勞心」之「勞」，
勞力从炊（或焱）从力，勞心从炊（或焱）从心，炊或焱以標志焰焰烈火：

　　勞，《說文》古文作𤎩，下从心。《集韻》『愸，苦心也。』下亦从

心。王筠《釋例》云：『勞字本不可解。』按古文从耒更不可解。朱

駿聲《說文通訓定聲》謂：『古文从焱不省，火形訛耒耳。』頗有理。

疑古勞力从炊（或焱）从力，勞心从炊（或焱）从心，炊或焱以標

志焰焰烈火。此銘勞字从炊从心，正會勞心之意。後勞心之意併於

勞，慫字遂不行。〔註20〕

　　但是，「焰焰烈火」跟「勞」或「慫」有什麼關係呢？趙誠也沒有說明。
1987年湖北荊沙地區出土了「包山楚簡」，其中有「裠」（△9）字；1993年湖
北荊門市出土了「郭店楚簡」，其中有一篇〈緇衣〉，與今本《禮記‧緇衣》篇
可以對應，《郭店‧緇衣》簡5-6云：「子曰：「上人疑則百姓惑，下難知則君
長裠（△10）。……臣事君，言其所不能，不詒其所能，則君不裠。」對照今
本《禮記‧緇衣》作「子曰：上人疑則百姓惑，下難知則君長勞。……臣儀行，
不重辭，不援其所不及，不煩其所不知，則君不勞矣」，「裠」就是「勞」字，
完全沒有疑問了。但是，「勞」字為什麼寫成「裠」，仍然是一個不可解的謎。
很多學者在寫到「裠」這個字時，還不敢很肯定地說它就是「勞」字。

〔註19〕白川靜《說文新義》十三下二八〇九～二八一〇，林潔明譯，此從《金文詁林》轉
　　　　引。
〔註20〕趙誠〈中山壺中山鼎銘試釋〉，《古文字研究》第一輯，1979年8月。

### 三、勞字的形義

從《郭店・緇衣》肯定了「裝」就是「勞」字，我們可以順著《郭店・緇衣》的「裝」往上推，金文中的「裝」（師袁簋，△5）也肯定是「勞」字。再往上推，我們赫然發現，甲骨文中就有「勞」字，也從炏、從衣，唯一的不同是「衣」形中有小點。甲骨文的「裝」字絕大部分見於五期分法的第二期，屬於出組二類，內容則多半和「𠂤」組成地名「𠂤裝」。以下選一些辭例不同的：

1. 壬寅卜行貞：今夕亡囚？才二月，才𠂤△1……／癸卯卜行貞：今夕亡囚？才𠂤△卜／甲辰卜行貞：今夕亡囚？才二月，才𠂤△卜／乙巳卜行貞：今夕亡囚？才𠂤△卜／丙午卜行貞：今夕亡囚？才二月，才𠂤寮卜　合集 24276（真 4.44+錄 690+合集 24314）

2. ……丑卜王在𠂤△2 卜　合集 24303

3. 甲寅卜行貞：王賓，歲三牛，亡咎？才𠂤△，茲不（？）雨（？）　24308（鄴初下 39.9）

4. ……辰卜旅貞：翌丁巳……旡至……在𠂤△3　24317（後下 25.5）

此字最早王襄《類纂・存疑》第八第四十三葉上謂：「疑榮字。」

朱芳圃《文字編・補遺》十九葉上：「郭沫若曰：王國維疑裝之初文，案此衣中尚有點滴，蓋榮之初文也。」（據李孝定《集釋》引）案：朱芳圃引郭說釋「榮」，但是郭沫若在《粹》1208～1210 隸作「裝」而無釋。

李孝定《甲骨文字集釋》二七二九頁：「《說文》：『裝，鬼衣。』……契文從二火、從衣中有點滴，或但從衣，二者實一字。字在卜辭均與『𠂤』字連文作『𠂤裝』（作裝作裝者均同），乃地名，與篆文裝字極近，王說當不誤也。金文作……，亦省一，與卜辭同，其義則假為營。」

大家可能沒有注意到甲骨文另外一條用法不同的△：

5. 乙丑祉雨，至于丙寅，△4　24333（上博新拓 91）

這條卜辭的意思很清楚，乙丑那天持續下雨，下到丙寅那天，終於釀成災害了，「△4」就是「勞」，讀為「澇」，大雨成災的意思。由此看來，「△」字不能讀為「裝」、「榮」，應該是很明確的。結合甲骨、金文、戰國楚文字，「△」字的讀法都一致指向「勞」。尤其甲骨文的字形出來之後，我們恍然大悟，「勞」字所以作「裝」形，所以從炏、從衣的原因都明白了。從炏，表示在熒熒燈火

之下；從衣中有小點，表示在燈火之下縫綴衣服。甲骨時代已有縫綴衣服之事，有「卒」字為證。甲骨文「卒」字作「𠥿」（鐵 23.2）、「𠥦」（粹 85），在衣服的中央打叉、或在衣字的末筆帶勾，表示衣服已經縫綴完畢（參裘錫圭〈釋殷墟卜辭中的卒和𧝞〉）。因此，甲骨文的「裝」字在衣服之中打點，應該可以表示在縫衣服。縫衣服是很辛勞的，家庭主婦往往在家人就寢之後，利用微弱的燈火，一針一針地縫衣服，甲骨文「裝」字，正是取象於此。西周金文以後，象縫綴之形的小點省略，變為從炊從衣；周晚師袁簋又疊加義符「廾」；戰國中山王𧊒鼎易「衣」旁為「心」，表示「勞心」也是一種「勞」。秦人尚力，所以秦文字省「衣」形下半，另加義符「力」，表示「用力者勞」。此後，「勞」字的構形本義漸漸難以明瞭，《說文》遂誤以為「熒火燒一，用力者勞」。東漢孟孝琚碑「勞」字為了表示是「勞心」之「勞」，所以又把「力」旁改為「心」旁。

因為「裝」是婦女縫綴衣服的辛勞，所以《詩經》中常用「勞」字形容女性的辛苦，如：「母氏劬勞、母氏勞苦」（《邶·凱風》）、「三歲為婦，靡室勞矣」（《衛·氓》、「哀哀父母，生我劬勞」（《小雅·蓼莪》）。

早期學者把這些小點看成水滴，這些小點有沒有可能看成表示水滴，那麼《合集》24333 的△字就可以直接釋「澇」，意義更直接。從構字取象來說，如果把小點看成水滴，那麼剩下的部分從炊、從衣，就得不出「勞苦」的意義了。

《合》24276 是一組連續卜夕的卜辭：「壬寅卜行貞：今夕亡𡆥？才二月才𠂤△……／癸卯卜行貞：今夕亡𡆥？才𠂤△卜／甲辰卜行貞：今夕亡𡆥？才二月才𠂤△卜／乙巳卜行貞：今夕亡𡆥？才𠂤△卜／丙午卜行貞：今夕亡𡆥？才二月才𠂤寮卜」，本片為殘片，上下肯定都還有卜辭。壬寅、癸卯、甲辰、乙巳在「𠂤裝」卜，丙午變成在「𠂤寮」卜，很可能「𠂤寮」就是「𠂤裝」。一般都同意，地名前綴為「𠂤」的，大抵是軍隊駐紮之地，而且多半是屬於小山丘之類的地形。在乙巳到丙午這麼短的時間內（一日的行程），不太可能有兩個軍隊駐紮地，而地名又完全同音（「勞」、「寮」二字上古音同在來紐宵部，完全同音），因此「𠂤寮」不排除有可能是「𠂤裝」。當然，這樣說的證據還是相當薄弱，這兒只是做為一種可能的假設提出，供大家討論。

△2（《合》24303）一形省炊，應該也是「勞」字。字從衣、中有縫綴小點，也足以表示縫衣之勞。

### 附：「勞」字字形表

| | | | | |
|---|---|---|---|---|
| 1.商.合 24276 | 2.商.合 24303 | 3 商.合 24317 | 4 商.合 24333 | 5 周晚.師寰簋《金》 |
| 6 春秋.鈴鎛《金》 | 7 戰.晉.中山王嚳鼎《金》 | 8 戰.楚.天卜《楚》 | 9 戰.楚.包 16《楚》 | 10 戰.楚.郭.緇 6《張》 |
| 11 戰.楚.郭.六 16《楚》 | 12 戰.楚.上一緇 4《楚》 | 13 秦.睡.為 12《張》 | 14 西漢.相馬經 5上《篆》 | 15 東漢.孟孝琚碑《篆》 |

中國文字學會、高雄師範大學國文系合辦「第十六屆中國文字學全國學術研討會」，2005 年 4 月 29～30 日。又，文中引甲骨材料中的「凡」字，王子揚以為多應釋「同」，參氏著博士論文《甲骨文字形類組差異現象研究》，頁 198～229。

# 甲骨文从「苜」之字
# 及其相關意義之探討

## 一、前 言

　　甲骨文有「🔣」、「🔣」、「🔣」、「🔣」、「🔣」、「🔣」、「🔣」、「🔣」、「🔣」等字，見《甲骨文字集釋》頁 859、2075、4403、4410；《甲骨文字詁林》3192、3197、3206～9 號。舊隸為「索」、「𩁹」、「𢑛」、「𡳿」、「𣪊」、「苜」、「爇」等。至其用法，于省吾釋為「索」祭或「與索祭用法相近」(《殷契駢枝三》34 頁)；屈萬里或釋為「蓋不知神之所在而尋求」之索祭 (《甲編考釋》58 頁)；朱芳圃釋為「束葦燒」之「苜」；陳劍贊成朱說釋「苜」(《殷墟卜辭的分期分類對甲骨文字考釋的重要性》53～58 頁) [註1]。本文贊成把「🔣 (東)」、「🔣 (農)」、「🔣 (農)」、「🔣 (叟)」、「🔣 (叟)」釋為「苜」；加義符「𦥑」則作「🔣 (𢶏)」、「🔣 (𦦎)」，或作「🔣 (𣪊)」；加聲符「坴 (往)」則作「🔣 (𦦎)」，省體則作「🔣 (𣗥)」。當祭名用時則相當於經典之「皇」、「祊 (𥛱)」、「索」。

---

〔註 1〕陳劍《殷墟卜辭的分期分類對甲骨文字考釋的重要性》(北京大學中國語言文學系中國古典文獻學博士論文，2001 年)，頁 53～58；又見陳劍《甲骨金文考釋論集》(北京，線裝書局，2007 年)，頁 317～453。

## 二、莒字在甲骨文中的字形及辭例

「莒」字在甲骨文中的字形及辭例有以下四類（為了行文方便，在一般敘述時，此字或寬式隸定作「莒」。出自《合集》者逕寫片號）：

甲、𧗽、𧗽、𧗽、𧗽

001. 〔癸〕卯卜翌丁末〔征（延）〕𧘇☐八月　乙子卜貞𧗽于大甲亦于丁羌
卅卯十宰用　乙子☐𧗽☐甲亦☐羌卅☐十宰☐　295＋340＋合補4469.賓組

〔註2〕

002. 翌乙卯彫子𧗽𠂤　672 正.賓組

003. 丙午卜貞𧗽于大甲于亦于丁三牢　1449 正.賓組

004. 戊戌卜賓貞𧗽于大甲亦☐　☐貞☐戠☐巋　1450.賓組

005. 弜于且丁彫子𧗽　1866.賓組

006. 癸子卜𣪊貞乎雀伐望戉　☐𧗽☐　6983.典賓

007. 貞叀𧗽令比𧗽二月　8084.賓組

008. ☐子☐𧗽☐陟☐二告　15365.賓組

009. ☐𧗽☐　18513.賓組

010. ☐𧗽☐　21416.𠂤組

011. ☐翌☐𧗽于大☐眔丁彫☐用　25949.出組

012. 壬☐乙☐𧗽☐　35245.歷組

乙1、𧗽、𧗽、𧗽

013. 叀☐𧗽　27133.何組

014. 壬寅貞伐卯叀羊　辛丑貞王其𧗽十羌又五　乙𧗽（子／巳〔註3〕）彫
𧗽　32066（粹500）＋32150.歷組〔註4〕

015. ☐于伊叀丁酉　來丁未𧗽于且乙　32550.歷組

---

〔註2〕295＋340 為蔡哲茂綴合，見《甲骨綴合集》（臺北：樂學書局，1999 年）第 354 組。
林宏明加綴《合補》4469，見〈甲骨新綴第一○○例〉，社科院先秦史網站，網址：
http://www.xianqin.org/blog/archives/1999.html

〔註3〕此字《粹》隸為「子」，《類纂》隸「于」，今案：當為讀為「巳」之「子」。

〔註4〕32066＋32150 為林宏明綴合，見《醉古集》（臺北：萬卷樓圖書公司，2011 年），
286 號。

016. 癸卯□弅呂□　乙卯貞丁子其█　□卯□子█　32884.歷組

017. □█□于五示　34110.歷組

018. 于乙丑█　于□亥█　34579.歷組

019. 其█于□　34580.歷組

020. 戊戌□王令敁田□　戊戌貞辛亥令阜□　乙卯貞丁子其█　屯65.歷組

021. 己亥貞其█　己亥貞其█于且乙　己□北□其弓□大乙□　英2402.歷組

022. 乙卯貞于丁卯█　乙卯貞□丁□其█　懷1577.歷組

023. 王叀□田□　其田徝于█亡🖜擒　□█□　29284.無名組

乙2、█

024. 丁子卜█□　22484.武丁時期特殊字體

025. 癸子貞其█山雨　33233.歷組

026. 甲申卜█兒目█羊　甲申卜█十山　丁巳卜█兒目█　丙子卜█　丙□卜█　33747正.歷組

027. 丁卯卜█岳雨　█十山雨　34205＋34861.臼歷〔註5〕

028. 己丑卜█兒目█羊　戊寅卜雨　34272正.歷組

029. 己子卜█雨　屯2161.歷組

030. 癸丑卜甲又宅土寮牢雨　乙卯其█目雨　己未卜今日雨至于夕雨　屯4400.歷組

丙、█、█、█、█、█、█、█

031. 庚辰卜貞屮于岳三羌三小宰卯三牛　庚辰卜貞衣█歲乍█自且乙至于丁十二月　377.臼賓

032. 乙酉□貞來乙酚█于且乙十二月　丙申卜貞□今丙申夕酚匸于丁十二月　1594.賓組

033. 丁酉卜爭貞來丁來（未？）█王　15816.賓組

034. 癸未卜貞█豐叀屮酉用十二月　15818.賓組

035. 貞弓█掛　15819.賓組

---

〔註5〕34205＋34861為蔡哲茂綴合，見《甲骨綴合彙編》（新北市：花木蘭出版社，2011年），第66號。

036. ☑貞翌丁☑██酓☑　　懷 120.何組

037. ☑皋　██☑王（？）十月　寽貞……宁……示……乎　4714.賓組

038. 甲辰卜貞████十一月　5909.典賓

039. ☑卜爭貞██伐卒于☑██王十一月　6667.賓組

040. 貞☑丁☑██　☑受虫年十月　9909.賓組

041. 甲子卜古貞禱年自上甲九月　己子卜古貞其☑年☑尞于上甲來九月
丁酉卜古貞大示五年九月　癸亥卜古貞禱年自上甲至多毓九月　☑
貞大示牛九月　☑古貞大示三宰九月　☑貞來乙亥皋其██王若九月

10111.賓組

042. 貞中帚尊██其用于丁☑　貞子母其毓不夶　癸亥其奏██子弘其☑

14125.賓組

043. 貞☑丁☑　　██☑　15820.賓組

044. 貞☑丁☑██☑　18583.賓組

045. 丙戌卜貞今日不雨　癸丑卜出貞旨虫求其自西虫來婐　☑卜出☑翌丁
卯☑喜██☑用允☑用　☑卜☑雨　24146.出組

046. 貞其██　☑卜即☑故　26066.出組

047. ☑出貞██翌☑用☑　26067.出組

048. ☑王其又大乙叀██　27095.無名組

049. ☑大乙大丁大甲其乍██鄷（██）乍豐庸又☑　27137.無名組

050. 癸未卜██　叀辛亥酓大吉　叀乙卯酓██大吉　叀丁子（巳）酓██　30806
＋30807＋30951.無名組〔註6〕

051. 其酓██不遘　36808.無名組

052. ☑██　☑王永☑　30809.無名組

053. 丁丑卜其██　30950.無名組

054. 乙未王其██湄☑大吉　30952.無名組

055. 壬寅☑其██☑用☑　30953.何組

---

〔註6〕30806＋30807＋30951 為黃天樹綴合，見《甲骨拼合集》（北京市：學苑出版社，
2010），第 231 則。

056. ☑未啟叀■叀夘　30954.無名組

057. 甲☑貞其■父甲眔大乙酚王受又又　30955＋27104.無名組〔註7〕

058. 叀■　30956.無名組

059. 丁亥貞■不遘雨　弜佋　32166.歷組

060. 丙寅貞丁卯酚阜尊■又伐　32235.歷組

061. 乙亥其■自且乙至于多毓（？）　32548.歷組

062. 癸亥貞來乙亥其■自且乙〔註8〕　32549.歷組

063. 癸子貞于彡卒惟■先　34415.歷組

064. 丁丑酚☑雨　34570.𠂤歷

065. 癸未貞其■　弜■　乙子貞卒彡其■　弜■　34572.歷組

066. 弜獸　癸未貞其■　弜■　乙子貞卒彡其■　弜■　34573.歷組

067. 甲辰卜■歲牢　弜牢　34574.歷組

068. 庚午貞■　■其二牛　34575.歷組

069. ☑■　34578.歷組

070. 癸亥卜才飴貞王才霱妹其■正王〔註9〕　35982.黃組

071. 辛未☑　弜■　☑■雨☑　屯388.歷組

072. ☑酉卜其奏■　今日辛不雨　屯417＋屯445.無名組〔註10〕

073. ☑酉卜其■☑乙未酚　屯418.無名組

074. 戊午卜其■匕辛牢　吉　弜異酚叀■隹否三牢　屯610.歷組

075. 乙卯卜其■不遘☑　屯635.歷組

076. ☑■酚于父☑　屯952.歷組

077. 己亥貞■弜瑟酚即　屯974.歷組

078. 丁丑卜■其酚于父甲又庸叀且丁用　叀父庚庸用隹父甲正王受又
　　庚子卜其■新☑鬯☑酉　屯1055.歷組

---

〔註7〕30955＋27104為莫伯峰綴合，見黃天樹《甲骨拼合續集》（北京市：學苑出版社，2011），第401則。

〔註8〕《摹釋總集》、《類纂》原作二條讀，今據白于藍《殷墟甲骨刻辭摹釋總集校訂》（福州：福建人民出版社，2004年）頁243改為連讀。

〔註9〕本條此字隸定作「𡂨」，左下從「圭」聲，舊或隸為「𡃍」、「崖」二字，當非。

〔註10〕屯417＋屯445為林宏明綴合，見《醉古集》第213號。

079. 弜獸　癸未貞其 □ 弜 □ 　于生月 □ 　屯1072.歷組

080. □丁貞乙亥酚 □ 　庚午貞 □ 于且乙□牛 □ 其二牛 □ 弜 □ 　癸酉貞
其□ 戠伊□ 甲戌丁其告于父丁 □ 一牛 茲用 三牛 甲戌貞□酚
□ 自□汜〔註11〕至于多毓用牛□羊九犬十又一□ 　屯1089.歷組

081. 丙寅貞□酚卓尊 □ □卯三牢于父丁 　屯1090.歷組

082. 甲辰貞曰 □ 祭 □貞先 □ 歲三牛 　屯1106.歷組

083. 癸卯貞叀 □ 先于大甲父丁 　屯1115.歷組

084. □百□ 　屯1230.歷組

085. 乙亥卜□ □ 酒又且□ 癸未卜酚 □ 　屯3724.歷組

086. □ □ 　屯3908.歷組

087. □子卜翌日乙丑□ □ 大乙亡 □ 　屯4181.歷組

088. 癸子貞戌大歹□其奏 □ 〔註12〕　屯4304.歷組

089. 未貞其 □ 　□用（？）□ □ （？） 英2477

090. □申卜其 □ 　英2360

091. 乙酉卜叀今日酚 □ 于父乙 2217.賓組

092. □子卜于晉酚 □ 15769.賓組

093. 甲寅□ □ □父乙 □寅□三月 19939.𠂤組

094. 辛□卜□ □ 21281.賓組

095. 丁酉卜 □ 仲兄丁 丁酉余卜隹庚召 丁未卜 □ □召 丁酉余卜今八
月又事 21586.子組

096. □亥卜□貞辛□事 不 □ 庚申卜祗貞乙丑丁 □ □ □ 祗□丁□
21852.子組

097. 壬寅卜貞四子以頁 乙丑中母 □ 五子以頁 于子 □ 五子 于己匕 □
匕已豕 匕丁豕 匕己豕 癸丑卜隹戊旁束小宰 貞帚婞 用今日

---

〔註11〕從陳劍釋汜。參〈甲骨文舊釋智和盤的兩個字及金文糱字新釋〉,《甲骨金文考釋論
集》（北京：綫裝書局,2007年）,頁177～233。

〔註12〕本條卜辭,《小屯南地甲骨考釋》頁360隸為「癸巳貞其奏敗」,且以「大戊｜歹」
為習刻。但是《摹釋總集》則隸為「癸巳貞戌大歹……其奏敗」。旭昇案：「大」下
有兩撇筆,疑為「乙」字。「戌」則有可能是「歲」字。（本條《摹釋總集》、《類纂》
片號都誤作4301）。

　　用今日　22215.子組

098　叀█　丁巳卜禦三牢妣庚　22294.婦女類

099.　乙亥酚█　22445.𠂤歷

100.　丙午卜叀于甲子酚█　乙子貞丁未又伐于父丁羌卅卯三☒　又三牛
　　茲用　32053.歷組

101.　癸卯貞叀█先于大甲父丁　癸卯貞〔丁〕未征𦹼示其隹枏　𦹼示莫　丙
　　午卜　32485.歷組

102.　叀于甲子酚█　32485.歷組

103.　甲戌卜█辛且二牛一☒　32582.𠂤歷

104.　☒卜來乙亥酚█　弜酚　壬午卜令般比侯告　癸未卜令般比侯告
　　☒亥卜☒█　乙亥卜先█酒又且辛　32812 甲乙.𠂤歷

105.　己酉　☒戌貞█其☒　34571.歷組

106.　庚子卜子█叀異眔良攺用　庚子卜子█叀異眔良攺用　庚子卜子█
　　叀異眔良攺用　癸卯夕歲匕庚黑牝一才入陟宔　花東 178.子組

丁 1、█

107.　癸未卜才𢀛貞今日九𢼊王于𡩕侯缶𠂤王其在𡩕█正　☒𢀛☒正
　　36525.黃組

丁 2、█

108.　己卯卜夏貞☒帝甲█☒其眔且丁☒至☒　27439.何組

　　以上這些字，有些舊釋為索、㢐、尞、昭、鸞等。前引陳文指出，從字形分
析的結果，索和束從來沒有寫作「█」形的，因此釋為索、束，應該可以排除。
釋為昭、㢐（本義為舉火照明），則有史墻盤「█」（照）字的佐證，有一定的
道理。陳文則舉出黃天樹繫聯出的一組歷組二類卜辭（屯 1115、合 32485、
32053），與陳文新繫聯的一組賓組賓出類卜辭（合 295＋340、1449 正、1450）
同卜一事，而前一組用「𣁬」字（字形丙 2），後一組用「叜」字（字形甲），分
析有關字形，可以知道「叜」跟「𣁬」字所從的聲符當為一字異體，可見得「叜」
跟「𣁬」當是通用字的關係。「叜」字象手持束葦火炬，當即「苣」字；而「𣁬」
字的讀音，透過以下二形，可以知道當讀為「𡉡」聲：

曰🔲王大乙在林田俞孤　俞玉戈〔註13〕

丁巳王在新邑初🔲 嗽士卿尊（《殷周金文集成》11.5985）

「㞢（往）」與「苣」上古音韻俱近，因此「🔲」形應該就是「苣」字。

至於乙2類，由於火苣中間沒有加二至三個圓圈，其用法也集中在於求雨，所以跟乙1類似乎有點不同。其實字形的差異，陳劍已指出「餿」、「餿」等字（本文歸在丙類），其右旁所从，有的有加二至三個圓圈，有的沒有加二至三個圓圈，其用法並無不同。因此至少在這些字的偏旁中，苣中加不加圓圈，並無不同。至於單獨成字的乙2類，是否跟乙1類完全同字，當然還要保留一些。

甲骨文偏旁中形義相近而混用的現象相當常見，所以這個偏旁既可以見於「苣」，也可以見於「爇」。我們甚至於可以進一步說，「🔲」字既然象束葦燃燒之形，則它當然既可以表示名詞性的「苣」，也可以表示動詞性的「爇」、「照」，甚至於表示形容詞性的「皇（火光盛大貌）」。從音理上來說，「苣」從「巨」聲，上古音屬羣母魚部；丙類字形加注「㞢（往）」聲，上古音屬為（云）母陽部，「皇」字上古音屬匣母陽部，三字聲母同屬喉音，韻為陰陽對轉。因此，我以為這個字在甲骨文中有不少可能可以讀為「皇」。

## 三、苣字的舊解及其在甲骨文中的用法

以下對「🔲」及從「🔲」的相關諸字在甲骨文中的用法做點初探。

朱芳圃釋甲、乙1為「苣」，卜辭中「義與燎同」：

> 此即苣之初文。……丫象葦，🔲象束。一作炬，《華嚴經音義》：「《說文》曰：『炬謂束薪而灼之。』謂大燭也。《珠叢》曰：『苣謂苣苣，束草爇火以照之也。』苣即古之炬字。」其說是也。卜辭云：「丙午卜貞🔲于大甲于亦于丁。三牢。」（續一・一〇・五）蓋用為祭名，即🔲、🔲之省形，義與燎同。〔註14〕

字形隸為「苣」，當可從。其意義則以為「用為祭名」、「與燎同」，簡單明瞭，倒也很難說不是。但總嫌缺乏文獻佐證。

于省吾釋甲、乙1形為「索」：

《續》一・十・五：「❁于大甲，于亦于□（祊），三牢。」《金》
三七五：「己亥貞，其❁。己亥貞，其❁于且乙。」《粹》五零零：「□
于酚❁。」明義士墨本有辭云：「❁于且乙。」❁❁❁即索字，其从
又或収或數點與否一也。……《禮記・郊特牲》：「索祭祝于祊，不知
神之所在，於彼乎？於此乎？或諸遠人乎？祭于祊，尚曰求諸遠者
與？」注：「索，求神也。」〈祭統〉：「詔祝于室，而出于祊，此交
神明之道也。」注：「出于祊謂索祭也。」《周禮・大司徒》：「十有
一曰索鬼神。」〈黨正〉：「國索鬼神而祭祀。」凡此均索祭之可徵諸
載籍者。契文亦作仐，即今掖字，《漢書・成帝紀》：「闌入尚方掖門。」
注：「應劭曰：『掖門者，正門之旁小門也。』師古曰：『掖門在兩旁，
言如人臂掖也。』」《儀禮・士虞禮》：「主婦亦拜賓。」注：「拜之於
闈門之內，闈門如今之東西掖門。」按《爾雅・釋宮》：「宮中之門
謂之闈。」注：「謂相通小門也。」郝懿行謂：「宮中廟中俱有闈門。」
是也。□即祊，契文「宗□」習見，即宗祊。（說詳吳其昌《殷虛書
契解詁》三・續二三五）「祊」謂宗廟之正門，「亦」謂宗廟之左右
小門。《前》四・十六・一：「亦門。」《林》二・二・十五：「貞：
自□門。」按亦門即掖門，□門即祊門，其言「索于大甲于亦于□」
者，「亦」與「□」即亦門祊門之省語。言用索神之祭於大甲，在亦
門及祊門也。蓋不知神之定處，故於「亦」又於「祊」也。又按契
文有饊饊酖等字，右均从索。以文例察之，有與索祭用法相近者，存
以待考。〔註15〕

　于文探討較深入，影響較大。但是，此字既不能隸為「索」，則釋為索祭，
可能就可以再商榷了。其次，于文據《續》1.10.5（即《合》1449 正臼）「❁
于大甲，于亦于□（祊），三牢」為說，謂「于亦」為「于掖門」，「于□」為
「于祊門（祊門）」，事實上，「于亦」的釋讀可能是有問題的。《合》295 云：
「乙子卜貞❁于大甲亦于丁羌卅卯十宰用　乙子□❁□甲亦□羌卅□十宰□」，
很明顯地「于大甲亦于丁」及「□甲亦」句中的「甲亦」二字中間並沒有「于」

〔註15〕于省吾《殷契駢枝三・釋索》，頁三十四下，據《甲骨文獻集成》（成都：四川大學
　　　出版社，2001年），第八冊，頁276。

字，《合》1450「戊戌卜賓貞■于大甲亦☑」句中的「甲亦」二字中間也沒有「于」字，《合》295、1449、1450 三條所卜事完全相同，又同為賓組卜辭，應該是同一時一事的多次占卜，則《合》「甲亦」二字中間的「于」字應該是衍文，大概可以確定了。〔註16〕據此，于文謂謂「于亦」為「于祓門」，「于□」為「于祊門（柕門）」恐怕也難以成立。同樣地，索祭說也面臨了重新檢討的必要。

王輝以為字可隸為索，義則為火祭：

> 于先生釋索為祭名是對的，其以為有求索意則似可商。我們以為索在甲文中無求索意，其作祭名也同柴祭一樣，是火祭之一種。所謂索，當作火繩解，為引火之物。《漢書・蒯通傳》曾記載了一個小故事：「里婦夜亡肉，姑以為盜，怒而逐之。婦晨去，過所善里母，語以事而謝之。里母曰：『女安行，我今令而家追汝矣。』即束縕請火於亡肉家，曰：『昨暮夜，犬得肉，爭鬥相殺，請火治之。』亡肉家遽追呼其婦。」這裡所謂束縕，就是用亂麻或草搓成的引火物。……卜辭用索字作祭名者如：

> 丙午卜，■于大甲，亦于丁。三牢。（續一・一〇・五）

> 辛亥卜，大貞，王其☑姚☑■，又☑（金一二二）

> 索字又作■、■、■諸形象以手持索，燃以祭神。■上之四點則象火花四濺。此三字之用為火祭，在卜辭中例子甚多：

> 己亥卜，其■于祖乙（金三七五）

> ☑丑貞，王其☑羌又五☑己酓■（粹五〇〇）

> ■于祖乙（南明五〇三）〔註17〕

王說的問題跟朱說類似，都是缺乏文獻的佐證。引《漢書・蒯通傳》的「束縕」與祭祀並沒有任何關係。

---

〔註16〕雖然《合》1450 為殘片，但學者把殘字補全之後的隸定應該可信的。案：《甲骨綴合集》在釋文及考釋第四百三十二頁已經指出《合》1449 的「于」字為衍文。我們加上《合》1550 的旁證後，《合》1449 衍一「于」字應該是更明確了。

〔註17〕王輝〈殷人火祭說〉，《古文字研究論文集》，見《四川大學學報》第十輯，頁259～260；又王輝《一粟集》（臺北：藝文印書館，2002 年），頁5～6。

　　丙、丁類字形中从「簋」的，舊多隸為「鬻（「鬻」、「餗」）」〔註18〕；从「酉」的，舊多隸為「茜」、「戮」，或以為同「鬻（「鬻」、「餗」）」。但所從「🔣」旁既已肯定不是「束」字，則以上隸定都不正確。相關的說法就不引述了。

　　以上四類「苴」字在甲骨文中的用法，歸納起來大約有以下四類：

## 一、人　名

　　翌乙卯酻子🔣斨　672 正

　　弜于且丁酻子🔣　1866.賓組

這兩條卜辭中的「子苴」，似是人名。

## 二、地　名

　　王叀囗田囗　其田徭于🔣（🔣）亡𢦏擒　囗🔣囗　29284.無名組

本條卜辭的「🔣」字當與「徭」同為地名，「于」釋為「與」。〔註19〕

## 三、先祖之祭名

　　此字當祭名的數量相當多，學者幾乎沒有人反對此字可當祭名用，但究竟是什麼祭，則看法各不相同。以下，我們先進行一些基本的分析。

## （一）祭祀對象

從上舉用例，我們可以歸納出「苴」祭的對象是：

　　大甲亦丁　001（295＋340）、003（1449）、004（1450）

　　且乙　015（32550）、021（英2402）、032（1594）

　　自且乙至于丁　031（377）

　　自且乙至于多毓（？）　061（32548）

　　自且乙　062（32549）

　　父甲　078（屯1055）

　　且乙　080（屯1089）

　　父丁　080（屯1089）

　　大乙　087（屯4181）

　　父乙　091（2217）

　　先于大甲父丁　101（32485）

〔註18〕參《甲骨文字集釋》第三，頁 859；《甲骨文字詁林》第四冊，頁 3228，第 3209 號。
〔註19〕參《甲骨文字釋林·釋叴徭》（北京：中華書局，1979 年），頁 152～153。

辛且　103（32582）

## （二）同見祭名祭儀

在卜辭中，與𦰩祭同見的祭名祭儀有：

衣𣎆歲乍（？）【圖】031（377）

【圖】豐叀山酉　034（15818）

【圖】酓　036（懷120）、076（屯952）；酓【圖】050（30807）、051（36808）、064

（34570）、（080）屯1089、（085）屯3724、（091）2217、（092）15769、（099）22445、

（100）32053、（101）32485、（104）32812

【圖】弜瑟酓即　077（屯974）

【圖】038（5909）

酓彝尊【圖】又伐　060（32235）

酓彝尊【圖】　（081）屯1090

于乡卒惟【圖】先　063（34415）

卒乡其【圖】065（34572）、066（34573）

弜異酓叀【圖】隹舌三牢　074（屯610）

【圖】其酓　078（屯1055）

【圖】祭　（082）屯1106

## （三）祭　品

在卜辭中，與𦰩祭同見的祭名祭儀有：

【圖】于大甲亦于丁羌卅卯十牢用　001（295＋340）

【圖】于大甲于【圖】于丁三牢　003（1449）

【圖】豐叀山酉　034（15818）

【圖】酓　036（懷120）、076（屯952）；酓【圖】050（30807）、051（36808）、064

（34570）、（080）屯1089、（085）屯3724、（091）2217、（092）15769、（099）22445、

（100）32053、（101）32485、（104）32812

【圖】歲牢　067（34574）

弜異酓叀【圖】隹舌三牢　074（屯610）

【圖】其二牛　【圖】一牛　（080）屯1089.歷組

【圖】辛且二牛一▢　（103）32582

## （四）時　間

苣祭在什麼時間，大部分的卜辭都看不出，但是有兩條是希望在早上：

056. ☑未啟叀█叀夗　30954

092. ☑子卜于晉酓█　15769.賓組

060 一條應該是卜問要不要舉行苣祭，是否要在「夗」舉行。097 則是卜問是否要在「晉」舉行酓█，「晉」字當讀為「早」。〔註20〕另外，075「癸亥卜才𠂤貞王才𦎫妹其 █ 正王」（35982）一條，「妹」字舊或釋為「昧爽」，以為時稱，李宗焜〈卜辭所見一日內時稱考〉以為「妹」不得做為時稱，當釋為否定詞。〔註21〕

## （五）處　所

前引于省吾文據《合》1449「丙午卜貞█于大甲于亦于丁」，以為「索」祭當在祧門、祓門。不過，前文已指出本辭的第二個「于」字為衍文，因此于文「祧門」、「祓門」之說已不足信。大部分的苣祭卜辭都沒有寫出處所，不過，以下這一條卜辭可能跟處所有關：

049. ☑大乙大丁大甲其乍　█鸞（█）乍豐庸又☑　27137.何組

金祥恆〈釋鸞鸞〉云：

> 甲骨文有鸞與鸞，皆从觀。……另一字見於胡厚宣戰後南北所見甲骨錄，明義士舊藏甲骨文字第五四九片：
>
> > 大乙、大丁、大甲，其乍觀鸞，乍豐唐，又（足）？
>
> 其鸞，蓋从鸞从門，門亦聲。……「其乍觀鸞，乍豐唐」，蓋「觀鸞」與「豐唐」對文。「豐唐」者，豐道也。……豐，王國維〈釋禮〉云「……皆象二玉在器之形。古者行禮以玉，故《說文》曰『豐，行禮之器』，其說古矣！……「豐唐」者，宗廟醴祭之道也。「觀鸞（門）」者，以觀義推之，乃以黍稷祭祀，以門區分之也。與後世迎神賽會，舉行之大典所建立牌閣紙門然。卜辭「其乍觀鸞，乍豐唐」，謂祫祭其先祖大乙、大丁、大甲，舉行觀祭與豐（醴）祭而建門築

〔註20〕陳劍〈釋造〉，《出土文獻與古文字研究》第一輯，2006 年 12 月，頁 1～15。

〔註21〕李宗焜〈卜辭所見一日內時稱考〉，《中國文字》新 18（1994 年），頁 173～208。

道也。……故鬩，从鬮从門，門亦聲，其義乃鬮門也。〔註22〕

旭昇案：金文隸「庸」為「唐」，釋「豐唐」為「豐道」；又隸「🔣」為「鬮」，隸「🔣」為「鬩」，固不可從。謂「乍🔣🔣」為為祭祀而建門，則頗有啟發性。

裘錫圭〈甲骨文中的幾種樂器名稱──釋「庸」「豐」「鞀」〉則釋「豐」為「大鼓」；釋「庸」為「鏞」即「大鐘」，「作豐庸」則為：

> 《禮記‧仲尼燕居》：「爾以為必行綴兆，興羽籥，作鐘鼓，然後謂之樂乎？」卜辭所說的「作豐」「作庸」，大概多數與《禮記》的「作鐘鼓」同意，是指作樂而言的。其中是否有應該當製作豐庸講的，還需要研究。〔註23〕

旭昇案：「作豐庸」裘文提出二說，態度甚為嚴謹。「鬮」从餿从門，當係「餿」祭處所之專用字，其位置當在「門」，應無可疑。「作餿鬮」比照「作豐庸」，則似可釋為「於『鬮』舉行餿祭」，是否可以釋為「為餿祭而建造『鬮』」，還需要研究。

另外，035「貞弓🔲🔲（15819.賓組）」一條，學者或隸為「貞弓🔲孰」。「孰／孰」字作「🔲（🔲）」，从丮从🔲。🔲，各家隸定不同，孫詒讓疑為「豆」之省，又疑「皀」字；王襄釋「言」；白玉崢釋煇。〔註24〕張秉權以為：

> 孫釋皀近是。皀讀若香，與享音近，疑假為享。甲骨文中享字作🔲，與此形近，而且甲骨文作「囗」與作「一」往往可以通用……所以即說🔲即🔲字也不為過。〔註25〕

《殷墟甲骨刻辭摹釋總集》15819 號條下隸為「孰」，而《甲骨文字詁林》第一冊 436 頁第 390 號謂「字不識」，但在第三冊 1977 頁第 2023 條下案語云：「《合集》一一〇〇六正辭云：『丙戌卜，㲋貞，尞王亥🔲；貞勿🔲尞十年』，又《屯》附一四辭云：『丙辰卜，王于來丁🔲祖丁』，均為祭名。張秉權疑為

---

〔註22〕 金祥恆〈釋🔲🔲〉，藝文印書館《中國文字》第 18 冊，1965 年；合訂本《中國文字》第五卷第十八冊，總頁碼第 2005～2010 頁）。

〔註23〕 裘錫圭：〈甲骨文中的幾種樂器名稱──釋「庸」「豐」「鞀」（附：釋「万」）〉，收在其《 古文字論集》（北京：中華書局，1992 年），頁 196～209。

〔註24〕 俱參《甲骨文字詁林》第三冊 1976～1977，頁第 2023 條下。

〔註25〕 張秉權《殷虛文字丙編考釋》（臺北：中央研究院史語所，1957 年），頁 147。

『☖』字，極有可能。」如果依此隸定，則本條為貞問是否不要在門塾舉行釀祭〔註26〕。

　　花園莊東地甲骨公佈後，其中有「☖」字，學者多釋為「圭」〔註27〕，似較合理，劉釗《新甲骨文編》卷三頁158因此隸「☖」為「玨」。據此，本條與場所似無關。

### （六）「莒」與歌舞樂有關

「莒」與演奏歌舞樂有關的見於以下這兩條：

072. □酉卜其奏☖　今日辛不雨　屯417＋屯445

088. 癸子貞戌大乡□其奏☖〔註28〕　屯4304.歷組

　　宋鎮豪主張「☖」應該是「擊缶或陶鼓之類的敲擊樂器……其祈雨之事，猶《詩・小雅・甫田》云：『琴瑟擊鼓，以御田祖，以祈甘雨。』」又據《合》27137「乍☖臂，乍豐庸」，謂「☖與臂可能屬於兩種形制不同的陶製敲擊樂器，☖或為擊缶或陶鼓之類的敲擊樂器，臂字从門，可能是一個示其樂器設於門形架座的表意文字」。〔註29〕

　　案：甲骨中與「奏」結合的情況有以下幾種：（一）與樂器結合，如「作庸（鏞）奏」（3256）、「奏☖（韶）」〔註30〕（14125）；（二）與舞結合，如「戚

---

〔註26〕門塾的解釋，參裘錫圭〈釋殷墟卜辭中與建築有關的兩個詞——「門塾」與「𠬝」〉，收在其《古文字論集》，頁190～195，中華書局，1992年8月。

〔註27〕李學勤〈從兩條《花東》卜辭看殷禮〉，《吉林師範大學學報（人文社會科學版）》2004.3：2；蔡哲茂〈說殷卜辭中的「圭」字〉，中國文字學會、河北大學漢字研究中心編，《漢字研究》第一輯，北京：學苑出版社，2005年；王蘊智〈釋甲骨文☖字〉，《古文字研究》第二十六輯，頁76～79，2006年11月；董蓮池・畢秀潔〈商周「圭」字的構形演變及相關問題研究〉（《中國文字研究》第13期，2010年）指出「☖」是取象於「戈」，陳劍〈說殷墟甲骨文中的「玉戚」〉（《中央研究院歷史語言研究所集刊》第七十八本第二分，2007年6月；又發於復旦大學出土文獻與古文字網站，2009年9月11日）則更具體地指出《屯南》2194＋3572的「戈」字作「☖」，去掉柲之後，與《花東》的「☖」非常接近。旭昇案：甲骨文偏旁同形異字的現象較多，「☖」字釋為「玨」究竟作何解釋，目前也不清楚，因此我們也不能完全排除此字仍有釋為「塾」的可能。

〔註28〕本條卜辭，《小屯南地甲骨考釋》頁360隸為「癸巳貞其奏☖」，且以「大戌｜乡」為習刻。但是《摹釋總集》則隸為「癸巳貞戌大乡……其奏☖」。旭昇案：「大」下有兩撇筆，疑為「乙」字。「戌」則有可能是「歲」字。（本條《摹釋總集》、《類纂》片號都誤作4301）。

〔註29〕宋鎮豪〈殷墟甲骨文中的樂器與音樂歌舞〉，《古文字與古代史》第二輯，中研院史語所，2009年。

〔註30〕裘錫圭〈甲骨文中的幾種樂器名稱——釋「庸」「豐」「韶」（附：釋「万」）〉，頁203。

奏」（31027）〔註31〕、「奏舞」（12818）；（三）‧地名結合，如「奏河」（14605）、「奏岳」（14475）、「奏𡛷」（20398）；（四）與處所相結合，如：「于新室奏」（31022）、「奏于兆宅」（13517）、「于盂廳奏」（31022）；（五）與受祭者相結合，如「奏母庚」（460）、「奏祖乙」（10198 反）、「于妣壬奏」（22050）；（六）與祭儀結合，如「奏彡」（34565）。

「奏𩵦」的「𩵦」不太可能是人名、地名、處所、先祖神靈，它只有兩個可能，一是樂舞名，一是最常見的祭名。如釋為樂舞名，則此字可能讀同「皇」，《周禮‧舞師》：「教皇舞，帥而舞旱暵之事。」〔註32〕當然，前一種可能性似乎大些。

### 四、求雨之祭名

甲骨文乙 2 類的「𦥔」字都和求雨有關，因此應該是求雨之祭。不過，因為這一類的字形學者的看法還不完全一致，所以我們在探討完「苣」祭祀祖先神的意義之後，再略加解說「𦥔」為求雨之祭。

## 四、「苣」應該讀為「皇」

由於資料並不是很完整，所以經過仔細的分析，我們仍然很難對「苣」祭有很具體的認識。不過，如果從音義來推測，我以為「苣」做為祭名，可能讀為「皇」。

甲骨文的「皇」字作「𩫋」（《後》2.26.11＝《合》6961），左從戉，右象火苣輝煌（我舊釋為「煌」，現在看來，這個偏旁也可以說成「苣」，「苣」、「皇」音近，作聲符用）。左旁的「戉」表意（也表音），「皇」意為「征伐」，《詩‧豳‧破斧》「周公東征，四國是皇」之「皇」字即用此義。〔註33〕

本文所討論的「𡦦」、「叟」、「餗」、「𩵦」、「醙」、「𨡜」、「𩰇」等字，雖然也可以讀「皇」，但主要表示的是「祭祀」義，與「皇」表示的「征伐」義不同。典籍中的「皇」字也有表示「祭祀」義的，如《詩經》以下三句：

---

〔註31〕林澐〈說戚我〉，《古文字研究》第十七輯，1989 年，頁 198～202。

〔註32〕《重栞宋本周禮注疏附校勘記‧地官司徒第二‧舞師》，頁 190，據中央研究院歷史語言研究所「漢籍電子文獻資料庫」。

〔註33〕拙作〈說皇〉，第六屆中國文字學學術研討會論文，臺中：中興中學中文系所主辦，1995 年 4 月 30 日。

先祖是皇，神保是饗。（《小雅·楚茨》）

先祖是皇（《小雅·信南山》）

上帝是皇（《周頌·執競》）

〈楚茨〉一篇，是敘述周代祭祀相當詳細的詩篇，全文如下：

楚楚者茨，言抽其棘。自昔何為？我蓺黍稷。我黍與與，我稷翼翼。我倉既盈，我庾維億。以為酒食，以享以祀，以妥以侑，以介景福。

濟濟蹌蹌，絜爾牛羊，以往烝嘗。或剝或亨，或肆或將。祝祭于祊，祀事孔明。先祖是皇，神保是饗。孝孫有慶，報以介福，萬壽無疆。

執爨踖踖，為俎孔碩。或燔或炙，君婦莫莫。為豆孔庶，為賓為客。獻酬交錯，禮儀卒度，笑語卒獲。神保是格，報以介福，萬壽攸酢。

我孔熯矣，式禮莫愆。工祝致告，徂賚孝孫。苾芬孝祀，神嗜飲食。卜爾百福，如幾如式。既齊既稷，既匡既敕。永錫爾極，時萬時億。

禮儀既備，鐘鼓既戒。孝孫徂位，工祝致告。神具醉止，皇尸載起。鼓鐘送尸，神保聿歸。諸宰君婦，廢徹不遲。諸父兄弟，備言燕私。

樂具入奏，以綏後祿。爾殽既將，莫怨具慶。既醉既飽，小大稽首。神嗜飲食，使君壽考。孔惠孔時，維其盡之。子子孫孫，勿替引之。〔註34〕

周代宗廟祭祀分為二十六個階段，分別是：（1）采菜；（2）庀牲；（3）田禽；（4）視濯、省牲、視饎爨；（5）陰厭；（6）升歌；（7）祼；（8）迎牲詔牲；（9）殺牲薦毛血；（10）燔燎；（11）割牲；（12）祊祭；（13）合烹；（14）詔羹定；（15）下管；（16）妥尸；（17）薦黍稷加肺；（18）侑尸；（19）從獻；

---

〔註34〕《重栞宋本毛詩注疏附校勘記·小雅·楚茨》，頁453～459，據中央研究院歷史語言研究所「漢籍電子文獻資料庫」。

（20）舞；（21）齪；（22）旅酬；（23）告利成；（24）徹；（25）燕私；（26）繹賓尸。〔註35〕第二章是屬於（8）至（12）的階段。但是，歷代注解家對這一節「先祖是皇，神保是饗」的解釋卻相當含混。

毛傳云：

> 皇，大；保，安也。〔註36〕

鄭箋云：

> 皇，暀也，先祖以孝子祀礼甚明之故，精氣歸暀之，其鬼神又
> 安而享其祭祀。〔註37〕

歷代學者對毛鄭的歧異，其實也沒有什麼很好的解決辦法。高本漢《詩經注釋》對此的裁判卻相當果決：

六六一　先祖是皇

A 毛傳：皇（*gâng／ɣwâng／huang），大也（爾雅訓君「君」）；所以：先祖尊大。這是「皇」字的基本意義，和〈正月〉篇「有皇上帝」的「皇」一樣，經典常見。

B 鄭箋：皇，暀也（*giwang／jiwang／wang）。爾雅：「暀暀，皇皇——美也，但「暀」在古書中沒有例證。鄭氏的「暀」不是爾雅「美」的意思，而是假借作「往」（*giwang／jiwang／wang）；所以，這句詩是：先祖（出發）來了。〈信南山〉篇也有「先祖是皇」，鄭箋：皇之言暀也，先祖之靈歸往。又看下文《魯頌・泮水》篇。鄭氏以為這裡的「皇」是「往」，是不是因為「徨」字（見《莊子等》）的影響呢？無論如何，他的解釋都是無依據而無價值的揣測。〔註38〕

高氏對鄭箋的評語相當重。問題是：鄭箋是不是「都是無依據而無價值的揣測」呢？恐怕未必。從前的學者也許無法評斷，但隨著甲骨文出土數量的

---

〔註35〕季旭昇《詩經吉禮研究》（臺灣師範大學國文研究所碩士論文，周何指導，1983 年 4 月），頁 94～135。

〔註36〕《重栞宋本毛詩注疏附校勘記・小雅・楚茨》，頁 455，據中央研究院歷史語言研究所「漢籍電子文獻資料庫」。

〔註37〕《重栞宋本毛詩注疏附校勘記・小雅・楚茨》，頁 455，據中央研究院歷史語言研究所「漢籍電子文獻資料庫」。

〔註38〕高本漢著，陳舜政譯《詩經注釋》（臺北：中華叢書編審委員會，1960 年），頁 643。

增加及研究的深入，我們今天可以更多的材料來進行分析判斷了。我認為，「先祖是皇」的「皇」是個與祭祀有關的動詞，很可能就是從甲骨文「茞」字演變而來的。

先從句法來看，「先祖是皇」與「神保是饗」並列，「饗」是個與祭祀有關的動詞，「皇」也應該是。「神保是饗」義同「神保饗之」或「饗神保」，則「先祖是皇」也應該等於「先祖皇之」或「皇先祖」（同樣句法，本詩還有「神保是格」，即「神保格之」或「格神保」）。事實上，這兩句是緊承前兩句「祝祭于祊，祀事孔明」而來的，四句話講的是同一階段的祭祀。因此，〈楚茨〉的「先祖是皇」可能本來是指「先祖接受我們的皇祭」或「皇祭先祖」。

只是後世學者對「祊祭」的解釋有歧見，所以可能不太容易一下子接受這樣的解釋。祊祭見於以下三處：

一、見於《毛詩·小雅·楚茨》

《毛詩·小雅·楚茨》「祝祭于祊」毛傳云：「祊，門內也。」鄭箋云：「孝子不知神之所在，故使祝博求之平生門內之旁待賓客之處。」〔註39〕

據此，祊在門內。又據〈楚茨〉詩文，祊在祭之同日薦毛血、燔燎、割牲之後，合烹之前。

二、見於《禮記·郊特牲》

《禮記·郊特牲》：「孔子曰：『繹之於庫門內，祊之於東方，朝市之於西方，失之矣。』」鄭注：「祊之禮宜於廟門外之西室，繹又於其堂，神位在西也，此二者同時而大名曰繹，其祭禮簡，而事尸禮大。朝市宜於市之東偏，周禮市有三期，大市日側而市，百族為主；朝市朝時而市，商賈為主；夕市夕時而市，販夫販婦為主。」〔註40〕

據鄭注，本條祊與繹同時，而總名為「繹」。地點則在廟門外之西室。

三、見於《禮記·禮器》

《禮記·禮器》：「納牲詔於庭，血毛詔於室，羹定詔於堂，三詔皆不同位，蓋道求而未之得也。設祭于堂，為祊乎外，故曰於彼乎？於此乎？」鄭注：「祊

---

〔註39〕均見《重栞宋本毛詩注疏附挍勘記·小雅·楚茨》，頁455，據中央研究院歷史語言研究所「漢籍電子文獻資料庫」。

〔註40〕均見《重栞宋本禮記注疏附挍勘記·郊特牲第十一》，頁489。據中央研究院歷史語言研究所「漢籍電子文獻資料庫」。

祭，明日之繹祭也。謂之祊者，於廟門之旁，因名焉。其祭之禮，既設祭於室，而事尸於堂，孝子求神非一處也。……不知神之所在也。」〔註41〕

　　據鄭注，本條祊與繹同時，在祭之明日又祭之時。地點在廟門之旁。

　　以上三條資料，舊注的說法頗有出入，最大的問題有三個：一、祊的地點是在「門內」、「平生門內之旁待賓客之處」，還是「廟門外之西室」、「廟門之旁」？二、祊與繹是否同日？在祭之日，還是在祭之明日？三、「祊」與「繹」是否總名為「繹」？

　　由於資料不足，舊時的學者事實上是不可能解決的。我們姑引具代表性的幾家為例：

　　孔穎達《詩·小雅·楚茨》正義調和鄭玄之異說，以為祊、繹兩者都有祊稱：

> 〈釋宮〉云：「閎謂之門。」李巡曰：「閎，廟門名。」孫炎曰：「《詩》云：『祝祭于祊。』祊謂廟門也。」彼直言門，知門內者，以正祭之禮不宜出廟門也。而〈郊特牲〉云：「直祭祝於主。」注云：「直，正也。謂薦熟時也，祭以熟為正。」又曰：「索祭祝於祊。」注云：「廟門外曰祊。」又注「祊之禮宜於廟門外之西室」，與此不同者，以彼祊對正祭，是明日之名。又彼記文稱「祊之於東方」為失，明在西方，與繹俱在門外，故〈禮器〉曰：「為祊於外」，〈祭統〉曰：「而出於祊」，對設祭於堂為正，是以明日之繹故，皆在門外。與此不同，以廟門謂之祊，知內外皆有祊稱也。〔註42〕

　　陳奐《詩毛氏傳疏》反對祊祭在繹祭時，並用焦循之說，以為祊祭當在廟門內。雖未明斥鄭玄之誤，但實際上就是認為鄭玄說錯了：

> 《爾雅》：「閎謂之門。」李孫注並云：「廟門也。」門曰閎，門內之祭曰祊。《說文》：「䄟，門內祭先祖所以彷徨也。《詩》曰：『祝祭于䄟』。或从方作祊。」言門內，本毛義也。凡祭宗廟之禮，廟主藏於室中，于其祭也，祝以詔告之，所謂「直祭祝于主」也。廟門

---

〔註41〕均見《重栞宋本禮記注疏附校勘記·禮器第十》，頁472，據中央研究院歷史語言研究所「漢籍電子文獻資料庫」。「三詔」原誤作「三韶」，今依藝文版《禮記》逕改。

〔註42〕均見《重栞宋本毛詩注疏附校勘記·小雅·楚茨》，頁456，據中央研究院歷史語言研究所「漢籍電子文獻資料庫」。

之內皆祖先神靈所馮依焉，孝子不知神之所在，于其祭也，祝以博
求之，所謂「索祭祝于祊」也。是祊祭當在事尸之前。至繹祭，主
未納室，故無詔室之祭，亦必無索神之祭。鄭注《禮記》以祊為繹，
宜於廟門外；箋《詩》又以門內為大門內，非廟門內。康成初不治
《毛詩》，而箋《詩》常自用其禮注，孔疏曲為護，解廟門外為繹祭
之祊，廟門內為正祭之祊，則《詩》之祊與《禮記・郊特牲》、〈禮
器〉之祊為二祭矣。江都焦循《宮室圖》云：「繹祭之名見於諸經者，
絕不與祊混。祊皆正祭索神之名。所云為祊於外，而出於祊者，皆
對室中言，非門外也。」焦說是矣。〔註43〕

先不管祊祭的時間吧，各家都同意祊祭就是索祭，不知神之所在，於此乎？於
彼乎？因此要求索。如果我們推測商代也有這樣的祭祀，「𦮼」祭倒是頗能符合
「祊祭」、「索祭」的特性。祊、索的目的是要確認神明降臨，「𦮼」應該也是這
樣，其基本方式應該是舉火照求，在煙火晃動中恍似神明降臨。𦮼祭要用酒，
所以或加「酉」旁，要用穀物，所以或加「皀」旁。其聲變而讀如「皇」，因而
加「坴（往）」聲。神明是否降臨，常常要確認，所以殷代的「𦮼」祭時間不固
定，視需要而舉行。我們看到甲骨文中祭祀的程序，「𦮼」有在「彡」祭完畢舉
行的：

063. 癸子貞于彡卒惟█先　34415

065. 乙子貞卒彡其█　　弜█　34572

「彡」與「繹」的關係密切，《爾雅・釋天》：「周曰繹，商曰肜。」這是學
者所熟知的。如果甲骨文中的「█」確有在「卒彡」舉行，則鄭注以為「祊祭，
明日之繹祭也」，未嘗不是反映了殷代「𦮼」祭的部分現象。

周代以後，時移禮變，尊禮尚施，敬神遠鬼，𦮼（皇）祭的重要性降低了，
舉行的時間也固定在合烹之前，但注解家還保留了一些遠古流傳下來的說法，
因此鄭玄會有不同的異說。〈楚茨〉鄭箋釋「皇」為「暀」，謂「先祖以孝子祀
礼甚明之故，精氣歸暀之」，則是在周代「皇」字已不做祭祀專名之後，學者不
明其義，因而釋義趨向虛化，意思是先祖的神靈降臨了。〈信南山〉鄭箋謂「皇
之言暀也先祖之靈歸暀」，也是類似的意思。前引高本漢《詩經注釋》對鄭箋的

─────────────────

〔註43〕陳奐《詩毛氏傳疏》（臺北：廣文書局，1967年），卷二十葉十四下。

評語是「鄭氏以為這裡的「皇」是「往」，……無論如何，他的解釋都是無依據而無價值的揣測」，其說批評太過，現在看來，可能是不太恰當的。

至於〈執競〉「上帝是皇」的「皇」，毛傳釋為「美也」，應該就是前述釋義的再進一步虛化了。

綜上所述，商代的「茵（皇）」可能為求神之祭，其用較廣，時、地、神都不固定，視需要而舉行。到周代以後，「茵（皇）」祭規模縮減（前引鄭注說「其祭禮簡」），只剩「祊（禩）祭」或稱「索祭」。在「殺牲薦毛血、燔燎、割牲」之後，「合烹」之前。其名或由「皇」而轉為「祊、禩」，再轉則為「索」。茵（魚部）、皇（陽部）、祊（陽部）、禩（陽部）、索（鐸部），上古音魚鐸陽的主要元音相同，其聲音關係也是相當密切的。

甲骨文乙 2 類的「𦘒」字都和求雨有關。如果我們同意此字與其它寫法的「茵」同字，那麼它也應該讀為「皇」，《周禮·地官·舞師》：

> 舞師，掌教兵舞，帥而舞山川之祭祀；教帗舞，帥而舞社稷之
> 祭祀；教羽舞，帥而舞四方之祭祀；教皇舞，帥而舞旱暵之事。
> 〔註44〕

鄭注：

> 羽析，白羽為之，形如帗也。四方之祭祀，謂四望也。旱暵之
> 事，謂雩也。暵，熱氣也。鄭司農云：「皇舞，蒙羽舞。書或為翌、
> 或為義。」玄謂，皇析五采羽為之，亦如帗。〔註45〕

前引陳劍文已指出這一類的祭祀與求雨關係密切。《周禮》謂「皇舞，帥而舞旱暵之事」，雖然「𦘒」字從字形看不出有舞，但其與求雨關係密切，則與《周禮》的「皇」有密切關係，應屬合理。

甲骨文另有「𦘒」字，見《合》6343：「庚寅　壬辰　貞叀舌方▆伐翿　弜乎王族凡于疾　☑庚弜令」，字形中部也是「茵」，如果也把此字讀同「茵」聲，

---

〔註44〕《重栞宋本周禮注疏附校勘記·地官司徒第二·舞師》，頁 190。據中央研究院歷史語言研究所「漢籍電子文獻資料庫」。
〔註45〕《重栞宋本周禮注疏附校勘記·地官司徒第二·舞師》，頁 190。據中央研究院歷史語言研究所「漢籍電子文獻資料庫」。

那麼「⿰⿱⿱⿱伐」當即「皇伐」，甲骨文有「⿱伐咢」，當讀為「皇伐咢」[註46]（6960、6961），也可以說明从「苣」之字可讀如「皇」。

## 五、結　語

甲骨文的「苣」字，有四個意義：一、人名；二、地名；三、先祖之祭名；四、求雨之祭名。作為先祖祭名的「苣」字疑同周代《詩經・楚茨》「先祖是皇」的「皇」祭，即「祊」祭。其祭最早在祭的那個階段，不是很固定，因此鄭玄以為「祊」與「繹」同，其說與甲骨「彡卒其苣」相合。求雨之祭的「苣」與《周禮》「皇舞」主為「旱暵」相合。「苣」讀如「皇」，周代以後其禮簡省，音變而為「祊」、「索」。于省吾說雖然於字形不合，但於祭禮則仍不可易。

發表於 2012 年 6 月 20～22 日中研院歷史語言研究所「第四屆漢學會議——出土材料與新視野」。又，文中引甲骨材料中的「凡」字，王子揚以為多應釋「同」，參氏著博士論文《甲骨文字形類組差異現象研究》頁 198～229。

---

[註46] 劉釗〈卜辭所見殷代的軍事活動〉（《古文字研究》第十六輯，1989 年）頁 113 隸為「瞪伐」，義為「大伐」。拙文以為「皇」義即征伐，參〈說皇〉，第六屆中國文字學學術研討會論文，臺中：中興中學中文系所主辦，1995 年 4 月 30 日。

# 說　役

　　「役」，《說文》以為从殳从彳，異體作伇，義為戍邊。本來沒有人覺得有什麼問題。但近世戰國文字出來後，字形與《說文》差異較大，「役」的問題開始出現，學者提出各種不同的意見，未能統一。本文試圖對這些問題進行一些探討。當然，由於西周春秋未見「役」字，有關「役」字的探討，仍然只能說是一種嘗試。

## 一、役字的舊說

　　《說文》：「𠈃：戍邊也。从殳，从彳。臣鉉等曰：『彳，步也。彳亦聲。』伇，古文役，从人。（營隻切）」

　　這樣的解說，二千年來基本沒有問題。﹝註1﹞1899 年甲骨文問世後，甲骨文中有𠈃（《合》17939），王襄疑為「役」字；余永梁以為與《說文》古文同，即「役」，從之者甚多。李孝定先生以為此字从殳从人其本義當為扑擊，無由得有行役或戍邊之義，不同意是「役」字。也有學者以為當釋「攸」，但從之者不多。﹝註2﹞李宗焜先生《甲骨文字編》隸作「伇」，音 yì。劉釗先生主編《新甲骨文編（增訂本）》也隸作「伇」，但以為與「役」不同字。﹝註3﹞

---

﹝註1﹞當然，徐鉉以為「彳亦聲」應該是沒有必要的，在「役」這樣的結構中，「彳」沒有擔任聲符的必要。

﹝註2﹞參《甲骨文字詁林》（北京：中華書局，1996 年 5 月），頁 168 第 83 號伇字條。

﹝註3﹞見李宗焜《甲骨文字編》（北京：中華書局，2012 年 3 月）頁 361 第 1227 號。劉釗主編《新甲骨文編》也隸作「伇」，以為與「役」

甲骨文（《合》553），王襄以為與金文同形，釋「攸」，學者多從之。魯師實先以為攴殳古通用，釋「役」。〔註4〕《甲骨文字編》隸作「攸」，《新甲骨文編（增訂本）》同。〔註5〕

甲骨文（《合》14294），胡厚宣先生隸殳，以為即役，亦即役。《甲骨文字詁林》按語以為「殳」與「役、役」形義均有別。〔註6〕于省吾先生隸役，讀為烈。〔註7〕《甲骨文字編》隸作「殳」，陳劍先生釋為「殺」，《新甲骨文編（增訂本）》亦釋「殺」。〔註8〕由於甲骨文的出現，已為「役」字的原始字形帶來不同的意見。

在戰國竹簡「役」字出現之前，兩周出土文字材料中沒有見到「役」字。秦漢文字中有「役」字：

| | | | | |
|---|---|---|---|---|
| 1. | | 秦.岳牘 M36-44 | 6. | | 西漢.馬.縱 128 |

1. 秦.岳牘 M36-44
2. 西漢.馬.五 100
3. 西漢.馬.五 148
4. 西漢.馬.五 149
5. 西漢.馬.五 152

6. 西漢.馬.縱 128
7. 西漢.馬.俉 11
8. 西漢.馬.俉 24 上
9. 漢.馬.出 25 下
10. 西漢.銀.孫子 98〔註9〕

這些「役／役」字，大部分都有文例可以確證為「役」。但這些「役」字有兩個現象很值得注意：一是「彳」旁與「人」旁通用，比例特別高。以漢文字為例，9 個「役」字中，從「彳」旁的有 5 個、從「人」旁的有 4 個〔註10〕，

---

〔註4〕參《甲骨文字詁林》頁 170 第 84 號攸字條。

〔註5〕見李宗焜《甲骨文字編》頁 350 第 1190 號、劉釗主編《新甲骨文編》頁 197。

〔註6〕參《甲骨文字詁林》頁 415 第 361 號攺字條。又同書頁 441 第 407 號重出。

〔註7〕見《甲骨文字釋林・釋四方和四方霝的兩個問題》，《甲骨文字詁林》收在頁 168 第 83 號「役」字條下。

〔註8〕見李宗焜《甲骨文字編》頁 361 第 1229 號；陳劍〈試說甲骨文的殺字〉，《古文字研究》第二十九輯，頁 10～14；劉釗主編《新甲骨文編》頁 190。

〔註9〕《銀雀山漢墓竹簡（壹）》摹本〈孫子兵法〉頁 17 摹作，右上似不夠準確。

〔註10〕《秦漢魏晉篆隸字形表》頁 206 收錄孫臏 211 一形作。《銀雀山漢墓竹簡（壹）》

非常特別。以往我們認為漢隸「彳」旁與「人」旁可以互相通用，恐怕是一個誤會。以《馬王堆簡帛文字編》「彳」旁與「人」旁的字為例吧，「人」部 80 字（扣掉伇／役），只有「依 1/3」〔註11〕、「偶 1/3」二字各有一個寫成「彳」旁。「彳」部所收 23 字，只有「德 1/10」字有一個寫成「亻」旁。再以《木簡字典》所收漢簡為例，「人」部所收 155 字，只有「他 1/16」、「使 1/35」、「假 11/15」等 3 字有或从「彳」旁；「彳」部所收 34 字，只有「征 1/10」、「律 8/57」、「徐 2/35」「微 2/7」等 4 字有或从「亻」旁。〔註12〕無論總字數錯訛比、或單字偏旁錯訛比都非常低。從這個數字來看，我們很難同意「彳」旁與「亻」旁通用是個普徧的「通例」。實際情況應該是：漢文字中「彳」旁與「亻」旁混用，多半是誤書，少數單字偏旁錯訛比偏高的字，則多半是與詞義有關。以「亻」旁或作「彳」旁字例最多的「假」字為例吧！《說文》釋「假」為「非真也。从人，叚聲。古疋切。一曰：至也。《虞書》曰：『假于上下。』」「非真」是人類的行為，所以「假」字从「人」；「一曰：至也」則是「格」的假借，「格、至」為「行動」義，所以書寫者會把「亻」旁改寫為「彳」旁。這算是比較好理解的。比較複雜的，以「律」字為例，《說文》：「律，均布也。从彳，聿聲。」段玉裁注：「均，布也；均、律雙聲，均古音同勻也。《易》曰：『師出以律。』《尚書》：『正日，同律度量衡。』《爾雅》：『坎，律，銓也。』律者所以范天下之不一而歸為一，故曰均布也。」《周易・師卦・初六》「師出以律」，孔疏：「律，法也。」這是「規範」義的「律」；《國語・周語下》「問律於伶州鳩」，韋昭注：「鍾律也。」《尚書・舜典》：「同律度量衡」，陸德明釋文引王云：「六律也。」這是「音樂」義的「律」。這些都是時代很早的「律」字用法，但是，我們不明白，「規範」義的「律」也好，「音樂」義的「律」也好，跟「彳」旁有什麼關係？可是目前我們可以看到最早的「律」字，甲骨文中，《屯》119 作「自叀𪜈用」、《合》28953 作「王弜……𪜈其……弗每」、《懷》827 作「……𪜈才…… ……𪜈……」，確實从「彳」旁；《懷》1581 作「自

---

則於〈孫子〉210 隸為「員」字，不以為「役」字。圖版作

〔註11〕該字後面的數字是指「訛寫字／總字數」如「依 1/3 表示「依」字共收 3 個字形，其中只有 1 個寫成「彳」旁。

〔註12〕佐野光一《木簡字典》（東京：雄山閣書店，1985 年 8 月）。字數統計只計漢簡的隸體，不計草書及採自《隸辨》的漢碑。「人」部中其「人」旁不在左側的不列入字數統計，如今、介、令、以、來、余、俎、倉、僉等。

吏![字]用」，從「辵」，與從「彳」功能相同，都是表達「軍隊行動」之「律」。周代以後，「律」的詞義範圍擴大，漸以律法為主，秦漢書手難以明瞭「律」為什麼從「彳、辵」？以為「律」是規範人的，因此把「彳」旁改為「亻」旁。由這兩個例子，就可以瞭解這些「彳」旁與「亻」旁互用的字，其實都因為字義與「彳、辵、人」有關。「役」字在漢隸中寫成「伇」的比例偏高，應該也是基於類似原因的吧，經過下文多方考索，我們以為「役」字作「伇」這種寫法應該就是承自甲骨文的「伇」。「伇」的本義為奴役、役使，所以從人；後引申擴大為行役、戍邊，與行動有關，因此改從彳、辵。漢隸「役」字保留了這兩種寫法，自是合情合理。

其次，秦漢出土文字中的「役」所從的「殳」旁極為特殊，一般漢簡的「殳」旁多作「![殷]、![殷]、![殷]」（殷）、「![段]、![段]」（段）、「![穀]」（穀）等，很少見到「殳」旁的上部寫成「己」形。而出土秦漢文字的「役／伇」字所從的 10 個「殳」的上部全部寫成「己」。因此秦漢文字的「役」字所從的「殳」，與其他字的「殳」旁是否同一個來源？確實令人深思。在《木簡字典》中，我也找到「殷」字有一例寫作![段]（居延圖 36 560.2A），「發」字有一例作![發]（居延圖 465 83.3A），由於例子很少，不排是受到「役」字影響的訛化。

## 二、戰國文字的役字帶來的新說

近二、三十數年戰國文字大量出土，帶來了很多新字形，也改變了不少文字舊說的詮釋（以下所引簡文新字形一律依原圖摹入）。1998 年出版的《郭店楚墓竹簡》，內有〈五行〉一篇，其 45 號簡「耳目鼻口手足六者，心之![役]也」，該書原考釋於注 60 云「帛書本作『役』」。李家浩先生〈五行注釋〉以為從辵從攴，攴與殳可以通用。〔註13〕顏世鉉先生以為即「役」字，右上所從疑為「殳」；〔註14〕袁國華先生以為從辵從度，即「遁」字，讀為「度」。〔註15〕《上

〔註13〕李家浩〈五行注釋〉，待刊。引自劉洪濤〈釋上官登銘文的「役」字〉。
〔註14〕顏世鉉〈郭店楚簡淺釋〉，《張以仁先生七秩壽慶論文集》（臺北：學生書局，1999年1月），頁389。
〔註15〕袁國華〈郭店楚墓竹簡‧五行〉「遁」字考釋〉，《中國文字》新二十六期，2012年12月，頁169～176。

海博物館藏戰國楚竹書（二）·容成氏》3「思▨百官而月青（請）之」，李零先生考釋隸為「役」；同篇簡 16「歐▨不至」，李零先生考釋隸為「役（疫）」。《清華壹·耆夜》10 中的〈蟋蟀〉詩有「▨車其行」句，此句可與《毛詩·唐風·蟋蟀》「役車其休」對讀，自然是「役」字。加上前引《郭店·五行》原文與《馬王堆·五行》的對讀，楚簡此一新出字形「返」即「役」字，已完全可以肯定。

但是，楚簡的「役」字與舊說甲骨文的「役」字字形差異很大。甲骨文从殳人，楚簡从辵，右上所从「▨」形不好解釋。2010 年 8 月趙平安先生發表〈說「役」〉一文，指出商代晚期的史放壺有「▨」字，即楚簡「役」字的早期字形，从又持𣃉，𣃉字省掉首飾後形似▨，如甲骨文▨（《合集》32591）；如果遊再進一步省略可以寫作厂，如書也缶▨、▨中的𣃉顯然屬於這一路的寫法。旌旗有指揮、使役的功能，从又持𣃉，役使的意思非常明顯，役使是役字常見的一種用法，出現也比較早。辵或彳是後來加上去的表意偏旁。▨上部的三橫訛為「己」，再加「又」旁就變成「殳」。〔註16〕不過，殷金文此字為人名，由辭例無法確證其為「役」字。从𣃉从又也無從會出「役使」的意義。〔註17〕再說，楚簡「役」字是否从「𣃉」？學者很多是不贊成从「𣃉」的。

2011 年 2 月劉洪濤先生發表〈釋上官登銘文的「役」字〉，指出晉系上官登〔註18〕銘文有一個▨字，與楚簡▨為異體，即「𠈃（役）」字，只要把前者右上的曲筆拉直，就會變成後者。古文字「盤」所從「殳」的形體演變與此相似，如：▨（《集成》10173）、▨（《中國歷史文物》2004 年第 5 期第 34 頁）。又楚簡中的「殳」旁也有類似的訛變，如：▨（上博二《民之父母》9 號「敗」）〔註19〕、▨（上博六《孔子見季桓子》14 號「毀」）、▨（葛陵楚簡甲三 322號「毀」）、▨（《集成》10165「般」）。古文字「殳」的上部本作一豎筆加一

---

〔註16〕趙平安〈說「役」〉，「中國語言學發展之路──繼承、開拓、創新國際學術研討會」論文，北京大學，2010 年 8 月 26～30 日；又載《語言研究》2011 年第 3 期；又見清華大學出土文獻研究與保護中心網站。

〔註17〕蘇建洲〈利用《清華簡（壹）》字形考釋楚簡疑難字·八　由《耆夜》簡 10「役」字看楚竹書「役」字的構形〉《楚文字論集》（臺北：萬卷樓圖書公司，2011 年 12 月》，頁430～431，文中對趙說有比較多的討論。

〔註18〕《殷周金文集成》4688 號名為「上官豆」。

〔註19〕案：此例不妥。「敗」字从攴不从殳。

彎筆，由於屈曲圓轉的彎筆不易書寫，遂簡化變為折角形的彎筆，或又筆劃斷開，遂變成楚簡「㲋」字所從「殳」的寫法了。根據這些現象，劉文指出上官登的「▨」所从也是「殳」，因此這個字也應該隸為「㲋」，即「役」。全銘應讀為：「富子之上官隻（獲）之畫□鎬鉼（登）十，台（以）為大㲋（役）之從鉼（登），莫其居。」案：從銘文巾容及字形來看，釋此字為「役」頗為合適。但對「殳」旁的演變，大體從便利書寫的角度來解釋，失之稍簡。

洪文接著指出晉系文字中六個也應該釋為「㲋（役）」的字：▨（《集成》11676）、▨（《集成》11686）、▨（▨。《集成》11506）、▨（▨。《保利藏金》第273頁）、▨（《東南文化》1991年第2期第261頁。▨）、▨（《璽彙》2619）。並分析了這些字所從「殳」旁的訛變情況。[註20]

這六個「返」字是否「㲋（役）」，學者還有不同的意見，復旦網劉文之下的學者評論或以為仍應釋為「下」，海天則贊成釋役，以為與▨（殷。《珍秦齋吳越三晉》164頁）、▨（瘠。《璽彙》1282）、▨（瘠。《璽彙》2623）、▨（肩。《璽彙》1282）同，只是勾廓與否的不同。

案：這六個「返」字的辭例分別是：《集成》11676十二年邦司寇趙新劍的「△庫」、11686五年邦司寇劍的「△庫」、11506武都矛的「△庫」、《保利藏金》二年邦司寇趙或鈹的「△庫」、《東南文化》1991年第2期第261頁〈安徽阜陽地區出土的戰國時期銘文兵器〉的「△庫」、《璽彙》2619的「△官」。這些字所從與楚簡「役」字有類似之處，但由辭例無法確證其必然是「役」。

2011年12月蘇建洲先生在其博士論文《上海博物館藏戰國楚竹書（二）校釋》中贊成袁國華先生主張楚簡「㲋」字實應隸為「遰」，讀為「役」，但以為「遰」（定紐鐸部）、「役」（喻紐錫部）二字聲韻皆近。[註21]其後於〈利用《清華簡（壹）》字形考釋楚簡疑難字〉一文中以為楚簡「役」字所從與「石」形還

---

[註20] 劉洪濤〈釋上官登銘文的「役」字〉，復旦網首發，2011.2.16。劉文附的圖有些不太清楚，我做了摹本。《東南文化》頁261韓自強、馮耀堂〈安徽阜陽地區出土的戰國時期銘文兵器〉的附圖本極模糊，這裡另附的是陳治軍《安徽出土青銅器銘文研究》（黃山書社，2011）頁18的附圖。

[註21] 蘇建洲《上海博物館藏戰國楚竹書（二）校釋》（臺灣師範大學國文研究所博士論文，2004年6月），頁69～70。後於2006年9月由花木蘭出版社出版。

是有差別，是否能隸為「遳」，讀為「役」，還有待證明。〔註22〕

　　2015 年 2 月劉釗先生在〈釋甲骨文中的「役」字〉一文中提出甲骨文「役」字的新說，以為戰國文字的「役」是從甲骨文這類的寫法演變而來的。劉文以為甲骨文中的「役」字有以下五種寫法：

| | | | | |
|---|---|---|---|---|
| 1. | 合 34236 | 村中村南 228<br>〔註23〕 | 合 32925 | | |
| 2. | 合 33263 | 新獲 15 | 合 32112 | 村中村南 363 | 村中村南 363 |
| 3. | 屯南 332 | 屯南 332 | 合 32176 | 合 34711 | 屯南 4553 |
| 4. | 合 34712 | 合 34712 | 屯南 3594 | 屯南 3594 | 屯南 3099 |
| 5. | 屯南 723 | 屯南 723 | | | |

　　劉文認為以上這些字從彳從人，會人走在路上，表示「行役」之義；「又」形上或拿有某些物施加於人，表示「役使」之義，「役使」和「行役」相關連。

　　至於舊釋為「役」的 諸字，劉文以為從辭例來看，多數都說不通。一般最常提到的《合》13658「疾役不延」，其實也是錯誤的理解。甲骨文「疾X」

〔註22〕蘇建洲〈利用《清華簡（壹）》字形考釋楚簡疑難字‧八　由《耆夜》簡 10「役」字看楚竹書「役」字的構形〉，《楚文字論集》（臺北：萬卷樓圖書公司，2011 年 12 月），頁 428～433。

〔註23〕此據劉文所錄字形。《村中村南》頁 192 拓本此字模糊，頁 193 摹本作，與劉文所錄字形右上不同。

的Ｘ應該是得到疾病的身體部位名；而學者以《說文》古文「伇」同「役」來證明甲骨文的「伇」字就是「役」，也不可信。「人」旁與「彳」旁相混用，是漢代才出現的常見現象，甲骨時代除了個別誤書，基本上是不可能出現「人」旁與「彳」旁相混用的。文中同意李孝定先生所說甲骨文「伇」本義當為扑擊，「無由得有行役或戍邊之義」。〔註24〕

至於從甲骨文「役」到戰國「役」，劉文提出兩個可能，一是由甲骨文從彳從人從又的🔣演變為戰國的🔣、🔣等形，再加上飾筆，就變成🔣、🔣、🔣、🔣等戰國「役」字的主要部分（最後再加「止」形）。第二種可能是這些後加的飾筆其實是甲骨文時代反寫的「彳」省略而來，其後再加辵旁。依這種發展分析，戰國「役」字的🔣、🔣、🔣等形就不可能是象「旗𣃘」之形。〔註25〕

劉說指出楚簡「役」字不可能是象「旗𣃘」之形，有一定的道理。但是所列甲骨文到戰國的字形演變，劉文也說「形體上的過渡仍存在著缺環」。〔註26〕而且所舉的這些字形，陳劍先生以為仍應依劉釗先生舊說釋「永」，讀為「虡」。〔註27〕

---

〔註24〕劉文以為「人」旁與「彳」旁不相混用，這是對的。本文前面也檢討過秦漢隸書中「人」旁與「彳」旁相混用只是少數個別現象。蘇建洲《《上博楚竹書》文字及相關問題研究》（臺北：萬卷樓圖書公司，2008年1月），頁30～31也舉了一些「人」旁與「彳」旁相混用的例子，如《上博一・緇衣》簡9「琮（從）」字作🔣，陳斯鵬先生曾指出字形左上的「人」旁「當是彳之訛」。李家浩先生認為，這裡的「人」應與右下部的「止」一起釋為「辵」，只是省寫了一撇。又如《郭店・太一生水》簡6「遉」作🔣、《上博五・競建內之》簡3「迶」字作🔣（二見），這些字的「彳」旁亦作類「人」形。反言之，「人」旁亦偶而訛作「彳」旁，如《郭店・老子乙》簡1的「備」字作🔣，《望山》1.130作🔣（🔣）。又如《曹沫之陣》簡25「辟大夫」之「辟」作🔣，其「尸」旁亦訛為「彳」形。裘錫圭先生也說：「漢代隸書『彳』旁往往變作『彳』，所以從『彳』的『脩』字跟『循』字的確很相似，這兩個字在古書裡時常互訛。」所稱「辵」旁的「彳」省寫為「彳」，良是。「彳」旁繁寫為「彳」則極少，所舉《望山》之例，由於舊版《望山楚簡》照片甚為模糊，書中所做摹本難免失真，今由陳偉、彭浩主編之《楚地出土戰國簡冊合集（四）望山楚墓竹簡》（北京：文物出版社，2019年11月），頁130「備」字作🔣，從「人」旁毫無可疑。則此例當刪。

〔註25〕劉釗〈釋甲骨文中的「役」字〉，《出土文獻與古文字研究》第六輯，2015年2月，頁33～67。

〔註26〕劉文頁55。

〔註27〕陳劍〈據《清華簡（伍）》的「古文虡」字說毛公鼎和殷墟甲骨文的有關諸字〉，中研院史語所「第五屆古文字與古代史國際學術研討會」，2016年1月25～27日。

　　2018 年 8 月牛新房先生發表〈釋楚文字中的幾個役字〉〔註28〕，贊成劉洪濤、劉釗二先生的字形分析，並添加了幾個舊釋為「返」應改釋為「𠬝（役）」的例子：

《郭店・語二》45：未有善事人而不𠬝（役）者

《鄂君啟車節》（集成 12110）：歲一𠬝（役）〔註29〕

《楚王酓璋鎛》（集成 85）：唯王五十又六祀，𠬝（疫）自西𥛱〔註30〕

《天星觀・卜》：𠬝（疫）遲速

　　單從字形上看，楚簡「反」與「役」字右旁所從確實頗為接近。楚簡「反」字一般作 （《上一・孔》12：「困而欲反（返）其故也」）、 （《上七・武》6：「民之反側」），橫筆下無短豎筆、左豎筆上部不超出橫筆。但也有左豎筆上部超出橫筆的，如 （《上八・志》1：「反晨（側）其口舌」）、 （《上四・內》6：「反此亂也」）。最後一形和《上二・容》16「𨽍 （𠬝／疫）不至」的「𠬝」字所從幾乎一模一樣。但是，目前似乎還沒看到楚簡「役」字所從有作 而橫筆上下完全不加短橫筆的。其次，字形相近時，辭例是更重要的判斷準據。牛文所舉五例，前四例其實讀「返」比讀「役」好。最後一例看起來似讀讀「𠬝（疫）遲速」很合理，不過，晏昌貴先生〈天星觀「卜筮祭禱」簡釋文輯校（修訂稿）〉曾根據滕壬生編著《楚系簡帛文字編》每個字底下的辭例綜合整理，把天星觀簡做出比較完整的釋文，他綜合了《楚系簡帛文字編》142、156、230、325、406、425、1054、1089 等頁，恢復本條的辭例是：「既逗于王，以為夏夷守（狩）𨗳返遲速。」謂意思大約是貞問邸陽君番勝隨王出狩，返還是否順利。〔註31〕由此看來，本條應該也不可能隸為「𠬝」，讀為「疫」。而且通觀天星觀簡，主人得的病是腹心疾，應該也不是「疫」疾。

　　2018 年 8 月，禤健聰先生發表〈試說甲骨金文的「役」字〉，以為甲骨文的

〔註28〕牛新房〈釋楚文字中的幾個役字〉，《古文字研究》第 32 輯，2018 年 8 月。

〔註29〕《集成》「鄂君啟舟節」字形同；但 12111、12112 兩車節的此字則較接近「返」。

〔註30〕季案：依字形，此字當然可以看成「𠬝」；但依文例，牛文釋為「楚王𠬝（疫）自西𥛱」，似乎不是很合適，仍以舊說釋為「楚王返自西𥛱」好一點。

〔註31〕晏昌貴〈天星觀「卜筮祭禱」簡釋文輯校（修訂稿）〉，武漢大學簡帛研究網 2005 年 11 月 2 日首發，網址：http://www.bsm.org.cn/show_article.php?id=31。

「▢」（《合》6855）、「▢」（《花》295.1）、周早金文召圜器「▢」、周早麥盉「▢」等字應釋為「役」，對應的是《清華柒·越公其事》的「▢」從「㱁」表示指揮、役使之意。甲骨文此字表示役使、服役、驅趕；金文此字則表示「役走」，即「服役奔走」。〔註32〕

案：禤說與趙說類似，都認為楚簡「役」字從「㱁」，但選取了不同的字形。同樣的，他無法舉出足夠的例證說明楚簡「役」字確實從「㱁」。此外，他所舉的甲金文為什麼能對應郭店的「▢」，增加了「又」形，並沒有很好的說明。更重要的是，他釋金文辭例為「役走」，文獻未見此一詞語，從構詞法來看，這兩個字也很難縐合在一起。

## 三、「役」字的字形分析

由於戰國新字形的出現，使得「役」字的形義都出現了不同的看法。首先是甲骨文的「役」是否「役」字，開始遭到質疑。質疑的焦點主要有二：一是「從殳從人其本義當為扑擊，無由得有行役或戍邊之義」；二是甲骨辭例解釋的問題。先談第一點。甲骨文從殳之字多有撲捶之義，但未必都是擊殺，如「殺」字，《甲骨文字詁林》頁3280釋云：「卜辭均『殳舟』連言，疑指製作或調集舟楫。」「般」字，甲骨文多從攴，《英》1995作▢，從殳；《合》685作▢，李宗焜先生《甲骨文字編》頁371第1249號收為「般」字的第3體。《說文》釋「般」為「辟也。象舟之旋，從舟，從殳。殳，所以旋也」，學者雖有不同看法，但是沒有人以為此字從「殳」有擊殺之義。甲骨文「役」字從殳人（站立的人形，而不是跪著的卩形），釋為「役使、徭役」之義〔註33〕，應屬合理。從字形來看，「役」字可能本來指「奴役」，後來擴大為「役使、徭役」，再引申為「戍邊、行役」（這類義項就可能改從辵旁，辵旁再省為彳旁）。

其次談辭例。甲骨文的「役」字不多，其實從「奴役、役使、徭役」這個角度去解釋，也都還可以說得通。《甲骨文字詁林》頁170按語云：

> 《廣雅·釋詁》有「役」字，從人，與《說文》之古文同，訓為
> 「使」，猶存其本形本義。蓋從殳從人會役使之意。引伸之，廝役亦

〔註32〕禤健聰〈試說甲骨金文的「役」字〉，第七屆出土文獻青年學者論壇暨國際學術研討會論，廣州：中山大學，2018年8月17～20日。

〔註33〕「役」字有「役使、徭役」之義，參《故訓匯纂》頁741。

謂之役。《後》下二六・一八《合集》五三六三之「王不役在……」
當為役使之役，《前》六・四・一《合集》一○一三一之「役隹出不
正」當為廝役之役。與「我奚不正」之辭例同（《前》六・一九・二）。
李孝定《集釋》既誤讀《前》七・六・一之「殼貞」為「役貞」以為
人名，又誤解《乙》七三一○之「疾……」為「疾役」，讀役為疫。
疾下一字雖不清晰，但絕非「役」字則可以肯定。同版有「疾齒」
之占，此亦當指某種疾病而言。〔註34〕

　　季案：其說前半均可從。後半則稍有可商。《乙》7310（《合》13658）「甲
子卜殼貞：疾役不延　　貞：疾役其延」是一組對貞卜辭，在「疾役其延」句
中，「役」字作 ，很明確的是個「役」字，因此其對貞的「疾役不延」句中
的「役」字雖然不太清楚（如圖），但經過正反對貞的比較，再把不相干的雜
點去掉，此字仍然是個「役」字（如圖）。以大家熟知的司禮義規則——甲骨
正反對貞卜辭中，一條用「其」，而另一條不用，則用「其」的那條說的往往
是貞卜者所不願看到的。〔註35〕因此，本條的「役」讀為「疫」，其實是合適
的。陳漢平先生引《綴合》210「疾目不延　疾目其延」作對比，以為與「疾
役不延　疾役其延」同例，因而主張「役」字乃人身肢體之某一部位，字從殳
從人，當釋殿，讀為臀。〔註36〕季案：從殳從人，無由釋臀。前引《甲骨文字

〔註34〕《甲骨文字詁林》頁 170 第 83 號條下按語。
〔註35〕司禮義〈關於商代卜辭語言的語法〉，臺北：中研院：《中研院國際漢學會議論文集・
　　　語言文字組》，1981 年，頁 342～346。
〔註36〕陳漢平〈古文字釋叢〉，《出土文獻研究》（北京：文物出版社，1985 年 6 月），頁
　　　222。

詁林》說「當指某種疾病而言」，其實大方向是對的，但是，如果宥於舊有辭例，以為甲骨文「疾」字下一定是身體部位名，那就難以接受「疾疫」這樣的讀法。其實，以甲骨文的成熟程度而言，能有「疾疫」這樣的組合是沒有疑問的，「疾」為大名，「疫」為小名，與「父丁」、「祖甲」的組合同類，「疾役（疫）其延」的意思是：「疫」這種疾病是否會延續。「疫」在古代是很常見的，劉釗先生在〈釋甲骨文中的「役」字〉一文中舉了大量的書證，可以參看。〔註37〕

西周春秋出土文字材料中未見「役」字，這個缺環造成「役」字考釋極大的困擾。因為甲骨文「役」字作「伇」（如果接受這個字是「役」），从殳人；而確切無疑的戰國楚簡「役」字作「返」，左从辵，右旁與「殳」看起來頗有距離。

戰國楚簡的「返（伇、役）」，應該是可以確定無疑的。但是，這個字的偏旁結構，各家之說出入很大，綜合起來約有四說：第一說以為从「殳」；第二說以為从「石」；第三說以為从「疒」；第四說以為从「人又」或「彳的反寫」。四說差距很大，究竟何說為是？我們認為四派都有一定的道理，但又各有缺環，必需多方考慮才能解釋清楚。

《說文》及今字「役」从「殳」，與甲骨文相合。「殳」作為一個字或偏旁，它的來源其實是相當複雜的。甲骨文可靠的「殳」字作 ![字]（《合》21868）、![字]（《合》10571「芟」字偏旁）〔註38〕、![字]（《合》3473「戠」字偏旁）〔註39〕，象一種長柄棰狀工具，棰或圓或方，柄或直或曲，器或大或小，極為多樣。從甲骨文來看，殳可以用來捶東西（如 ![字]——戠）、打人（![字] ![字]——禦。二者為一字，後者加「魚」聲。《詁林》91，P177、1826，P1757）〔註40〕、擊殺生物（![字]——㲃，《詁林》1858，P1796 隸「攺」），陳劍釋「殺」〔註41〕……。由於

〔註37〕劉釗〈釋甲骨文中的「役」字〉，《出土文獻與古文字研究》第六輯，2015年2月，頁56～65。

〔註38〕此字考釋見裘錫圭〈甲骨文考釋八篇〉，《古文字研究》第四輯，頁157～158。

〔註39〕此字釋「戠」，見陳劍博士論文《殷墟卜辭的分類對甲骨文字考釋的重要性》，收在《甲骨金文考釋論集》（北京：線裝書局，2007年4月），頁414。

〔註40〕饒宗頤《殷商貞卜人物通考》（香港大學出版，1959年），頁1146；裘錫圭〈讀《安陽新出土的牛胛骨及其刻辭》〉《裘錫圭學術論文集》第二冊，頁10～11；此文原載《考古》1972年5期。

〔註41〕陳劍〈試說甲骨文的殺字〉《古文字研究》第二十九輯，頁10～14。

這種東西功能及器物的多樣，表現在文字上也相對應地呈顯多樣化，本來象棰狀物的部分，可以替換成棍棒狀、鞭狀（棍棒、杖、鞭都可以做替代棒棰部分功能的工具，尤其是在笞打刑殺方面）。替換成棍棒狀的就跟「攴」混用，如「敏（命）」字在鄂君啟車節中作▨、在鄂君啟舟節中作▨；替換成鞭形的，如「馭」字西周早期克罍作▨、盂鼎作▨，其例甚多。從這個角度看，「殳」形的變化可能受到攴形與鞭形的影響，從而產生複雜的變化。甲骨文「殳」形本作▨、▨；西周銅器作▨，可以看成是棰形簡化；西周晚期訣簋「毀」字作▨，所从「殳」旁可以看成把棒棰的柄替換為鞭形的揉合體；西周晚期伯桄盧簋「毀」字作▨、東周鄂君啟節「毀」字作▨，鞭形特別明顯。西周中期倗生簋「殷」字作▨（04262）、西周晚期函皇父簋「毀」字作▨、春秋晚期唐子仲瀕兒盤作▨、春秋宋公欒匜「殷」作▨、戰國秦五年邢命戈「殷」字作▨，都是殳形與攴形揉合；西周晚期應侯盤「殷」作▨，應是「杖」形與「攴」形的揉合。

在這些「殳」形各種複雜的字形變化，與「鞭」形揉合或替換為「鞭」形的現象或數量似乎較多。只有明白這些複雜的字形變化，我們才能清楚地說明古文字中某些「殳」形的特殊寫法，如西周晚期伯吉父鼎「毅」字作▨，右上顯然受到鞭形的影響；西周晚期的虢季子白盤「盤」字作▨，右上是「攴」與「鞭」的揉合體；蘇甫人「般」字作▨，師奐父盤作▨、欒伯盤作▨、春秋曾子伯䜌盤作▨，「又」上顯然都是鞭形，這就是馬王堆「役／役」字右上作「己」形的原因，「己」形就是「鞭」形的隸化）。西周晚期的自作盤（《集成》10089）作▨、春秋齊大宰歸父盤的「盤」字作▨，「鞭」形的變化都相當遽烈；春秋晚期者尚余卑盤的「般」字作▨，右旁上部為冕省聲，整個右旁即為「金／鞭」字。

依照這樣分析，上官登的▨字，右上所從應該是「攴」旁加「鞭」形，二者分書，合於前述「殳」形的演化，所以釋為「㾗」字是合理的。至於劉文所舉另外五個「返」字，如果確是「役」字，其「殳」形的寫法與上面整理「殳」的變化比較不同，應該是與楚簡「役」字同樣，因為「別嫌」的關係，產生不同的改變（說見下）。

楚簡的「役」字已見前引，2019 年《安徽大學藏戰國竹簡（壹）》出版[註42]，其中有 4 個「役」字：

其寫法與前此所見「迓」字並無不同。但是這些「迓（役）」字所從的「殳」與甲骨文有較大的不同，所以學者會從「殳」以外的形體去思考，也不是沒有道理。不過，我們認楚簡的「迓（役）」字右旁應該仍是由「殳」演化而來，只是由於楚簡另有一個寫作「役」但是應該讀為「投」的同形字，為了區別二者，因此楚簡的「役」字有比較複雜的演化（晉系的五個「迓」字所以這麼寫，應該也是出於同樣的原因）。

2017 年 4 月《清華大學藏戰國竹簡（柒）》出版，其中〈越公其事〉74 有「天加禍于吳邦，不在前後，丁役孤身」，「役」字作 ，原考釋云：

> 丁役孤身，《國語·吳語》作「當孤之身」。役，供使。《左傳·襄公十一年》「季氏使其乘之人，以其役邑人者無征」，孔穎達疏：「役謂供官力役，則今之丁也。」[註43]

武漢網簡帛論壇網名「zzusdy」不贊成原考釋讀「役」，以為應該讀「投」：

> 這個字右邊是「投」之所從，《祝辭》簡 2「投以土」之「投」所從與之同，釋讀作「當役（投）孤身」（以「殳」為聲，「殳」、「投」皆侯部，「殳」的寫法又可參《語叢一》51、67 等字所從），即《大誥》「投艱於朕身」之「投」。[註44]

林少平先生則以為應讀如本字：

> 《越公其事》「丁（當）役（役）孤身，焉述（遂）A（失）宗廟」。《吳語》作「當孤之身，實失宗廟社稷」。役，當讀如本字，義為「棄」。《揚子·方言》：「棄也。淮汝之閒謂之役。」「當役孤身」比「當孤之身」語意更為明確可解。A，當讀作「達」，「焉遂

---

[註42] 黃德寬、徐在國主編《安徽大學藏戰國竹簡（壹）》，上海：中西書局，2019 年 8 月。

[註43] 李學勤主編《清華大學藏戰國竹簡（柒）》（上海：中西書局，2017 年 4 月），頁 151。

[註44] 武漢大學簡帛研究中心＞簡帛論壇＞簡帛研讀＞〈清華七《越公其事》初讀〉第 79 樓，2017 年 4 月 19 日，網址：http://www.bsm.org.cn/forum/forum.php?mod=viewthread&tid=3456&page=8。

達宗廟」當為設問句,其大意是「如何遂達宗廟」。《詩經·商頌·長發》:「苞有三蘗,莫遂莫達。」鄭《箋》:「無有能以德自遂達於天者,故天下歸向湯,九州齊一截然。」此二句比《吳語》「當孤之身,實失宗廟社稷」語意更能說明「夫差」亡國的心情。〔註45〕

王寧先生讀「役」為「投」訓「棄」,〔註46〕其後在〈由清華簡《越公其事》的「役」釋甲骨文的「斬」與「漸」〉主張此字讀「斬」,「丁役孤身」即「當斬孤身」。〔註47〕

王凱博先生後來把他在武漢網簡帛論壇以網名 zzusdy 發表的意見做了很詳細而深入的探討:

前文簡 2-3 有勾踐滅邦時言「上帝降【2】□□(越)邦,不才(在)耑(前)遂(後),丁(當)孤之殜(世)」,「丁(當)役孤身」與「當孤之身」、「丁(當)孤之殜(世)」的表達皆相似,「當」是「值……之時」之意,但將「役」讀為「役」、訓供役,則扞格難通。

按「役」字原簡字形作 ,左邊從人、右邊從殳,楚系文字「殳」形皆如此作,如《語叢一》簡 51 、簡 67 等,因此整理者據形將其隸定作「役」是很正確的。問題在於整理者又將隸定字「役」與楷書從「殳」的「役」混淆一起,進而將「役」讀為「役」,殊誤。

我們都知道「役/疫」之聲旁「殳」與音 shū 之「殳」其古文字形體來源不一,後乃類化合併。「役」所從的「殳」楚系文字中已不少見,其寫法如郭店簡《五行》簡 45 、上博簡《容成氏》簡 3 、清華簡《耆夜》簡 10 、《繫年》簡 101 、《厚父》簡 10 等(關於「役」所從「殳」的來源,學界有不同的解釋,最新的研究

---

〔註45〕武漢大學簡帛研究中心＞簡帛論壇＞簡帛研讀＞〈清華七《越公其事》初讀〉第 80 樓,2017 年 4 月 19 日,網址:http://www.bsm.org.cn/forum/forum.php?mod=viewthread&tid=3456&page=8。

〔註46〕武漢大學簡帛研究中心＞簡帛論壇＞簡帛研讀＞〈清華七《越公其事》初讀〉,第 116 樓,2017 年 5 月 1 日,網址:http://www.bsm.org.cn/forum/forum.php?mod=viewthread&tid=3456&extra=&page=12。

〔註47〕王寧〈由清華簡《越公其事》的「役」釋甲骨文的「斬」與「漸」〉,復旦網 2018 年 6 月 29 日首發,網址:http://www.gwz.fudan.edu.cn/Web/Show/4269 20180629。

參看劉釗：《釋甲骨文中的「役」》，《出土文獻與古文字研究》第六輯上冊，上海古籍出版社，2005 年 2 月，第 33～67 頁），與「殳」古文字寫法迥異。可見 ![字] 與「役」所從「殳」來源不一……

我們以為，「役」在簡文中當表示的是古漢語中「投」這個詞。清華簡《祝辭》簡 2「𡎦」作 ![字]，辭例是「乃𡎦以土」，「𡎦」整理者讀為「投」（清華大學出土文獻研究與保護中心編，李學勤主編：《清華大學藏戰國竹簡（叁）》下冊，中西書局，2012 年 4 月，第 164 頁），可信。「𡎦」、「役」與「投」皆以「殳」為聲，是同聲符通假，自無疑問。……（林少平）檢到揚雄《方言》卷十：「拌，棄也。……淮汝之閒謂之役。」以為「役」當如字釋讀……按《廣雅·釋詁一》有：「拌、墩、投，棄也。」前人據此已指出《方言》「役」其實亦本為「投」（參看華學誠：《揚雄方言校釋匯證》上冊，中華書局，2006 年 9 月，第 662～663 頁）。

簡文「丁（當）役（投）孤身」，可與《書·大誥》「予造天役遺，大投艱于朕身」的說法比較。于省吾以為「役遺」是「伋遺」之訛……，或從之，「予造天役遺」其意即「我遭逢了上天所降下的譴責」（顧頡剛、劉起釪：《尚書校釋譯論》第三冊，中華書局，2005 年 4 月，第 1273 頁。……「大投艱于朕身」與簡文「丁（當）役（投）孤身」亦可對比，「丁（當）役（投）孤身」言「（天）正好投置（禍）於我身」，[註48] 可見將「役」釋讀為「投」應無問題。

![字] 右所從本是楚文字「殳」，隸定為「役」，分析為從「人」、

---

〔註48〕作者王凱博原注：其實，「丁（當）役（投）孤身」除理解為副詞「丁（當）」＋動詞「役（投）」＋賓語「孤身」外，也可理解為介賓結構的時間狀語，即「丁（當）」、「役（投）」近義連文，作介詞。按古漢語有「投暮」、「投曉」、「投老」等，「投」是介詞，意為「到……時」（參何樂士等：《古代漢語虛詞通釋》，北京出版社，1985 年 5 月，第 563 頁），又有「投至」、「投到」等近義複合詞，表示「等到，到得，及至」之意（參朱居易：《元劇俗語方言例釋》，商務印書館，1956 年 9 月，第 129 頁；龍潛庵編著：《宋元語言詞典》，上海辭書出版社，1985 年 12 月，第 410、411 頁。此外，英藏敦煌文獻 S1477 所錄俳諧文《祭驢文》有「投至下得山來，直得魂飛膽喪」，「投至」亦近義連文），簡文「役（投）」意義相若，用法上或有介詞、動詞之別。季案：這個別解恐怕是沒有必要的，其時代太晚，放在〈越公其事〉並不合適。

「殳」聲，本是很自然的，但整理者卻將其與「役」所從混淆一起，

導致誤釋，自然就不能得出正確的結論了。〔註49〕

王文的意見很好，「天加禍于吳邦，不在前後，丁役孤身」，的意思是：「上天降禍於吳邦，不在我的前後，正好就擲棄在我身上。」「役」讀為「投」，「投」有「擲、棄」的意思。〔註50〕「役」字雖然與甲骨文「役」字同形，但如果釋〈越公其事〉的「役」為「役」，就很難解釋為什麼楚簡其他所有的「役」字都寫作「遉」，而不寫作「役」。另外，從歷史背景來說，〈越公其事〉第十一章的簡文寫到越師入吳，包圍了吳王的宮殿，夫差派人求和，句踐不許，只肯把吳王流放於甬、句東，給他夫婦三百人服侍，一直到差死亡為止。夫差拒絕了這個條件，因此夫差會說「天加禍于吳邦，不在前後，丁役孤身」，這裡的「役」當然不會是夫差接受句踐的「役使」，而釋為「投」的異體，則與全篇內容較為吻合。「投」、「役」、「坴」這三個字其實是一字之異體，強調用「手」投擲就寫成「投」，強調投擲的對象是「人」就寫成「役」，強調所投出去的東西是「土」就寫成「坴」（《清華肆·祝辭》）。「役（投）」字雖然目前只見於楚簡〈越公其事〉，但此字產生的時代不會太晚，《尚書·大誥》有「大投艱于朕身」、《詩經·大雅·抑》有「投我以桃，報之以李」、《衛風·木瓜》有「投我以木瓜，報之以瓊琚」（本詩「投」字三見）、《周禮·秋官·司寇》有「以焚石投之」，除《周禮》成書的時代可能較晚外，其他三條的時代都不會太晚，雖然傳世典籍都寫成「投」，但這些「投」字在先秦被寫成「役（投）」的可能肯定是存在的。

「役（役）」和「役（投）」應該是一組同形字，依照漢字發展的規律，後起新出的字往往比較強勢，早期舊有的字會進行改造，以取得區別。例如「体」的本義是「劣也」（見《龍龕手鑑》、《廣韻》），音笨。後來「體」的俗字也寫作「体」（見《正字通》），於是「劣也」的義項就專用「笨」字了。據《說文》，「笨」的本義是「竹裡也（竹子內部的那一面）」。「役（役）」和「役（投）」同形，早出見於甲骨的「役（役）」字就會避讓，左偏旁採用「辵」或「彳」（因為「役（役）」字字義的擴大，也很容易被加上「辵」或「彳」）；右偏旁，上官

〔註49〕王凱博：《出土文獻資料疑義探析》，吉林大學歷史學博士論文，2018 年 6 月，頁18～21。

〔註50〕參《故訓彙纂》頁 867 義項 1～13。

登作「」是把「殳」形改成「鞭」形加「攴」形；晉系的「返」字如果也是「役」，則是把「殳」改成「攴」形並加別嫌符號；楚簡作「」也是改成「攴」形加別嫌符號，同時也不排除有聲化的功能（从「石」聲）；秦漢文字作「」是保留「人」旁而「殳」旁上部改為鞭形，作「」則是採「彳」旁。因為「役（投）」後世罕用（後世多半作「投」），所以漢碑「役」字右旁又恢復「殳」旁（如曹全碑作），後世承此形。

## 四、結　語

　　「役」是一個很有趣的字，甲骨文作「役」，顯示了「役」的本義應該是「奴役、役使」。後來詞義擴大為「行義」、「戍邊」，漸有「行動」義，加上為了與同形字「役（投）」區別，所以戰國時期或改為「辵旁」，右旁或繁化為「」，或加別嫌符號作「返」、「返」。到了漢代，因為「役（投）」已不用，所以馬王堆的「役」字寫作「役」、「役」，作「彳」形是保留了甲骨時期的「人」旁；右上作「己」形，則保留了「殳」旁往往揉合「鞭」形或逕作「鞭」的的複雜現象。漢碑多作「役」，右旁又直接作「殳」，恢復了甲骨文時期的「殳」，羅振玉〈殷虛書契考釋序〉說：「古文之真，間存今隸。」〔註51〕「役」字的演變，可以做為羅說的一個佐證。

　　本文原發表於慈濟大學、東華大學、中國文字學會合辦「第三十一屆中國文字學國際學術研討會」，2020 年 12 月 18～19 日。

---

〔註51〕見羅振玉〈殷虛書契考釋序〉，《羅雪堂先生全集‧初編》（臺北：臺灣大通書局，1986.6 再版），冊一，頁 98。

# 說　皇

古文字中有字，前賢或以為皆皇字，其實應該釋為「煌」，字象火把，引伸而有光明盛大之義。又有字，前賢多半闕而未釋，字應釋「皇」，義為征討、匡正。

，《甲骨文編》列在附錄 5290 號、《甲骨文字集釋》列在待考第 4742 頁、《甲骨文字典》列在第 1579 頁、《殷墟甲骨刻辭類纂》列在第 2256 號、《金文編》列在附錄上第 341 號、《金文詁林附錄》列在第 681 頁 2298 號，都以為不識字。此字最早似由唐蘭釋為「皇」，其說見顧頡剛〈三皇考〉（收在 1936 年 1 月《燕京學報》專號之八，又收在《古史辨》第七冊）所引，顧氏云：

> 我們現在所看見的中國文字，當以甲骨文為最古了，其中雖沒有發現單獨的「皇」字，卻有「」這樣一個字，這個字是不認得的，但右旁的「」字，唐立庵先生說就是「皇」的初形，由文字的演進歷史來看，知道下從「｜」的字，往往變為「土」，所以金文裡的從「土」，有從「王」的是錯誤了。它象是太陽剛地下出來光燄上射的景象，以後的用法是這裏演變出來的。

唐氏釋「」為「皇」，甚具創獲，雖其說仍未達一間。其後拱辰先生釋卜辭「凡」為「凡皇」，即「徘徊」（〈釋呂方方皇于土〉，見《文史哲》1955 年第 9 期）。王獻堂先生釋「」字為「㞢」，以為即「皇」字上部所從。（《古文字

中所見之火燭》，齊魯書社，1979 年 7 月，107 至 110 頁）。劉釗先生與拱辰
先生相同，亦釋「♀」為「皇」，以為象冠冕之形（〈卜辭所見殷代的軍活動〉，
《古文字研究》第 16 輯，1989 年，106 頁）。旭昇案：字應象火把，但逕釋
為「皇」，稍差一間（因為「皇」字是「征伐」的意思，和火把無關），應釋為
「煌」。

甲骨文「♀」字，我認為它從戉（或王）、♀（煌）聲，就是「皇」字的初
文。這個字的右旁和甲金文的「♀」字完全同形，王獻唐先生認為「象火把植
立，上作燭光射出火焰者也」（《古文字中所見之火燭》），而其左旁舊或釋「耳」，
其實應該是「戉」字〔註1〕。「戉」字是象斧鉞之形的「鉞」字的初文，因此此
字和斧鉞有關，從甲骨文例和《詩經・豳風・破斧》（《詩經》說見本文末）來
看，它應該有征討、匡正的意思。由於「戉」和「王」是一個字的分化〔註2〕，

---

〔註 1〕與這個偏旁同形的字又見《乙》5296（《合集》21073），于省吾先生釋「斧」，以
為與「♀」形（《甲骨文編》1597 號釋「星」）同字，《粹》1000 云：「其鈚，戈
一♀九。」于省吾先生釋云：「甲骨文的其鈚，指的是祭祀時的儀仗隊，故以戈
一斧九為言。」說見《甲骨文字釋林・釋斧》第 342 至 344 頁。旭昇案：釋為
「斧」字顯然是有問題的，遍查甲骨文中的「土」以及從「土」的字一律都作♀、
♁等形，不作土形。只有俚字（《合》17964），左從人，右似從東從土，但此片殘
泐，只剩一字，而且此字的右上也不全，所以究竟是何字，是否從土還未可定；
另有福字，《類纂》摹作福，列在〈字形總表〉第 665 號，未釋，照字形看，其
右下似從「土」。但《類纂》的這個字形實際上是摹錯了的，它和《類纂》列在
〈字形總表〉第 677 號的福字根本就是同一個字，都是福字的誤摹，《類纂・字
形總表》第 665 號字見《合》18142，辭云，辭云：「庚子卜貞其福……秉于……。」
因為此字右下漫漶，所以《類纂》摹成福。至於《類纂》列在〈字形總表〉第 677
號的福字則見於《合》18157，辭云：「庚……貞其福秉惟今夕……。」此字左下
殘，細審其形，應該和《類纂》677 號的福同字。這二片甲骨刻辭的字體風格相
同，文例也一致，二者應是一片之殘，最低限度也應該是同一時期、同一事類的
卜辭。由此可知《類纂》675 號的福字右下實不從土，也不能從這個字證明「土」
字可以作「土」。因此，我以為「♀」字的上部雖然像斧，但其實是鉞；下部並
不是從土，而是從王（或士，王士同形，義亦相近），全字應釋為從王（士）戉
聲，也就是「鉞」字。因為鉞形和斧形完全一樣，所以寫這個字的人為了要讓人
知道這是個鉞字，因此加上了「王」。《粹》1000 的「其鈚，戈一♀九。」于省吾
先生釋為祭祀時的儀仗隊，應該是可信的，但是說成儀仗隊拿的是「戈一斧九」，
就很有問題了，斧是不上檯槃的工具，是階級身份比較低的人用的，怎麼可能拿
來做祭祀時的儀仗呢？但是，如果說成是鉞就完全沒有問題了，因為「鉞」是王
權的象徵。「♀」釋為「鉞」，則△2 左旁的「♀」形亦以釋為「鉞」較為妥當。
甲骨文中的「耳」旁和「戉」旁很相近，但是「耳」字耳形後的橫畫沒有超過短
豎畫的，而「戉」字的橫畫通常是超過短豎畫的，因為在「戉」字裡，這一橫畫
代表的是鉞的柄，所以寫得比「耳」字要長。

〔註 2〕參林澐著，〈說王〉，《考古》1965 年 6 期，頁 311～312。

聲音也非常近，因此金文中把「♀」左旁的「戈」字橫過來寫成「王」字，既可表示戰爭討伐的意義，同時也起了聲符的作用。甲骨文中的「♀伐」見於下列著錄：

　　1. 壬子卜，王令雀♀伐界，十月。　　《合》6960（《後》2.19.3）

　　2. ……♀伐。　　《合》6961（《後》2.26.11）

「♀」字應逕釋為「皇」，「皇」和「伐」在一起，應該是和「伐」義近的一個字。從甲骨文和《詩經·豳風·破斧》篇來看，它應該有「征討、匡正」的意義。

　　「皇」、「伐」二字連用，或許是個同義複詞，當然，也有可能是兩個動詞。卜辭中不乏兩個意義相近的詞擺在一起連用的例子，如「循伐」（《合》6400「王『循伐』土方，受……」），如「卟伐」（《合》6425「……貞：今王卟伐土方，受……」）等都是其例。「皇伐」或許可以看成和「循伐」、「卟伐」同例。

　　甲骨文中還有「日♀」，見於以下各條：

　　3. 辛丑卜，爭貞，曰：舌方日♀于土……

　　　　其敦♀？允其敦？四月。　　《合》6354（《續》3.10.1）

　　4. ……曰：舌……日♀……，其敦♀……　　《合》6355（《綴》131）

很明顯地，這些也是戰爭卜辭，「凡♀」二字，拱辰先生釋為「方皇」，劉釗先生改釋為「凡皇」，以為有徘徊騷擾的意（出處均見上引）。旭昇案：♀字應該是♀（皇）字的假借（或者♀是♀的後造本字），♀（皇）字從戈、♀（煌）聲，從戈（鉞）、因此有殺伐義，由殺伐義引申而有征討、匡正義。用♀（皇）為本字、用♀（煌）則為假借。在此，「皇（煌）」和「伐」可能是意義相近的兩個詞。〔註3〕

　　「皇」字本義為殺伐、征討、匡正，但是在傳世文獻中，它多半用為輝煌、盛大、皇帝等意義，因此沒有人知道「皇」字本義為殺伐、征討、匡正。不過，在先秦文獻中我們還可以找到以下三條證據：

　　一、《詩經·豳風·破斧》：「周公東征，四國是皇。」意思是：「周公東征，
　　　　匡討了四周的這些邦國」。毛傳讀「皇」為「匡」，不知「匡」的本義是

---

〔註3〕日舊釋為凡，王子揚博士論文《甲骨文字形類組差異現象研究》改釋為同，以為興之省，讀為「興，皇」。

「筐」，以假借字釋本字，其實甚為無謂。

二、《國語・晉語二》：「夫齊侯將施惠如出責，是之不果奉，暇晉是皇？」
意思是：「齊侯把施惠當作放債，他連施惠都完成不了，那有閒暇來對付晉國？」

三、《穆天子傳》：「嗟我公侯，百辟冢卿，皇我萬民，旦夕勿忘。」意思是：「匡正我萬民，旦夕勿忘。」

「ᛟ」字是「煌」的本字，引伸可以有「光明、盛大」的意思。加上義符「戌」之後作「ᛟ」，即是「皇」的本字，其本義為征討、匡正。但文獻中往往假借「皇」為光明盛大的「煌」字用，而少用本義。同時，「煌」字的初文既作ᛟ，「皇」（ᛟ）字從它構形，而「ᛟ」的後起字又從火「皇」聲作「煌」，這是否有點矛盾呢？其實，這種錯綜複雜的現象在古文字中並不少見。如金文疆域義的「疆」字的初文作ᛟ（見《毛伯簋》，參《金文編》第 2206 號），其後加義符「弓」變成「彊」字（《說文》釋其義為「弓有力也」，今通作強），但在金文中大都仍當作疆域的「疆」字用。後世又造從土的「疆」字來表示「畺」的本義，其錯綜複雜的程度和「皇」字的演變相類似。

本文於 1995 年 4 月 30 日在臺中參加中興大學中文系所舉辦的「第六屆中國文字學學術研討會」上宣讀，今大幅精簡，刪去一半。2003 年 1 月 30 日。

補：王子揚〈舊釋「凡」之字絕大多數當釋為「同」〉（首都師大博士論文《甲骨文字形類組差異現象研究》）頁 178～179 以為前引甲骨文中的「凡」都應該是「興」字之省，與「皇」不連讀。

# 說　朱

提　要

　　甲骨文就有「朱」字，但是這個字的初形本義，言人人殊，沒有定論。本文從甲骨文、金文、戰國文字中「朱」和「束」的關係，說明「朱」字係先從「束」字假借，其後分化而成的一個字。其分化過程是：先把「束」字中間填實，其後變圓點為一短橫，有些變做二短橫的則是受到作「蛛」字聲符的影響，把象徵蜘蛛線的橫畫加到「朱」字中間。後世繼承的則是加一短橫的「朱」字。

　　關鍵詞：朱　束　蜘蛛　赤心木　珠　株　蠹　誅　窀　速

　　甲骨文中有個寫作「米」、「米」的字，見：

　　　　丁卯王卜才朱貞其泌从陝西坐來亡𡿺　　（《合》36743）

　　　　戊午卜貞王田朱坐來亡𡿺王　曰吉茲御隻兕十虎一狐一　　（《合》37363

　　　　＝《珠》121）

　　　　丙辰卜賓貞……朱……未……　　（《後・上》12.8）

　　《文編》、《集釋》都列在「朱」字條下，諸家考釋大抵也釋「朱」。〔註1〕

---

〔註 1〕只有《甲骨文字詁林》1449「朱」字條下引李孝定《集釋》說，然後按語云：「孫海
　　　　波《甲骨文編》、金祥恆《續甲骨文編》皆列入朱字，卜辭用為地名。」從語氣來

　　金文中的「朱」字作「朱」（毛公鼎，《集成》2841、《總集》1332）、「朱」（輔師嫠簋，《集成》4286、《總集》2797）、「朱」（頌鼎，《集成》2787、《總集》1281）、「朱」（師酉簋《集成》4288、《總集》2803）、「朱」（吳方彝，《集成》9898、《總集》4978）、「朱」（《集成》4268、《總集》2785）。從歷史考證法及金文文例來看，這個字釋為「朱」是毫無疑問的。但是，「朱」的初形本義，各家的說法卻相當參差。從《說文》開始，大約有以下七種說法：

# 一、赤心木名

《說文解字》：「赤心木、松柏屬。从木、一在其中。」

《說文繫傳》：「赤心木、松柏屬。从木、一在其中。鍇曰：『赤心木之總也。一者記其心，棗木亦然。此亦與本末同義，指事也。』」〔註2〕

《說文段注》：「赤心不可像，故以一識之。若本末非不可像者，於此知今本之非也。……又按：此字解云『赤心木、松柏屬』，當廁於松橢檜樅柏之処，今本失其舊次。本柢根株末，五文一貫，不當中髁以他物，蓋淺人類居之，以傅會其一在上、一在中、一在下之說耳。」〔註3〕

魯師實先《文字析義》：「从木◆聲，◆象鐙火之形，而為主之初文（◆朱古音同屬謳攝端紐），火之色赤，故朱從主聲，以示為赤心之木，引伸為凡赤色之名。……《說文》云：『朱從木，一在其中』，是據變體之文，而誤以形聲為指事，且無以見赤心之義矣！或曰朱幹也，木中曰朱（戴侗《六書故》弟廿一），乃據《說文》所釋字形，而謬陳本義。或謂朱為株之初文（郭某〔註4〕《金文叢攷·釋朱》），是未知朱耑雙聲，物初生之題為耑，其已成木則為株，斯為耑所孳乳，蓋以別於訓筮之楮，故假朱而為株。……或謂朱實木之異文（馬敍倫《說文疏證》卷十一），則視音義懸絕之字以為一文，誕妄益甚矣。〔註5〕

---

看，似有不肯定的意思。《甲骨文字詁林》的按語，如果是十分肯定對的會說「字當釋『某』」、肯定是錯的則會說「釋『某』不可據」。此處含含混混地引三家，而不下任何斷語，似乎還有一點不肯定的意思，但是又不肯明說。不知道這樣解讀，有沒有誤解。

〔註2〕參《說文詁林》五冊，頁584。
〔註3〕段注本《說文解字》，頁251。
〔註4〕旭昇案：其時兩岸戒嚴，書籍不能流通，亦不得引用對岸學者文章，故魯師實先引用郭沫若著作只能含混其稱曰郭某。
〔註5〕《文字析義》，頁681。

## 二、木名，柘也

　　聞一多以「朱」為「有刺之木」，即芒刺似棘之木，《聞一多全集》：「《說文·木部》：『赤心木、松柏屬。从木、一在其中。』案：此說解，學者多疑之。謂當與松檽檜樅柏諸文為伍，今本失其舊次者，段玉裁說也。謂本作『朱，木心也。』引《禮記》『松柏有心』之文，今本乃經後人竄改者，俞樾說也。謂朱為株之初文者，戴侗及近人郭沫若說也。謂朱為珠之初文者，近人商承祚說也。今案：『松柏屬』三字，似後人所沾，自餘皆許舊文。許說亦自不誤。云『赤心木』者，赤心二字，義別有在，非中心赤色之謂。諸家不達此二字之義，遂滋疑惑，此自諸家之誤會。……金文心作✹或作✹，余謂✹為心臟字，✹為心思字，✹象心房之形，◆為聲符兼意符。◆者，鐵之初文，今字作尖。《釋名·釋形體》：『心，纖也，所識纖微無不斷也。』阮元云釋名此訓最合本義，《說文》心部次於思部，思部次於囟部，系部細字即從囟得聲，得意，故知心亦有纖細之意。案：阮說是也。心從◆會意，故物之纖銳者得冒心名。棗棘之芒刺謂之心。……棘從並朿，古蓋亦讀如朿，與赤同音，故『棘心』又訛變為『赤心』。……《漢書·西域傳》下：『山多松檽。』《玉篇》：『檘，松滿也。』並以松檽連文。《後漢書·馬融傳》：『陵喬松，履脩檽。』又以松檽對舉，是檽為松類。許書檽次於松檜之間，解為『松心木』，亦謂檽為松類是也。蓋此木葉作針形似松，故曰『松心木』，檽為『松心木』，猶下文檜為柏葉松身，樅為松葉柏身矣。若謂檽之似松，惟在幹之中心，而其外見之部分皆不與，則木之似松者眾，獨檽而已乎？且松之異於他木者，莫著於其葉，因之，木之有針葉者，即以松例之，理亦至明，夫『檽松心木』，『朱赤心木』，詞例不殊，許君於松心木既已用尖心義；則赤心木之心字，其不謂中心可知。要而言之，木身之具有尖刺狀者二，古皆曰心，一為松屬之葉，所謂松心是也，一為棘屬之芒，所謂棘心是也。赤心即棘心。許君於檽曰『松心木』，於曰『赤心木』者，謂檽之葉似松，朱之芒似棘耳。……由上觀之，朱有刺義，較然明白。然則朱之為木，有刺之木也。古語本或呼木之芒刺曰『赤心』，故許君訓朱為赤心木。訓詁之精，令人驚絕。許書顧可輕議哉。……朱為木名，不見於經傳。以聲求之，疑即柘木。朱在侯部端母，柘在魚部定母，最相近，朱轉為柘，固自可能。……朱有刺，柘亦有刺，而二字復聲近可通，朱柘一木，殆無

可疑。」〔註6〕

## 三、木身、柱

戴侗《六書故》:「朱,榦也,木中曰朱。木心紅赤,故因以為朱赤之朱。條以枚數,榦以朱數(別作株)。借為朱儒之朱。」〔註7〕

徐灝《說文徐箋》:「戴氏侗曰:『朱,榦也,木中曰朱,木心紅赤,故因以為朱赤之朱。條以枚數,榦以朱數,別作株。』灝按:戴說是也。朱株蓋相承增偏旁。段說謬甚。」〔註8〕

郭沫若《金文叢攷》:「近人商承祚謂朱乃珠之初文,其上下出乃貫珠之系,……。若然,則是珠玉一字矣,非也。余謂朱乃株之初文,與本末同意,株之言柱也,言木之幹…,金文於木中作圓點以示其處,乃指事之一佳例,其作一橫者乃圓點之演變,作二橫者謂截去其上端而存其中段也,此與洹子孟姜壺折字之作𣂪若𣂺者同意,左旁中作二橫,即示屮本之斷折(旭昇案:折字左旁不從屮本),又彔伯䢅簋之弟二朱字作𣏾者,亦正表明朱之為柱,蓋示柱以楮穴也。要之,朱當為株,其轉語為椿為柱,用為赤色者乃假借也。又《說文》以根株為互訓,漢人並多解株為根,非株之古義。」〔註9〕

李孝定《甲骨文字集釋》:「按《說文》:『赤心木、松柏屬。從木、一在其中。』段氏注云:『又按:此字解云「赤心木、松柏屬」,當廁於松梧檜樅柏之処,今本失其舊次。本柢根株末,五文一貫,不當中骾以他物,蓋淺人類居之,以傅會一在上、一在中、一在下之說耳。』朱實即株之本字,其次本不誤。赤心木一解當是朱之別義,自別義專行,遂另製從木朱聲之株字以代朱,雖非淺人類居之,一在上、一在中、一在下之說亦不誤。字在卜辭為地名,辭言『田朱』《珠》一二一,可證也。金文朱作『米』(毛公鼎)、『朱』(頌鼎)、『米』(師兌簋)、『米』(番生簋)、『米』(吳尊)、『米』(師酉簋)、『米』(彔伯簋)。」〔註10〕

---

〔註 6〕《聞一多全集》二冊,頁 530～533,〈釋朱〉。
〔註 7〕《六書故》卷二十一葉五。
〔註 8〕《說文詁林》五冊,頁 585。
〔註 9〕《金文叢攷》,頁 222,〈釋朱〉。
〔註10〕《甲骨文字集釋》,頁 1951。

## 四、木　心

　　俞樾《兒笘錄》:「《說文·木部》:『赤心木、松柏屬。从木、一在其中。』樾謂『一在其中』,並無赤義,何以為赤心木乎?此篆說解,疑為淺人竄改,許君原文當云:『朱:木心也。』蓋朱字與本末字同意,木下曰:『本从木,一在其下。』木上曰:『末从木,一在其上。』然則朱字从木,一在其中,其為木心可知矣!三字一例,於六書為指事。至赤色之朱,許書作絑,糸部曰:『絑:純赤也。从糸、朱聲。』而經傳皆从朱為之。後人但知朱之為赤,而不知其本義之為木心,故於許君所說不得其怡,妄改為『赤心木』,其義仍為赤,而又依心字為說,以合于許書之舊,其曰『松柏屬』者,疑許書原文引《小戴記》『松柏有心』之文以說『木心』之義,而淺人改易之如此也。本部又有『株』字,曰:『木根也。从木朱聲。』夫朱既从木,而株又从木,縟複無理。今按:株即朱之或體也,朱為木心,亦為木根,蓋木之初生在土中者,根而已矣;根出土而有枝,有枝而有葉,然其貫乎木之中者,則仍其根也。故孟子有『根於心』之語。木之心為朱,木之根亦為朱,心與根不嫌同名者,其義固得通也。自叚朱為絑而絑廢,凡赤色之絑無不作朱者,莫知其本之屬木矣。乃於木根之朱加木作株耳。」〔註11〕

## 五、珠之本字

　　商承祚:「《說文解字》……云:『赤心木,松柏屬,從木,一在其中。』以為指事,一所以指赤心之其意又以為與 屮帯 二字誼同,一在木下為本,一在木上為末,一在木中為朱。茲細譯其旨,朱之一與本末之一,形同而誼異。本末之一乃指物之本末處,朱之一乃指其木心之色,色空不可指也。或以為朱乃株之本字,一指一株樹也,理略長於許誼,而猶非朔。予意朱即珠之初字,實象形非會意也。茲臚列其說而明證之:

　　　　《說文》王象三玉之連,│其貫也。

　　　　金文乙亥敦玉作丰。

　　　　殷虛甲骨文玉作丰丰丰。

　　　　《說文》之│未外露其組,不若殷文金文之露其兩端於誼為明

〔註11〕參《說文解字詁林》五冊,頁 586。

白，所從之丫丫貫後結其緒之形，所以防其脫墜耳。今乃因玉形作丰羊半，遂推而知朱之誼。

　　金文中若毛公鼎、頌壺、番生敦、泉伯敦朱作米，吳尊作米，與《說文》同，師酉敦作𤔔米，從二，與它篆異。古文從一之字或從二，《說文》之古文及金文、殷虛文字「正」字皆從二作「𧾷」，天字作「𠑹」，又如殷虛文中之麓作「𣏟」，亦從二林作「𣏟」，古文中若此類者不勝枚舉，或象其形，或通其意，不區區於筆畫之間，雖體重複，其誼一也。又攷古文凡從「一」之字可變作「●」，如金文中十干之丁可作●□，丙作𠆎𠆎，殷虛文字天作𠑹，金文作天，是其例，能實則能空，能●則能一也，故知朱之作米，與米同，當必有作米者矣，正象貫珠之形。珠體圓易脫，故結系之兩端以慎防之，其字形與玉顯別之處在丫與米之間，以此證之，米與米（木）形同而實非，二字絕對不相涉也。」〔註12〕

## 六、根

　　馬敘倫以為根株之象形：「米即《說文》之朱，《說文》訓朱為赤心木者，乃株字義，而根株字乃朱字也。金文作米者，由象形文本作𣏟或作𣏟也。知者，《韓非‧解老》「樹木有曼根，有直根」，直「根者，書之所謂柢也」；「曼根者，本之所以持生也」。朱聲侯類，曼聲幽類，幽侯聲近，《韓非》所謂曼根即朱也。且木之赤心者，非獨今所謂紅木也。故徐鍇有朱為赤心木總名之說。然木亦有黃心者，何不為之製字？識一於木謂之赤心木，六書謂之指事，然物名固鮮以指事之法冓造之，且金文作米，是識之者二矣，故知《說文》朱株之訓當互易耳。」〔註13〕

## 七、木之異體

　　馬敘倫《說文解字六書疏證》：「徐鍇以朱為赤心木之總名，然木亦有黃心者，何不為之造字？且識一於木謂之赤心木，於六書為指事，而名固鮮以指事之方法冓造者也。以為果為赤心木而造字，蓋即下文之株字，從木，朱聲。株

---

〔註12〕《史語所集刊》一本一分，頁17，〈釋朱〉。
〔註13〕《讀金器刻詞》，頁161，朱討鼎。

下曰『木根也』者，借株為柢。株音知紐，古讀歸端；柢音端紐也。朱木樹聲
皆侯類，而木樹為轉注字。朱音照紐三等，樹音禪紐，得為舌面前音，然則朱
實木之異文，木朱一字。」〔註14〕

　　以上七說，「赤心木」一解，學者不同意的原因，俞樾說「『一在其中』，
並無赤義，何以為赤心木乎？」馬敘倫說「木亦有黃心者，何不為之製字？
識一於木謂之赤心木，六書謂之指事，然物名固鮮以指事之法菁造之」，二家
已經說得很清楚了。聞一多以「赤心木」為「柘」，設想精巧，可惜證據不夠，
他探討「心」字的語源那一段——「金文心作 🫀 或作 🫀，余謂 🫀 為心臟字，🫀
為心思字，🫀 象心房之形，▲為聲符兼意符。▲者，鐵之初文，今字作尖。《釋
名・釋形體》：『心，纖也，所識纖微無不斷也。』」——肯定是過不了古文字
這一關的。因為「🫀」為「囟」字，而非「心思字」。

　　近人多贊同「朱」之本義為「株」，即戴侗所說的「木中曰朱。條以枚數，
榦以朱數，別作株」，但是，這樣的說法恐怕也是值得商榷的，因為照戴侗所說，
「朱」即「株」，那是個量詞。甲骨文時代雖然有少數的量詞，但它們的性質和
後世是不同的，《卜辭綜述・第三章文法・第三節單位詞》：

> 　　單位詞即所謂量詞。卜辭中有少數的例子，如貝的單位是朋，
> 馬和車的單位是丙，鬯的單位是卣和斗，人的單位是人等。……卜
> 辭記數的名詞，其詞序有二：（1）名－數－單位　貝幾朋，馬幾丙，
> 鬯幾卣，人幾人，羌幾羌。（2）數－名　幾牛，幾人……。在數詞
> 前的是名詞，在數詞後的是單位詞。〔註15〕

但是，甲骨文的單位詞和後世的單位詞的性質是不太一樣的，在陳說的（1）類
中，貝要有單位，因為一定數量的貝叫做一「朋」；馬和車要有單位，可能也是
因為若干車或馬才能叫一「丙」〔註16〕；鬯酒要用卣來裝，所以有單位詞卣。

---

〔註14〕《說文解字六書疏證》卷十一，頁1492。

〔註15〕《卜辭綜述》，頁94。

〔註16〕陳夢家以為：「幾匹馬構成一乘，尚待考定。金文馬的單位是『匹』，而金文『兩』
字係兩個相並立的『匹』，所以甲骨文的『丙』可能是單數。」（《綜述》94頁）《甲
骨文字詁林》以為：「馬稱『丙』，猶言『匹』，非後世之『乘』。車稱『丙』，猶言
把。」（2052頁）案：這樣說恐怕證據不夠，卜辭有「卅馬」（《合》500正）、「馬
卅」（《合》20790），又有「馬廿丙」（《合》1098）、「馬五十丙」（《合》11459）、「馬
二丙」（《合》21777），「馬」和「丙」的計數應該不同；這正如殷金文「小子𧫥簋」
有「貝二百」（《總集》2515），又有「貝若干朋」，貝和朋的計數當然不同。車的情

其餘的「人幾人」、「羌幾羌」都還可以再檢討。至於陳說的（2）類，數名之後的只能叫名詞，不能叫單位詞，或量詞。因此，甲骨文中出現類似「株」這樣意義的量詞，是與語法歷史不合的。

其次，把「朱」字當作量詞，是等同於後世的「株」，但是「株」字是比較晚出的字，它較早的用法也不是量詞。《說文》：

> 株：木根也。從木朱聲。

《說文繫傳》：

> 入土曰根，在土上者曰株。劉向《列女傳》：「智伯之園多株，不便於馬；范氏之子謂伐之也。」〔註17〕

這都說明了「株」的本義是長在地面上的樹根。歷代《說文》家大體沒有什麼異議，只有清代學者徐灝有不同的意見：《說文徐箋》：

> 劉向《列女傳》：「……。」灝按《韓非・五蠹篇》：「田中有株，兔走觸株。」此皆指伐木之餘而言，株之引申義也。《蜀志・諸葛亮傳》：「成都有桑八百株。」則以榦數之，乃其本義也。許訓株根，蓋渾言之也，猶今人謂一榦為一根耳。〔註18〕

旭昇案：徐灝這樣說是沒有依據的，他以為《列女傳》和《韓非・五蠹》的「株」都當「伐木之餘」講，於情理不可通。智伯之園怎麼會多「伐木之餘」呢？就「不便於馬」而言，「斷木之餘」和「未斷之木」沒有任何不同？它們並不會對馬行造成什麼不便，除非它們長得太密。但是冒出地面的樹根就不一樣了，因為它們遠看看不出，等到看得到的時候，已經來不及閃避了！它們確實對馬行帶來很大的不方便。所以《列女傳》的「株」字只能講成「樹根」，而比它早的《韓非子・五蠹》中的「株」字當然也應該講成「樹根」比較好。早期經傳中的「株」字，無不作「根株」講〔註19〕：

> 《易・困・初六》：「臀困于株木，入于幽谷，三歲不覿。象曰：入于幽谷，幽不明也。」

---

況應該也是這樣。

〔註17〕參《說文解字詁林》五冊，頁588。《繫傳校錄》：「智伯當作趙簡子。」參《說文解字詁林》五冊，頁588。

〔註18〕參《說文解字詁林》五冊，頁589。

〔註19〕以下的經史諸子等典籍係查詢自中央研究院漢籍全文資料。

《墨子‧卷八‧明鬼下‧第三十一》:「王乎禽費中、惡來,眾畔百走。武王逐奔入宮,萬年梓株,紂而繫之赤環,載之白旗,以為天下諸侯僇。」孫詒讓《定本墨子閒詁》注:「『萬年梓株』,未詳。『折紂而繫之赤環』,畢云:『《太平御覽》引作「折紂而出」、環作輱,是言繫之朱輪。』案:此無攷。」

《莊子‧外篇‧卷七上‧達生第十九》:「吾處身也,若厥株拘;吾執臂也,若槁木之枝。」

《韓非子‧卷十九‧五蠹‧第四十九》:「宋人有耕田者,田中有株,兔走,觸株折頸而死,因釋其耒而守株,冀復得兔,兔不可復得。」

《戰國策‧卷三‧秦一‧張儀說秦王》:「且臣聞之曰:『削株掘根,無與禍鄰禍乃不存。』」

《新校本史記‧卷三十‧平準書第八》:「所忠言:『世家子弟富人或鬥雞走狗馬,弋獵博戲,亂齊民。』乃徵諸犯令,相引數千人,命曰『株送徒』。入財者得補郎,郎選衰矣。」《集解》應劭曰:「株,根本也。送,引也。」如淳曰:「株,根蔕也。」

《論衡校釋‧第十三卷‧超奇‧第三十九》:「有根株於下,有榮葉於上;有實核於內,有皮殼於外。」

《論衡校釋‧第十五卷‧變動‧第四十三》:「且天本而人末也,登樹怪(搖)其枝,不能動其株。如伐株,萬莖枯矣。人事猶樹枝,能(寒)溫猶根株也。」

《新校本後漢書‧卷三十三‧朱馮虞鄭周列傳第二十三‧虞延》:「光武聞而奇之。二十年東巡,路過小黃,高帝母昭靈后園陵在焉,時延為部督郵,詔呼引見,問園陵之事。延進止從容,占拜可觀,其陵樹株蘖,皆諳其數,俎豆犧牲,頗曉其禮。」章懷太子注:「株,根也。蘖,伐木更生也。」

把「株」字當做量詞用,而不解為「根」,應該是從東漢末開始的,現在可見的資料都是在這個時期以後的,如:

《東觀漢記校注‧卷十五‧傳十‧桓礹》[註20]:「中庭橘樹一株,遇實熟,乃以竹藩樹四面,風吹落兩實,以繩繫著樹枝。」

《新校本後漢書‧志第十四‧五行二‧草妖》:「靈帝熹平三年,右校別作

---

〔註20〕《東觀漢記》自東漢明帝時始修至熹平成書。本節見范曄《後漢書‧卷三七‧桓礹傳》李賢注引。

中有兩檽樹，皆高四尺所，其一株宿夕暴長，長丈餘，大一圍，作胡人狀，頭目鬢鬚髮備具。」

《新校本三國志・蜀書・卷三十五・蜀書五・諸葛亮》：「初，亮自表後主曰：『成都有桑八百株，薄田十五頃，子弟衣食，自有餘饒。』」

《西京雜記・卷一・二十八則》〔註21〕：「初修上林苑、羣臣遠方各獻名果異樹、……林檎十株、枇杷十株、橙十株、安石榴十株、樗十株、白銀樹十株、黃銀樹十株、槐六百四十株、千年長生樹十株、萬年長生樹十株……」

由此可見，把甲骨文中的「朱」字解釋做「株」，而當做量詞用，那是東漢以前看不到的。同理，解為「木身」、「柱」、「木心」，都是沒有文獻依據的。

釋為「珠」的初文也不可從。以珠為飾品，在商代以前肯定已經出現了，但是珠是小體積的東西，地位並不是那麼重要，為它造一個獨體字的可能性不高。以殷虛婦好墓為例，墓中的藝品成千上萬，但是珠形器僅有瑪瑙珠二十六件，綠松石珠六件，大體都是串綴起來的，不太可能產生像「米」這樣的珠形（參附圖）。

馬敘倫釋「朱」為「株」，即樹木之「蔓根」，也沒有文獻依據。直根和蔓根在古代是否有必要嚴格區別，而為它們分別造字，我們看不出有這個需要。文獻中把「株」字主要釋為冒出土上的樹根，即「板根」，因為它會造成車馬的障礙，所以有必要和地下的根區別開來，為它造字是應該的。但是「株」只是一個形聲字，從「朱」並不兼義，因此把「朱」說成是「株」的初文，釋為蔓根，恐怕無法讓人接受。至於馬敘倫又以為「朱」是「木」的異體，並沒有令人信服的證據。

綜合以上的敘述，我們以為「朱」字的構形初義還沒有探討清楚，值得再做深入的研究。「朱」字在古文字中除了用做國地族人名之外，大體上是用為顏色名。古文字中用為顏色之字，除了丹是由紅色顏料轉為顏色名之外，其餘多為假借用法。因此，我們認為「朱」字也是一個假借字，它可能是由「束」字假借，後來漸漸分化而形成的一個字。

「朱」字的字形太過簡單，考釋諸家的是非不容易分出對錯。但是我們可以從「誅」字來思考。甲骨文有個寫作「𣂕」、「𣂕」的字（《文編》4889、《集

〔註21〕《西京雜記》，舊託名漢劉歆撰，或題晉葛洪撰，實為梁吳均撰。

釋》3925、《詁林》3288，又可以簡寫作「㦰」（《懷》1314，《詁林》2468）。前者丁山以為與「𣎴」同字，釋「蝕」，即「蠹」字：

> 㦰象蟲口之利於戈戟，𣎴象木體中空形；有利口之蟲攻木使空，當是蝕之本字。《說文》作「蠹」云：「木中蟲，从蚰橐聲。蝕，或从木，象蟲在木中形。譚長說。」……𣎴正象樹木中空形，正是橐之本字……。由是以論商周秦漢間千有餘年的橐字形變史，約為：

以上商｜　　以上周｜　　秦漢

𣎴——𣎴——𣎴——橐——橐——橐

> 橐為木柝本字，而許書訓為囊也，橐字本誼之失，蓋始于秦人。〔註22〕

李孝定從之釋為「蠹」，惟以為：

> 丁氏謂橐之本誼即木中空，則有可商。橐當以訓囊為本誼，許說不誤，至蠹字从之，純以為聲符，於義無涉。〔註23〕

饒宗頤釋「繩」，讀為慎：

> 按戠字从𣎴从𤱶（黽）从戈，舊無釋。黽即繩，此又益戈形，如易之作戠也。卜辭成語，每言「宙戠」（《粹》三四二）、「其又戠」（《佚存》六二五），他辭云：「癸亥卜，其酌戠于河。」（《後編》下三·三七）當與繩同義。《詩·下武》：「繩其祖武。」傳訓「繩」為「戒」，三家詩作「慎其祖武」，繩讀為慎。《爾雅·釋訓》：「兢兢，繩繩，戒也。」《釋文》「繩」本或作「憴」。《詩·抑》：「子孫繩繩。」箋：「戒也。」韓詩作「承承」。又《螽斯》：「繩繩兮。」傳：「戒慎也。」契文繩字益戈旁，與戒之从廾持戈同意。其云「惟繩」、「又繩」，即「惟慎」「又慎」，皆指祭時，敬懼戒慎將事之義。此辭云「其又繩且」，與《詩》「繩其祖武」語例亦合。〔註24〕

常弘釋「蠹」（與「蠹」同字）：

---

〔註22〕丁山《殷商氏族方國志·亞橐》。
〔註23〕《甲骨文字集釋》，頁 3925。
〔註24〕《殷代貞卜人物通考》，頁 827。

認識了橐以後，就好分析▨了。橐字的各種不同形體是此字的構形部分，其主體是一個多足的動物，可以寫作黽。橐和黽組成一個字，前者應為聲符，後者是形符。黽字又與蟲字相通，……這個字應隸定為蠹，或蠹。《說文》虫部認為蠹是「木中蟲，從蚰，橐聲。」又說：「或從木，象蟲在木中形。譚長說。」從甲骨文的蠹字證之，其上橐為聲符，與木中蟲無涉，許君之說可能是將蠹的轉義誤認為原始意義。蠹字始見於廩辛康丁卜辭，但武丁時有▨字，前面往往有▨或▨，即竹字，竹字古音為端紐或定紐，與束字聲紐和韻部相同，而且二者字義也能相通。晚期確有「束▨」（《續》三·三二·四）連言的刻辭，或在玉器上直接寫作▨（《鄴三》下二七），所以早期的竹字，有一部分後來被束（橐）代替是有可能的。殷商後期將「竹、黽」二字合成一個蠹字，……由上面的討論知道「竹黽」二字組合成蠹字，讀音為橐。……綜上所述，……以▨等為聲符的▨、▨應釋作蠹（蠹），它在卜辭中多用為名詞，是羌人一支的名稱，成為被殷祭者的代名詞。〔註25〕

劉釗釋為「戜」：

> 甲骨文「黿」字作「▨」、「▨」、「▨」、「▨」諸形，或加「束」聲作「▨」、「▨」，甲骨文「戜」字作「▨」，又作「▨」。金文「黿」字作「▨」，又改「束」聲為「朱」聲，即將「束」聲改成與其形體接近并可代表「黿」字讀音的「朱」字。〔註26〕

劉說從「黿」字加「束」聲推起，進而引金文「黿」字改「朱」聲來說明，較具說服力。因此我們以為「▨」、「▨」、「▨」字應從劉釗釋為「戜」。這個字從戈從黿，或加聲符「束」，即後世的「戜」或「誅」字。甲骨文用為祭名。

戜字既然從「束」聲，即說明了在這個時候「束」字和「戜」、「黿」字應該是同音，或聲音非常接近。這就為「朱」從「束」分化，提供了足夠的聲韻條件。要更清楚地說明這個問題，我們有必要把「黿」字再加以探討一番。

甲骨文一期卜辭的「黿」字作「▨」、「▨」、「▨」、「▨」（《文編》1581誤

---

〔註25〕常弘〈釋蠹和蠹〉，《甲骨文與殷商史》，頁252。
〔註26〕劉釗《古文字構形研究》，頁137，吉林大學博士論文。

釋為黽）、「🐛」（《合》9187，《摹釋總集》誤釋黽）、「🐛」（《文編》5043）。「鼄」字本作「🐛」，象「鼄」形，因為容易和「黽」字混淆，所以漸漸地在腹部加上象徵蛛絲的橫線，或一道、或二道、或三道。

卜辭或見「竹鼄」，作「🐛」，如：

貞其用竹鼄羌击彫彡用　《合》451（1）＝《續存》下266

……竹鼄羌击……白人歸于……　《合》452（1）＝《外》20＝《南師》2.156

……竹……羌……　《合》26840（2）＝《七》P34

常弘以為「竹鼄」即「束鼄」（鼄字常弘釋為黽），這可能是對的。商代可能有複輔音，或類似後世聯綿詞型態的詞，因此「竹鼄」大概就是後世的「蜘蛛」，周代只稱「鼄」。周代古音「竹」在知紐覺部開口三等，擬音是\*tiewk，「鼄」在知紐侯部合口三等，擬音是\*tjew，聲同韻近，合乎聯綿詞的條件。就現存卜辭來看，這都是第二期的現象。

第三期卜辭開始在象形的「鼄」字之外加聲符「束」字，如《懷》1381云：

☐🐛兄于🐛☐

周代音「束」字在審紐屋韻合口三等，擬音是\*st'jewk，「鼄」字在知紐侯韻合口三等，擬音是\*tjew，聲母都屬於舌頭音，韻母只有陰入之別，通假的條件非常足夠，可能在商代音更要接近些。第五期卜辭作「🐛」《合》36417（4）（《後》3.32.4）：

戊戌卜王其泌🐛馬……小臣🐛克……

另外，《摭》100有個殘文。應該也是加「束」聲的「鼄」字。除了「鼄」加「束」聲之外，第三期甲骨開始出現的「鼄」字所從的「鼄」也加「束」聲，例見以下各片：

……王其又鼄　《合》27375（3）＝（《甲》1569）

庚子卜大貞王其又鼄且吏今辛彫又　《合》27376（3）＝（《甲》2031）

其又鼄毓……　《合》27377（3）＝（《京》445）

……亥卜其又鼄毓　《合》27378（3）＝（《佚》625）

吏鼄　《合》27379（3）

……鼄　《合》27380（3）

……于匕庚吏鼄　《合》27540（3）＝（《南明》671＝《明後》B2269）

吏鼄　吉　《合》27622（3）＝（粹342）

　　　　癸亥卜其酌烖于河　　《合》30428（3）=（《後》2.33.7）

　　　　其烖……　　《懷》1392（3）

　　　　……烖……又正　　《懷》1314（3）

中山王𧊒壺省略「𧊒」形，從戈朱聲作「烖」，和甲骨文的「烖」字應該具有承襲的關係。

　　以上探明了「𧊒」和「烖」的字形演變，此二字甲骨文時代多加「朿」為聲符，金文時代則加「朱」為聲符。劉釗以為是「改換聲符」。我們在這裏要做一個比較大膽的推測，有沒有可能「朱」就是「朿」的分化字呢？如果這個說法能夠成立，那麼從「朱」聲和從「朿」聲本來是一樣的，也就不存在著聲符替換的問題了。這情形正像「與」字本來是從「牙」得聲的，但是後世卻變成從「与」聲。其實「与」和「牙」最初本來是同一個字，因此並不存在著改換聲符的問題。金文中山王𧊒壺「與」字作「𦥑」，中做「牙」形；馬王堆一號漢墓竹簡六三作「𦥔」，中間已經做「与」形了。如果不了解「与」是「牙」的分化字，那就會誤以為「與」字是經過了替換聲符的階段了。

　　我們以為「朱」字可能是從「朿」字分化出來的，當它單獨書寫的時候，為了要與「朿」字有所區別，於是把中間的空虛填實，或甘脆把圓圈換成象徵「𧊒」身上的絲線，或作一道橫線，或作二道橫線。尤其是作二道橫線的「朱」字，說明了「朱」和「𧊒」關係的密切。除了「朱」字以外，我們看不到任何一個其它的字的部件可以由圓點變為二橫畫的。

　　西周穆王時代的彔伯𣪘𣪘上有一個「㮂」字，作「𡧗」，從「朱」；在懿王時代的卯𣪘上則寫作「𡧘」，從「朿」。郭沫若《兩周金文辭大系𣪘釋》：「㮂字原銘作𡧘，余意與彔伯𣪘𣪘『虎冟朱裏』之作𡧗者乃一字，特於圓點空作之而已。……字在此當即叚為柱石之柱。」〔註27〕馬承源《商周青銅器銘文選》隸定作窬：「从穴朿聲，讀為棟。《廣雅·釋宮》：『棟，橑也。』」〔註28〕二說看起來不同，釋義也有別。但是，如果了解「朱」和「朿」是一個字的分化，那麼釋為「㮂」或「窬」其實並沒有什麼不同；釋為「柱」和「橑」的用義也相去不大。

---

〔註27〕《兩周金文辭大系考釋》，頁86。
〔註28〕《商周青銅器銘文選》第三冊，頁175第244號。

　　戰國時代的楚簡中有一個「速」字，見於一九五六年湖北江陵出土的「望山一號墓竹簡」、一九七八年湖北江陵出土的「天星觀竹簡」、一九八六年湖北江陵出土的「秦家嘴一號墓竹簡」、一九八七年湖北荊門出土的「包山楚簡」，此字多見，以下舉幾個較有代表性的字形〔註29〕：

　　　　（字形）望一.卜　（字形）望一.卜　（字形）天.卜　（字形）秦1.3　（字形）秦1.3

　　　　（字形）包2.219　（字形）包2.247

　　《包山楚簡》把這個字隸定做「逨」，並云：「讀做兼。《說文》：『兼，並也。』《廣雅・釋詁四》：『兼，同也。』」〔註30〕周鳳五先生隸定為「逨」，讀為急〔註31〕。曾憲通先生釋為「速」：

> 卜筮簡屢見（字形）（字形）二字，《包山楚簡》隸定作逨壞，……。周鳳五於前者改隸為逨字，讀為急；於後者考定為瘇字，使相關簡文略可通讀。……。關於第一個字，周文認為並不從兼，並指出：「簡文上半所從似艸，下半又似從竹，缺乏禾穗飽滿下垂的基本特徵。」因據《汗簡》逨之古文作（字形）而改隸定為逨，讀為急。然細審原簡，此字在簡文中出現不下十次，其聲符約有一半以上分書作（字形）、（字形），左右二體並不相連，因頗疑此字是「速」字的訛體。戰國文字變單為複，變斷為聯的現象十分普遍，此亦訛變之一例。究其過程，當先是（字形）字簡化為（字形），猶璽文（字形）之作（字形），陶文（字形）之作（字形）；繼而（字形）上下離析成（字形）；再變複為（字形），連寫作（字形）；復稍裝飾並益以辵旁，便成為簡文的（字形）字。望山簡此字作（字形），上下並未斷離，似從並列的朱字。朱、束古音為侯屋對轉，古可通假。然則此字無論從束從朱得聲，皆為速字無疑。（字形）之為速，不但「尚速瘇」、「疾速瘇」、「志事速得，皆速賽之」等簡文變得明白如畫，其它相關簡文亦均可暢達無礙。〔註32〕

《望山楚簡》的考釋也把這個字形釋為「速」：

> 「逨」亦作「逨」，簡文屢見。此墓簡文數言「逨瘧（瘇）」、「迟

---

〔註29〕參《楚系簡帛文字編》，頁155。

〔註30〕《包山楚簡》圖版一五六、考釋369，頁54頁。

〔註31〕周鳳五〈包山楚簡考釋〉。

〔註32〕曾憲通〈包山卜筮簡考釋（七篇）〉。

（遲）癭（瘲）」，天星觀一號楚墓簡文或以「迡（遲）遱」連言，疑「遱」與「遲」是一對反義詞，「遱」字之義當為「速」，也可能「粜」就是「束」的繁體。〔註33〕

以上二家把此字釋為「速」，從天星觀簡「遲」「速」相對來看，應該是可信的。「速」字應該從「束」，但是簡文明明從二「朱」，二家並沒有把為什麼這個字從二「朱」而可以釋為「速」的原因說得合理明白。如果依照本文的看法，「朱」是從「束」分化出來的字，二者本來是同一個字，因此在楚簡中，「速」字從二「朱」形與從二「束」形是一樣的，而從二「束」形則是從「束」的複體，因此這個字釋為「速」就完全可以理解了。這個字形的演變，應該也可以做為「朱」和「束」是同一個字分化的例證吧。

## 參考書目（甲骨著錄依通行簡稱，不另開列）

1. 〔元〕戴侗《六書故》，臺灣商務印書館·《四庫全書珍本》六集。
2. 丁山《殷商氏族方國志》，北京：中華書局，1988年，1版1刷；此據台灣翻印《卜辭綜述》後附。
3. 丁福保、楊家駱《說文解字詁林》，上海醫學書局，台北：鼎文書局，1983年影印再版
4. 于省吾主編，姚孝遂按語《甲骨文字詁林》，北京：中華書局，1996年。
5. 中國社會科學院考古所《殷虛婦好墓》，文物出版社，1980年。
6. 李孝定《甲骨文字集釋》，中央研究院專刊，1965年。
7. 周鳳五〈包山楚簡考釋〉，中國古字研究會第九屆年會論文，1992年。
8. 香港中文大學，第二屆國際中國古文字學研討會論文集，香港中文大學，1992年。
9. 馬承源主編《商周青銅器銘文選（三）》，北京：文物出版社，1988年。
10. 馬敘倫《說文解字六書疏證》1939年；此據鼎文書局影印本，1975年。
11. 馬敘倫《讀金器刻詞》，北京：中華書局，1962年。
12. 常弘〈釋蠢和蠱〉，《甲骨文與殷商史》，上海古籍出版社，1983年。
13. 郭沫若《金文叢考》，北京：人民出版社，1983年。
14. 郭沫若《兩周金文辭大系考釋》，日本文求堂據手稿影印，1935年；香港龍門書局1957年增訂。
15. 陳夢家《卜辭綜述》，北京：科學出版社，1956年。
16. 曾憲通〈包山卜筮簡考釋（七篇）〉，第二屆國際中國古文字學研討會論文集，香港中文大學，1993年。

〔註33〕《望山楚簡》，頁92，注35。

17. 湖北省文物考古研究所，北京大學中文系《望山楚簡》，北京：中華書局，1993 年。

18. 湖北省荊沙鐵路考古隊《包山楚簡》，北京：文物出版社，1991 年。

19. 聞一多《聞一多全集》，上海開明書店，1948 年。

20. 劉釗《古文字構形研究》，吉林大學博士論文，1991 年。

21. 滕壬生，《楚系簡帛文字編》，湖北教育出版社，1995 年。

22. 魯師實先《文字析義》，魯實先全集編輯委員會，1993 年。

23. 饒宗頤《殷代貞卜人物通考》，香港大學，1959 年。

## 附圖：殷虛婦好墓出土的「珠」·《殷虛婦好墓》彩版三六

1. 玉小型管狀珠

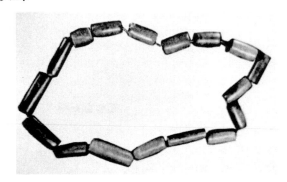

2. 瑪瑙珠

　　本文原在「甲骨文發現一百周年學術研討會」（臺灣師範大學國文系·中研院歷史語言研究所，1998 年 5 月 10～12 日）發表。發表後承蒙陳偉武先生提供楚簡「速」的釋讀，特此致謝。

# 說　髀

　　甲骨文有「𠤎」字，舊釋「臀」若「尻」，見於以下各片（文中討論此字或用△表示）：

1. 貞：今般取于𠤎，王用若　《合集》376＝《乙》1277＝《丙》96

2. （1）丙戌卜，亙貞：子𠤎其有……　（2）子𠤎……　《合集》3183 正甲，
    正乙＝《乙》5451,5633

3. 庚戌卜，亙貞：王呼取我夾在𠤎圖若于𠤎　《合集》7075＝《乙》557

4. （1）貞：祖丁𠤎　（2）貞：祖丁𠤎　《合集》9947＝《乙》5307

5. ……𠤎亡疾　一月　《合集》13749＝《故宮》135

6. （1）……寅卜，古貞：𠤎其有疾　（2）貞𠤎亡疾　《合集》13750＝《乙》
    873+899+2154＝《丙》175

7. 入𠤎　《合集》13809＝《歷拓》8680

8. ……卜，爭……𠤎……　《合集》17976＝《善》19287

9. ……曰惟……𠤎……　《合集》17977＝《續存》下518

10. 癸卯，子卜：至小宰　用豕𠤎　《合集》21803＝《珠》899

11. 甲寅卜：乙卯子其學商，丁侃。用，子𠤎　《花東》150（《花東》釋文據姚
    萱《殷墟花園莊東地甲骨卜辭的初步研究》）

12. 庚申卜：歲匕庚牝一，子𠤎钔（禦）坐（往）　《花東》209

13.（1）甲寅卜：乙卯子其學商，丁侃。子占曰：其又（有）𡆥艱。用。子 （2）丙辰：歲妣己𧰽一，告 （3）丙辰卜：于妣己禦子。用 （4）丙辰：歲妣己𧰽一，告子 《花東》336

14. 庚戌卜：子于辛亥𡗚。子占曰：𦨶卜。子。用 《花東》380

15. 甲寅卜：乙卯子其學商，丁侃。子占曰：有求。用。子 《花東》487

孫海波先生《甲骨文編》把《乙》899 一形隸定為壬（挺），釋為人名（354 頁）；李學勤先生〈帝乙時代的非王卜辭〉指出此字當釋為屍（《考古學報》1958 年 1 期）；魯師實先〈卜辭姓氏通纂之一〉謂此字為之繁文，隸定宜為「氏」（《東海學報》1 期 14 頁，1958）；張秉權先生《殷虛文字丙編考釋》第 132 頁釋《丙》196 片釋此字為「臀」，以為地名，但在它處有為人名者，如：

□寅卜𡧊貞：其㞢疾？ 貞亡疾？ （《丙》175）

丙戌卜，亘貞：子其㞢□？ （《乙》5451）

☐子（不）☐？ （《乙》5633）

金文亦有子爵，子與子疑是一人，或係同名之人。

李孝定先生《甲骨文字集釋》2747 頁釋屍，以為此字係指事字：

> 按，《說文》：「屍，髀也。从尸下丌，居几。脾，或从肉隼；臀，或从骨殿聲。」段氏注曰：「丌，下基也。屍者人之下基。尻几者，猶言坐於牀。」按，字从丌从几，緟複無理。栔文作，乃指事字，猶厷之作、身之作、肘之作也。「」訛為几，後增之丌，遂為篆文之屍矣。字在卜辭為人名。

陳漢平先生〈古文字釋叢〉則以為此字肉形位于人之臀部。於甲骨文之用法：「……寅卜臀其㞢疾。 貞臀亡疾」為釋臀有疾、亡疾；「……子臀……」為子名；「貞今般取于臀王用若」、「……臀啚……雨」為地名；「癸卯子卜至小 用豕臀」卜貞是否用小宰豕臀以祭祀；「貞祖丁臀」、「貞祖丁臀」亦卜貞祭祀用臀之事。

《甲骨文字詁林》第一冊 66 頁按語主張此字釋「尻」：

> 字當釋「尻」，不得釋「屍」。《說文》：「尻，脾也」；「屍，髀也，从尸下丌尻几」，或體作「脾」、作「臀」，今字作「臀」。段玉裁注云：「尻今俗云溝子是也，脾今俗云屁股是也，析言是二，統言是一，

故許云尻脾也。」

林義光《文源》說「屍」字云:「尸即人字,兀即𐊖,古牀字,人體著牀几之處即屍也。卜辭云:

……寅卜古貞𐊖其屮疾　貞𐊖亡疾?(《丙》175)

「貞,且乙壱王……貞弗壱王　王固曰吉,弓余壱」(《丙》176)

《丙》176 為 175 之反,辭義相連,乃武丁卜辭。張秉權以𐊖為人名,非是。此乃武丁有疾,疑為祖乙所降禍,經占問而得吉兆,祖乙不壱王也。𐊖斷非人名,乃疾名。如以𐊖為屍,謂臀有疾,此種可能性不大。

尻亦作脼,《呂氏春秋·觀表篇》「許鄙相脼」,高注:「脼,後竅也。」尻之疾當為「痔」,《說文》:「痔,後病也」;《莊子·人間世》:「人有痔病者」,《釋文》引司馬注:「隱創也。」

「尻」、「竅」、「溝」皆聲同義通。𐊖本指事字,小篆演而為从「九」聲之形聲字。李孝定以「𐊘」訛為「几」,後增「兀」,未免迂曲。尻義亦為屍,《漢書·鄧通傳》:「顧見其衣尻帶後穿」,即用為脾股之義。《珠》899 有辭云:「癸卯子卜,至小宰用豕𐊗」,「豕𐊗」謂用豕後股肉之肥脼者。

朱歧祥先生《殷墟甲骨文字通釋稿》第 8 頁以為「此字或即『脛』之初文」,《珠》899「言小牢用豕脛以祭」,《合集》13750 則應是「卜問腿患是否無恙」。

以上諸說中,《甲骨文字詁林》按語的分析最為詳盡,所以我們先從《甲骨文字詁林》按語討論。《甲骨文字詁林》按語的說法最有力的一點是主張《丙》175「……寅卜古貞𐊖其屮疾　貞𐊖亡疾」與《丙》176「貞:且乙壱王　……貞:弗壱王　王固曰:吉,弓余壱」為同一版的正反卜辭,由《丙》176 且乙害王,可以推論《丙》175 的「𐊖其屮疾」應該是「𐊖」部有疾病,因而「𐊖」應該釋為「尻」,不得釋為「屍」,因為「臀」部不太會有什麼疾病,尻部的疾病就應該是痔瘡,而痔瘡是中年男性最容易犯的毛病。

旭昇案:甲骨文正反面的卜辭未必全然相連,即便相連,「𐊗」也未必釋為尻部的疾病。從甲骨文字形、文例、語法、辭義來看,把「𐊗」字釋為「尻」,

恐怕還有商榷的餘地。

　　從字形來看，「⚟」字从人，而以指示符號標示部位，應該是沒有疑問的。它的構字方式，誠如李孝定先生所說，和「厷」、「身」、「肘」的情況一樣，類似的構字法還見於「⚟（脛，《英》97）」、「⚟（膝，《乙》5839）」、「⚟（脣，《後》2.6.2）」等。其半圓形指示符號所指示的部位和字義大體相當。而前引諸△字，則與「尻」的部位相去似乎遠了些。

　　甲骨文的「人」字由一短畫與一長畫組成，短畫代表手，長畫代表身與足（頭部或歸短畫，或歸長畫）。如果依長畫的彎曲程度來看，大致有三種寫法：A⚟、B⚟、C⚟。長畫的第一彎筆處可以看成臀部，也可以看成磬折的腰部，但似乎以看成臀部較為合理。以上諸△字，指事符號的部位並不是很固定，但多半在代表人身至足部的長畫的第一彎筆之下方，並不在第一彎筆處。因此舊釋此字為「臀」，似乎是比較不合理的。而且甲骨文的「臀」字已經肯定初文作「𦣞」（參裘錫圭先生〈釋殷虛卜辭中與建築有關的兩個詞——門塾與𦣞〉；劉釗先生〈讀史密簋銘文中的『𦣞』字〉），因此把△字釋為臀，應該是可以排除了。同樣地，尻與臀其實是在同一位置，因此釋為「尻」的可能性應該比較低。舊釋為尻，主要是根據《合集》13750「寅卜古貞⚟其有疾　貞⚟無疾」一條，而本條的△字應釋為人名或身體部位名，其實是有爭議的，本條的「⚟」釋為人名似較合理（本條疑與《合集》3183「丙戌卜，亘貞：子⚟其有……　子⚟……」同例）。我們再把前引諸△字的字形放大於下（字形下不標書名者為《合集》片號）：

| | | | | | | |
|---|---|---|---|---|---|---|
| 376 | 3183 | 3183 | 7075 | 9947 | 13749 | 13750 |
| 13750 | 13809 | 17976 | 17977 | 21803 | 花 150 | 花 209 |
| 花 336 | 花 336 | 花 336 | 花 336 | 花 380 | 花 487 | |

　　雖然指示符號所標的位置不一定很精確，但是看得出，以上諸字指示符號所標的位置沒有一個是在尻臀部的。如果我們把以上這些字看成是同一個字，那麼它所顯示的部位是比較接近「大腿」，花東諸字則較接近「小腿」，因此我們傾向把此字釋為「髀」，指包括臀部的大腿，放寬一點，則也有可能包括小腿。

　　從文例來看，甲骨文在「有疾」字前面的，幾乎都是人名（例多不舉）。而表示身體部位的疾病，多半以「疾某」來表現，疾病名在「疾」字之後，如：「疾人」（《合集》2123。李宗焜先生〈從甲骨文看商代的疾病與醫療〉以為當是人有疾，也許是全身不舒服）、「疾首」（《合集》11613）、「疾身」（《合集》376）、「疾目」（《合集》456）、「疾齒」（《合集》93）、「疾耳」（《合集》13630）、「疾自（鼻）」（《合集》11506）、「疾口」（《合集》13642）、「疾言（音）」（《合集》13636）、「疾舌」（《合集》13634）、「疾脰」（《英》97。拙作《甲骨文字根研究》52 頁）、「疾肩」（《合集》709）、「疾胸」（《合集》18645。陳漢平先生釋，見〈古文字釋叢〉）、「疾肱」（《合集》13678）、「疾肘」（《合集》13676）、「疾疋（足）」（《合集》775）、「疾股」（《安明》737、《合》13670。趙平安先生釋，見〈關於及的形義來源〉）、「疾膝」（《合集》13670）、「疾脛（　）」（《乙》1187。張秉權先生說，見《丙》上二考釋 133 頁）、「疾踵」（張秉權先生說，出處同前）、「疾止（趾）」（《合集》573），此外，宋鎮豪先生〈商代的疾患醫療與衛生保健〉全面整理甲骨文的 53 種疾病，可以參看。這些疾病名都在「疾」字的後面，沒有一個是在「疾」字之前的。

　　除去少數辭義不明或辭殘難定的例子外，可以見到「疾」字之前類似疾病名的例子有「肩同有疾」（多見）、「王砧疾」（《合集》13641）、「言其有疾」（《合集》13637）等。「肩同有疾」一句，裘錫圭先生在〈說口凡有疾〉一文中已經很明白地指出當釋為「克同有疾」，即卜問是否能分擔王的疾病的意思（《合集》13754 的「克興有疾」也是這個意思）。因此本句的「肩凡」不會是疾病名。（後來諸說，也都不以為是疾病部位。）

　　「王砧疾惟有由」一句，「砧」字費解，孫海波先生《甲骨文編》384 頁疑為「痦」字；屈萬里先生《甲編考釋》398 頁謂胡厚宣先生疑「舌」之別體；《甲骨文字詁林》2216 頁按語以為釋「痦」不可據。旭昇案：釋為「舌」之

別體恐亦不可據。此字當從舌、石聲，石字上古音在禪紐鐸部，舌字在神紐月部，陳新雄師《古音學發微》1057 頁以為月鐸合韻，先秦韻語未之見，至東漢始出現。且甲骨文「疾舌」均逕作「舌」，此處從「石」，當與「舌」不同。疑為「疾」之修飾語，與《合集》17391 之「大疾」同例，是修飾疾病的狀詞。「王硈疾惟有由」其意類似「王大疾，惟有咎」。

「貞言其有疾」一句，說者或以為「言」當釋「音」（參《甲骨文字詁林》694 頁引諸家說），恐不可從。其它卜辭均稱「疾言」，此處不應例外。本句的「言」疑與《合集》28408「王其比言窋兕」的「言」類似，《甲骨文字詁林》788 頁按語謂「窋」字當用為「格殺」之「格」，全句謂「王比言格殺兕」。甲骨文「王比某」之「某」多為人名，則此「言」字或亦人名。據此，「貞言其有疾」之「言」亦可能為人名。

從語法來看，《合集》13750「……寅卜古貞 ⧴ 其有疾　貞 ⧴ 亡疾」係對貞卜辭，裘錫圭先生〈說囗凡有疾〉一文引比利時籍的美國盛頓大學退休教授司禮義先生（Paul L. M. Serruys）之說「在一對正反對貞的卜辭裡，如果其中一條卜辭用『其』字，而另一則不用，用『其』字的那條所說的事，一般都是貞卜者所不願看到的。如求雨的卜辭往往以『有雨』與『亡其雨』對貞，因為貞卜者希望下雨，不希望不下雨」（司禮義《商代卜辭語言研究》，《通報》60 卷 1～3，20～33 頁。又見其《關於商代語言的語法》，《中央研究院國際漢學會議論文集·語言文字組》342～346 頁，1981，台北）。裘先生指出「這一意見十分正確」。依據這一規律，《合集》13750「……寅卜古貞 ⧴ 其有疾　貞 ⧴ 亡疾」這一條對貞卜辭中，占卜者卜問的是「 ⧴ 其有疾」，顯然占卜者不願意看到「 ⧴ 」有疾，因此「 ⧴ 」應該是個人名，而不是疾病名。我們在卜辭中看不到「疾某」用對貞的型式出現。因為「疾某」是已經發生了疾病，占卜者要卜問是什麼神靈作祟。因此「 ⧴ 其有疾　 ⧴ 亡疾」不可能釋為「尻其有疾　尻亡疾」，占卜者不會在王沒有痔瘡的時候卜問王是否會生痔瘡。至於「子 ⧴ 」可以單稱「 ⧴ 」，猶如「子漁」也可以單稱「漁」（《合集》14780 云「……酉……貞：子漁虫竜于娥，彤」，《合集》14782 云「……未卜殼貞：漁虫禦……娥」，二辭中的「漁」應該是指同一個人。

從辭義來看，「 ⧴ 」字也不宜釋為「尻」。我的學生陳惠玲全面整理先秦兩漢中的「尻」字，指出：先秦文獻中的「尻」字意義較為含混，但大抵不外從

「脊骨盡處」一義出發。到了兩漢，「尻」義則較明確地指「陰部」。茲引其要點如下：

　　　　北（背）痛，要（腰）痛，尻痛，時（痔），胳（郄）痛，腨痛，
　　足小指痺。（《馬王堆漢墓帛書（肆）·陰陽十一脈灸經甲本·38》。
　　「足小指痺」據乙本補）

　　惠玲案：帛書足太陽脈所產病，由背痛到小腿肚、足小指麻痺，與經絡循行是吻合的。可見「尻」與「痔痛」有別。又如：

　　　　□□□□□乾葱鹽隋（脽）灸尻。（《馬王堆漢墓帛書·五十
　　二病方·癃病·150～151》）

　　　　亨（烹）葵，熱歡（歠）其汁，即□□隸，以多為故，而□□尻
　　厥。（《馬王堆漢墓帛書·五十二病方·癃病·171》）

　　　　癃，燔陳芻若陳薪，令病者北（背）火灸之，兩人為靡（磨）其
　　尻，癃已。（《馬王堆漢墓帛書·五十二病方·癃病·180》）

　　惠玲案：《素問·刺瘧篇》：「小便不利如癃狀。」《宣明五氣論》：「膀胱不利為癃。」癃病即癃病，即是今所稱「淋病」。由帛書內文看來，此方確實為治療小便困難的病方。帛書注「脽」作「臀部」，治癃病於臀部作按摩針灸等刺激，的確能見療效。「隋尻」同出，「隋」既釋「臀」，則「尻」當與臀有別。「尻厥」則指陰部之病，古醫書常有「厥證」之病證名，如「尸厥」、「薄厥」、「煎厥」、「氣厥」、「血厥」等，而帛書「尻厥」之厥證當指癃證之危重者。《素問·奇病論》：「有癃者，一日數十溲，此不足也。身熱如炭，頸膺如格，人迎躁盛，喘息氣逆，此有餘也。太陰脈細如髮者，此不足也。……病名曰厥。」帛書病方以烹煮「葵」，熱飲其汁，便可治「尻厥」。從「葵」藥看來，亦是指治癃病之藥方。「葵」，馬繼興《馬王堆古醫書考釋》頁456以為即「冬葵子」，可從。「冬葵子」出自《神農本草經》，別名「葵子」。《實用中醫辭典》：「我國大部分地區有分布。甘，寒。入小腸、膀胱經。利尿，通乳，滑腸。治小便不利、水腫、熱淋、砂淋、乳汁不行、乳房腫痛、大便乾結。」因此，「尻厥」從患病部位來看，當是指陰部。

　　旭昇案：根據以上的分析，尻字泛指陰部一帶。△釋為「尻」，而「子尻」以此為名，實過於不雅，難以成立。

綜上所論，「𠂤」字無論從字形、文例、語法、辭義來看，都不應該釋為「尻」。朱歧祥先生主張釋「脛」，應該也是出於類似的考量。但是，考慮到甲骨文已另有「脛」字，字作「𧘌」（《乙》1187。張秉權說，見《丙》上冊（二）考釋133頁），指事符號位於小腿前方，與脛部相符合。而「𠂤」字的指事符號位於腿部後方，釋為「脛」字較不合適。

綜合以上的討論，我們以為「𠂤」字似乎可以考慮釋為「髀」。《說文》：「髀，股也。从骨、卑聲。𨂄，古文。」段玉裁注改原文為「髀，股外也」，注云：「各本無『外』，今依《爾雅音義》、《文選・七命》注、《玄應書》、《太平御覽》補。股外曰髀，髀上曰髖。〈肉部〉曰：『股，髀也。』渾言之此曰『髀，股外也』；析言之，其義相足。〈大部〉曰：『奎，兩髀之閒也。』」段改其實是沒有必要的。《說文》「脾」字其義謂「大腿」，擴大一點，當然也可以包含臀部。《淮南子・人間訓・塞翁失馬》：「家富良馬，其子好騎，墜而折其髀。」髀即指大腿。李斯〈諫逐客書〉「夫擊甕扣缶、彈箏搏髀，而歌呼嗚嗚快者」，「髀」指大腿外側，段注改《說文》為「股外」，當從此類用法而來。《漢書・賈誼傳》：「至於髖髀之所，非斤則斧。」顏師古注：「髀，股骨也。」指大腿骨。《三國志・蜀書・先主備》：「（劉備）吾常身不離鞍，髀肉皆消。今不復騎，髀裡肉生，日月若馳，老將至矣。」髀指大腿內側。今廣東人稱「雞腿」為「雞髀」，髀指整條大腿。

《合集》21803：「癸卯子卜，至小宰用豕𠂤。」當指用豬髀以祭。《禮記・祭統》：「凡為俎者，以骨為主。骨有貴賤，殷人貴髀，周人貴肩。」鄭注：「殷人貴髀，為其厚者；周人貴肩，為其顯也。凡前貴於後，謂脊脅臂臑之屬。」此義的「髀」當指包括臀部的大腿。《儀禮・士喪禮》「乃枆，載，載兩髀于兩端，兩肩亞，兩胉亞，脊、肺在於中，皆覆，進柢，執而俟」，孔疏：「凡七體者，前左右肩——臂、臑屬焉，後左右髀——肫、胳屬焉，并左右脅，通脊為七體。」這是說：豚解七體指左肩（包括左肩、左前上肢、左前下肢）、右肩（包括右肩、右前上肢、右前下肢）、左髀（包括左臀、左後上肢、左後下肢）、右髀（包括右臀、右後上肢、右後下肢）、左脅、右脅、脊。此義的「髀」當指自臀部至小腿。

依《祭統》之說，周人祭祀貴前肢，因為它在前部；殷人祭祀貴後肢，因為它肉厚。《祭統》之說以往見不到其它的旁證，但《合集》21803「用豕𠂤

（髀）」似乎透露了一些「殷人貴髀」的訊息。這也可以支持「⿰」字應釋為「髀」。至於「⿰」字當地名用，其地望還有待研究。

## 參考書目

1. 朱歧祥《殷墟甲骨文字通釋稿》，台北：文史哲出版社，1989 年。

2. 宋鎮豪〈商代的疾患醫療與衛生保健〉，《歷史研究》2004 年第 2 期。

3. 李永春《實用中醫辭典》，台北：知音出版社，1992 年。

4. 李孝定《甲骨文字集釋》，台北：中央研究院專刊，1965 年。

5. 李宗焜〈從甲骨文看商代的疾病與醫療〉，《史語所集刊》72 本 2 分，2001 年。

6. 季旭昇《甲骨文字根研究》，台灣師範大學博士論文，1990；增訂後由文史哲出版社出版，2003 年。

7. 馬繼興《馬王堆古醫書考釋》，長沙：湖南科學技術出版社，1992 年。

8. 張秉權《殷虛文字丙編考釋》，台北：中央研究院歷史語言研究所，1959 年 10 日。

9. 陳新雄師《古音學發微》，台灣師範大學國文研究所博士論文，嘉新水泥公司文化基金會研究論文第一八七種，1972 年。

10. 陳漢平〈古文字釋叢〉，《出土文獻研究》，北京：文物出版社，1985 年 6 日。

11. 裘錫圭〈說□凡有疾〉，《故宮博物院院刊》2000 年第 1 期，頁 1～7，2000 年。

12. 裘錫圭〈釋殷虛卜辭中與建築有關的兩個詞——門塾與自〉，《出土文獻研究續集》，北京：文物出版社，1989 年；又收在《古文字論集》，頁 190～195。

13. 趙平安〈關於㠪的形義來源〉，武漢大學簡帛網，2007 年 1 月 23 日。

14. 姚萱《殷墟花園莊東地甲骨卜辭的初步研究》，北京：線裝書局，2006 年 10 月。

15. 劉釗〈讀史密簋銘文中的『眉』字〉，《考古》1995 年第五期，頁 434～435，1995 年。

本論文是在國科會贊助的計畫下完成的，計畫編號是：國科會 96 年度 NSC 96–2411-H-218-005。原發表於紀念中國古文字研成立三十周年國際學研討會（中國古文字研究會第十七次年會），中國古文字研究會·吉林大學古籍研究所，2008 年 10 月 11～12 日。收入《古文字研究》第二十七輯，北京：中華書局，2008 年 9 月，82～88 頁。

# 說牡牝

　　牡牝二字，是兩個常用字。牝字《說文》釋為「从牛、匕聲」，比較沒有問題。至於牡字，則一直是文字學中一個懸而未決的問題。《說文解字》卷二〈牛部〉：

　　　　牡　畜父也。從牛土聲。

段玉裁注：

　　　　按土聲求之疊韻雙聲皆非，蓋是從土，取土為水牡之意。或曰：
　　「土當作士。」士者夫也，之韻尤韻合音　近，從士則為會意兼形
　　聲。莫厚切。古音在三部。

　　段注的或說影響了後世很多學者。王國維《觀堂集林》以為「牡古音在尤部，與土聲遠。卜辭牡字皆從丄，丄古士字。……士者男子之稱。古多以士女連言，牡從士與牝從匕同，匕者比也，比於牡也。」（6.13）林義光《文源》以為牡字「從牛從士，士即事之本字。牡者任事，故從士」。

　　影響學界較大的是郭沫若的《甲骨文字研究·釋祖妣》：

　　　　祖妣之朔為何邪？曰祖妣者牡牝之初字也。……且實牡器之象
　　形，故可省為丄；匕迺柶字之引伸，蓋以牝器似匕，故以匕為妣若
　　牝也。……土、且、士實同為牡器之象形。土字古金文作●，卜辭
　　作〇，與且字形近。由音而言，土、且復同在魚部，而土為古社字，

祀於內者為祖，祀於外者為社，祖與社二而一者也。士字卜辭未見，從士之字如吉，於作吉外，多作𠮷、𠮷、𠮷、𠮷諸形，是士字古亦作𠓛𠓛𠓛若土矣。金文吉字有作吉若吉者，與卜辭之從土作者同，此由形而言，與土、且實無二致。士音古雖在之部，然每與魚部字為韻。……是士字古本有魚部音讀也。……士字蓋古本讀魚部音而轉入之部者，未可知也。牡從土聲而讀在尤部者，亦同此說。〔註1〕

此外，學界還有種種說法，如：

高鴻縉：「從丄從牛會意，順成名詞。丄字意為雄，周時改從士牛會意。從士為雄，亦猶《詩》以士女對稱也。秦漢改從土聲」（《中國字例》4篇68頁）

馬敘倫：「牝牡的初文是匕士。匕士又是也了的誤寫。（也是『女陰』，《說文》裡說得對的。〔清朝人有死爭它不是『女陰』，說它是匜字的。這都因為女陰是很褻瀆的字面，其實造字的那管這些事！〕『了』字說做『㩜也』，就不曉得說到那裡去了，這定不是許慎的原文。『了』字當是𠄌的變誤，𠄌象男性的生殖器。甲文裡牡字寫作𤘅，裡面的丄字就是𠄌的省寫。……）也了本是男女生殖器的象形字，男性牛就加一個了字，女性牛就加上一個也字，做他們的名稱。因為金甲文裡土字寫來和丄字一樣，所以《說文》裡會變做土，其實既不從土，也不從士。況且士是大的變誤，大和人是一個字，怎樣可以人和牛會意做牡字？」（〈源流與傾向〉，《馬敘倫學術論文集》171～172葉）

朱芳圃：「土聲固非，如改為士亦牽附難通。余謂丄即矛之異文。……牡從丄聲，諧同音也。」（《殷周文字釋叢》59～60頁「牡」）

以上這些說法，各執一詞，誰也不能服誰，因為這個字在當時其實還沒有到解決的時候。大家都知道牡從土既無關乎義，也不合於聲。改為從士最好，但是士字甲骨文已經出現了，字與「王」同形，並非牡器的象形。〔註2〕說成其

〔註1〕《甲骨文字研究・釋祖妣》九葉下至十一葉下。

〔註2〕參林澐〈王士二字同形分化說〉、季旭昇〈增訂《甲骨文字根總表》及新增字根考釋〉，「紀念容庚先生百年誕辰暨第十屆中國古文字學學術研討會」論文，廣東東莞1994年8月21日。林文後來刊登在中國社科院出版《盡心集》，頁1～11，1996年11月；拙文後來刊登在臺灣師大國文研究所《中國學術年刊》第十七期，頁1～13，1995年4月。

它字的訛誤，又沒有證據。說成象牡器最簡單，但甲文牡字所從，明明又和「土」字相同，合於《說文》，這樣的困難要如何解決呢？很幸運地，由一批新出的花園莊甲骨中，我們看到了解決這個問題的新契機。

1991 年秋在河南安陽花園莊東地發現了一個甲骨坑，共出 1583 片甲骨，根據《考古學報》1999 年第 3 期劉一曼、曹定雲撰寫的〈殷墟花園莊東地甲骨卜辭選釋與初步研究〉一文所公佈的 23 片甲骨中，有「豼」、「豝」字，見於以下各條：

1. 甲午歲祖甲「」一，子祝？在。一
2. 乙未歲祖乙「」，子祝？在。一二
3. 叀子祝，歲祖乙「」？用。一二
4. 丁酉歲妣丁「」一？在。一　（以上見 H3：47＋984）
5. 乙酉歲祖乙小宰、「」，衩鬯一？一二
6. 乙酉歲祖乙小宰、「」，衩鬯一，嘦祝？在麗。二三四　（以上見 H3：877）
7. ☒又齒于妣庚，冊宰，勿牝、白豕至「」一？用。一二　（H3：505＋520＋1546）

又有「牡」、「牝」等字，與已往所見的寫法相同，「牡」字作「」、「」等形，見於 H3：1347、1406；「牝」字作「」、「」等形，見 H3：224、505＋520＋1546、620、940、974、1406、1417 等。「羘」字作「」，見 H3：113＋1518、200 等；「羓」字作「」，見 H3：47＋984。

劉、曹把「」隸定為「豼」、把「」隸定為「豝」，這是兩個字是非常象形的字，〈初步研究〉的隸定自是極為正確。「豼」字从豕，旁著牡器之形；「豝」字从豕，而以圓圈象牝器之形。

由此我們聯想到已往卜辭中已經出現過的「豼」字，作「」形，見《甲骨文編》78 號「牡」字條下（《甲骨文編》把从牛、羊、豕、鹿的全部歸到「牡」字條下）；又有「」形，見《甲骨文編》1139 號「豭」字條下（《甲骨文編》把著勢和去勢混在一起，又豕、犬不分）。各家多以為甲骨文　、豭為不同的字，但是我們檢視目前見到的豼、豭二字（姑且先以豼、豭二字區分這二形）所出現的類組，可以看到二者大致呈互補的趨勢，如下表：

| 類組 ＼ 字頭 | 從士 | 從｜ |
|---|---|---|
| 𠂤組肥筆類 | | 21187 |
| 𠂤組小字類 | | 19875，19906，19979，19932 |
| 𠂤賓間 A 類 | | |
| 𠂤賓間 B 類 | | |
| 𠂤歷間 A 類 | | |
| 𠂤歷間 B 類 | | |
| 屮類 | | |
| 賓組類 1 期 | 11244，11245 | |
| 賓組一類 | | 1371，2948，3499，1526，12242，19636 |
| 典賓類 1 期 | 15480 | 900，905，14080，14341，16114反 |
| 賓組三類 1 期 | 15447 | 11241，15827 正 |
| 出組一類 | | |
| 出組二類 2 期 | 24607，25202 | |
| 何組事何類 | | |
| 何組一類 | | |
| 何組二類 | | |
| 歷一類 | | |
| 歷二類 4 期 | 34155 | 32353，34103，35332 |
| 歷草類 4 期 | | 32836 |
| 歷無名類 4 期 | | 32453 |
| 無名類 3 期 | | 29543，30514，30723 |
| 無名黃間類 | | |
| 黃類 | | |
| 子組 1 附 | 21635 | 21543，21548，21639 |
| 午組 1 附 | 22045，22055，22067，22068，22073，22101，22276，22467 | 22276 |
| 亞類 | | 22301 |
| 圓體類 | | |
| 劣體類 | | 22130，22137，22141，22285，22436 |
| 婦女類 1 附 | | |

　　互補的意思，有可能是「豛」、「猳」根本就是同一個字，因此寫「豛」的書手就不寫「猳」；寫「猳」的書手就不寫「豛」，其中某些類組同時出現「豛」、「猳」，可能是這二者的界限本來就不是那麼嚴格。

　　《合集》22276 有辭云：「甲子卜亡□禦二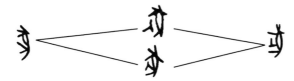二牡　甲子卜禦二　　二牡于入乙」，大部分的學者都把「二牡」前一個字隸定作「猳」，但這一來就很難解釋為什麼同一片甲骨中會同時出現「豛」和「猳」，而我們又無法說出同是公豬，「豛」和「猳」有什麼不同？姚孝遂釋前一形為「猳」，而以為後一形是誤刻，其實也應該是「猳」字〔註3〕。說當可從。

　　根據以上考釋，豛字（含猳字）的演變當如下表：

　　豛字的豛器由附著身體變成與身體分離的原因，可能是豛器分離之後，字形比較清楚吧。牝字的演變比較單純，應該是由象形的「　」變成「从豕、匕聲」的形聲字。豛、牝由象形變成形聲的原因之一，可能是因為受了牡牝、羝羘的影響。豕字在甲骨文中畫全體象形，所以可以在其生殖器部位表達牡牝器的象形。但牛、羊等字只表現頭部，無從著牡牝器，於是比照豛字分離豛器的辦法，在牛、羊旁著一「⊥」形，造出牡、羝等字。由於「⊥」形和甲骨文簡寫的「土」字一模一樣，所以後來的文字都以為雄獸旁所寫的是「土」字。牝羘牝字則採用形聲結構，在牛、羊、豕旁改从「匕」聲。

　　段玉裁知道「牡」從「土」字，於聲於義皆不合，但又無法解決；採用或說從「士」，無奈「士」字又不這麼寫。郭沫若以為「牡」从「士」是性器官的象形，其說初期被很多學者所採信，但後來又被大多數學者所揚棄。如今從花園莊的「豛」字來看，豕旁確實是雄性器官的象形，但絕非「士大夫」的「士」字，所以比照來看，「牡」字右旁應是象雄牛的性器官，但絕非「士大夫」的「士」字。「牝」字則由象形字聲化為从「匕」聲。同理，「牝」字郭沫若說成因為牝器象匕柶之形，所以从匕。從花園莊的「牝」字來看，也是沒有必要的，「牝」只是個形聲字，从牛匕聲。豛牝、牡牝、羝羘等大多數動物的

〔註 3〕見姚孝遂〈契文考釋辨正舉例〉，《古文字研究》第一輯，1979 年，頁 177。

雄雌應該都是這樣組成的。

《古文字研究》第二十四輯，頁 100～104，北京：中華書局，2002 年 7 月；
本文曾在「紀念商承祚先生百年誕辰暨中國古文字學國際學術研討會」宣讀，
廣州：中山大學中文系，2002 年 8 月 5～9 日。

# 說　釐

釐，《說文·卷十三·里部》：

> 釐　家福也。从里、𠩺聲。〔註1〕

段注云：

> 家福者，家居獲祐也。《易》曰：「積善之家，必有餘慶。」《漢·
> 孝文帝紀》：「詔曰：今吾聞祠官祝釐，皆歸福於朕躬。」如淳曰：
> 「釐，福也。〈賈誼傳〉『受釐宣室』是也」，如說取合。應劭注「釐」
> 為「祭餘肉」，失之。師古直謂「釐」為「禧」之叚借字，「禧」與
> 「釐」雖同在古音弟一部，然義各有當。「釐」从「里」，「里」者
> 家居也，故許釋為家福，與「禧」訓「禮吉」不同。《春秋》三經
> 「僖公」，《史記》作「釐公」，叚借字耳。〔註2〕

許慎釋「釐」為「家福」，主要認為於「釐」字下部的「里」是義符，有兼
義的功能；段注也從這兒發揮。

古文字學家大都以為「釐」本字當作「𠩺」若「𡤢」。《說文》把「𠩺」和
「𡤢」另立字頭。《說文·卷三下·攴部》：

> 𠩺　坼也。从攴、从厂。厂之性坼，果孰有味亦坼，故謂之𠩺，

---

〔註 1〕段玉裁《說文解字注》（臺北：藝文印書館，1989 年），頁 701。
〔註 2〕段玉裁《說文解字注》（臺北：藝文印書館，1989 年），頁 701。

从未聲。〔註3〕

又同卷〈又部〉：

　　■　引也。从又、拜聲。〔註4〕

甲骨文有「■」〔註5〕等字，羅振玉《增考》中・六十一葉下釋「夌」，並指出字不从「未」；商承祚《類編》三卷・十一葉下指出《說文》謂从「未」，乃从「來」之誤；又於《殷契佚存》三九葉上隸此字為「拜」；董作賓〈馭夌說〉謂「卜辭拜、夌，即釐之初文，後又加『里』為聲。釐从來，故釐與來可以通用，是來、拜、夌、釐聲本相同，可以互通。釐訓為福」。李孝定《甲骨文字集釋》「夌」字條下云：

　　按《說文》「夌，引也。从又、拜聲」、又〈攴部〉「拜，坼也。从攴、从厂，厂之性坼；果熟有味亦坼，故从未」。契文象一手持麥，攴擊而取之之形，乃獲麥之象形字（象事也）。拜下小徐曰「攴、擊取也」是也，攴擊所以脫粒，故引申訓「坼」；手引而攴擊之，故亦訓「引」，二者原為一字，許書岐為二耳。至卜辭言「延夌」者，「夌」當訓為「釐」。釐、許訓為「家福」，引申為凡福之偁，獲麥所以足食，引申自得有「福」義，訓福之「釐」，古殆衹是作「夌」，後始制為从里、拜聲之專字耳（金文始有「釐」字，卜辭無之）。〔註6〕

朱歧祥《甲骨文字通釋稿》云：

　　象手持杖打麥穗之形，示收成。隸作夌，即釐字。卜辭多連用■■，即「馭夌」。董作賓《安陽發掘報告》第四冊訓「馭釐」為「進福」。……卜辭又有作延釐，亦有降福意。〔註7〕

陳初生《商周古文字讀本》對字形的解釋更為詳細：

　　甲骨文作■、■、■、■等，象以手持杖打麥或一手持麥、一

〔註3〕段玉裁《說文解字注》（臺北：藝文印書館，1989年），頁127。
〔註4〕段玉裁《說文解字注》（臺北：藝文印書館，1989年），頁116。
〔註5〕見《殷虛書契前編》2.28.3（《合》37382）。
〔註6〕李孝定《甲骨文字集釋》（臺北市：中央研究院歷史語言研究所，1970年），頁913。前引羅振玉至董作賓諸說，亦參同書911～912頁所引。
〔註7〕朱歧祥《殷墟甲骨文字通釋稿》（臺北：文史哲出版社，1989年），頁179。

手持杖打麥之形，來麥之「來」亦表聲，乃會意兼聲字。金文作……
等，仍有以「來」為聲者，「來」或訛為 ✕、✦，其表音功能遂失，
✕、✦ 既不表聲，及復增「里」以表聲。或用為「賞賚」字，故加
義符「貝」。或从子，蓋賞賚與人有關，故以子表示人。字或省攵。
小篆所从之「耒」，亦「來」之訛。從文字發展來看，《說文》所收
的「𢿥」、「嫠」、「釐」實為一字。〔註8〕

　　以上各家對《說文》釋「𢿥」、「嫠」、「釐」的錯誤，都提出了一定程度的修
正。但是，對於此字「麥」形下面的部分，都沒有談到。從各家的行文來看，
似乎逕以為「麥」形下面的部分就是麥根。只有高鴻縉在《中國字例》中針對
金文偏旁中的「𢿥」字提出不一樣的看法：

　　　　此即離別之離之本字。動詞。从攵來（古麥字）會意。麥扑則
其子脫離而下也。ㄈ聲。ㄈ、反人字。飭、治、清理等意之字作嫠，
篆文作嫠。自段用「理」字而「嫠」字廢。後加聲符「里」作……
「釐」。故《堯典》「允釐百工」，傳「釐，治也」是也。動詞。因
其音同賚，故通叚以代賚（賚、賜也），如《詩‧既醉》「釐爾女士」，
傳：「釐、予也。」〈江漢〉「釐爾圭瓚」，傳：「釐、賜也。」又因
其音同僖，故通叚以代僖。《春秋》僖公亦稱釐公、僖王亦稱釐王。
《說文》：「釐，家福也。」則又禧字之訓矣。《史記》「帝方受釐」，
釐亦禧字之通叚。然則釐或嫠之本意，只為治、為理。而此𢿥字、
坼也，則為別離之本字。〔註9〕

　　高說以為「來」旁下的「ㄈ」旁是「反人」，這是很有見地的說法。不過，
一則是他以為「𢿥」是「別離」的「離」的本字，與其它古文字學家的說法相
去較遠；一則是他以象「反人」的「ㄈ」為聲符，但又沒有說明象「反人」的
「ㄈ」怎麼讀？為什麼可以做聲符？《說文》「匕（音「比」）」字釋形云「从反
人」，高氏釋「ㄈ」旁為「反人字」，不知是否即指「匕」字？如果是「匕」字，
大徐本「卑履切」，上古音屬幫紐脂部；「離」字「呂支切」，上古音屬來紐歌

---

〔註8〕陳初生《商周古文字讀本》（北京：語文出版社，1989年），頁346～347。
〔註9〕高鴻縉《中國字例》（臺北：三民書局，1960初版；本文用1992年九版），頁599
　　　～600。

部，聲韻都有一點距離，要讓這兩個字有聲韻關係，還要費一番力氣來疏通。因此，他這個說法似乎沒有引起什麼人的重視。

我們從甲骨文的「𪟝」、「𤔲」來看，象「麥」形的部件之下，應該是「人」形。以下是我們整理的甲骨文「𪟝」（「𤔲」）字「麥」形下明白从「人」的字形（未加書名簡稱的編號都是《合》）：

| | | | |
|---|---|---|---|
| 01 26908 | 02 26909 | 03 27132 | 04 28218 |
| 05 28940 | 06 29578 | 07 29683 | 08 30001 |
| 09 30246 | 10 30440 | 11 30779 | 12 30822 |
| 13 30943 | 14 31829 | 15 31842 | 16 31855 |
| 17 31863 | 18 31873 | 19 32325 | 20 屯 47 |
| 21 屯 3709 | 22 屯 4091 | 23 屯 4453 | |

以上 23 形，左下很明白地都是「人」形，其「人」形有些因為書手不同，而導致「人」形稍異，但例子這麼多，其為「人」形，應該是相當明確的。

學者不肯明白指出此字左下从「人」的原因，一則因為《說文解字》以為从「厂」；二則因為金文此字左下多作「卩」形，如〔註10〕：

---

〔註10〕參容庚四訂《金文編》（北京：中華書局，1985 年），188 頁 458 號及 220 頁 538 號。

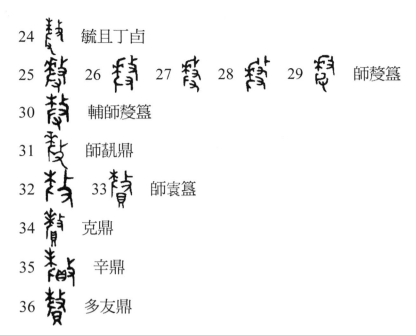

24 ⿱來⿰卩又 　毓且丁卣

25 ⿰來⿰卩又 　26 ⿰來⿰卩又 　27 ⿰來⿰卩又 　28 ⿰來⿰卩又 　29 ⿰來⿰卩又 　師夐簋

30 ⿰來⿰卩又 　輔師夐簋

31 ⿰來⿰卩又 　師訊鼎

32 ⿰來⿰卩又 　33 ⿰來⿰卩又 　師袁簋

34 ⿰來⿰卩又 　克鼎

35 ⿰來⿰卩又 　辛鼎

36 ⿰來⿰卩又 　多友鼎

從字形演變的歷史來看，金文的「𠤕」形其實也有可能是「人」形，如《金文編》所收「雁」字作以下諸形〔註11〕：

37 ⿰厂隹 應公簋　38 ⿰厂隹 應公觶　39 ⿰厂隹 應公方鼎　40 ⿰厂隹 應弔鼎

41 ⿰厂隹 應侯鐘　42 ⿰厂隹 大鼎　43 ⿰厂隹 師湯父鼎　44 ⿰厂隹 師克盨

幾乎所有的學者都認為「雁」字所從的「𠤕」形就是「人」形。因此，甲骨文的「𣂈」（「夐」）字左下方的「人」形，到了金文變成「𠤕」形，應該是合理的字形演變。當然，我們也看到金文的「𣂈」（「夐」）有作⿰來⿰卩又（克鼎「⿰來⿰卩又」字所從）的，「來」形的下方的「人」形已經訛成「厂」形，這就是《說文解字》以為「𣂈」（「夐」）字從「厂」的字形由來。

學者不以為「𣂈」（「夐」）字左下方從「人」的第三個原因，是因為甲骨文的「𣂈」（「夐」）字常常在「人」形下有一隻手或兩隻手，這些「手」形可能不太好解釋，因此把「來」形和其下方的「人」形籠統地說成是「麥」，底下的「手」形捧著「麥」，似乎頗為合理。甲骨文帶一隻「手」形的「𣂈」（「夐」）字如下：

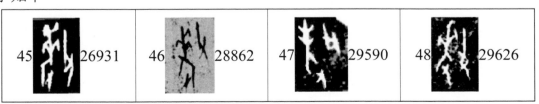

| | | | |
|---|---|---|---|
| 45 26931 | 46 28862 | 47 29590 | 48 29626 |

〔註11〕參容庚四訂《金文編》（北京：中華書局，1985 年），256 頁 601 號。

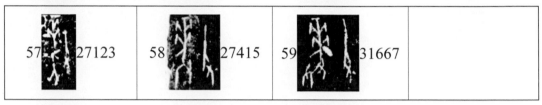

| | | | |
|---|---|---|---|
| 49 30003 | 50 30047 | 51 30524 | 52 30757 |
| 53 31844 | 54 31848 | 55 31851 | 56 屯 3009 |

帶兩隻「手」的如下：

| | | | |
|---|---|---|---|
| 57 27123 | 58 27415 | 59 31667 | |

　　這些「手」形都在「人」形的下半身，帶一隻「手」的，「手」形多半在「人」形的前方，只有△53 是在「人」形的後方。為什麼「人」持「麥」，還要有「手」形在旁佐助，現代人似乎不太好理解，如果把這些「人」形說成是「麥」根，一人手持「麥」的下部根鬚，一人手持棍棒擊麥穗，似乎很好解釋。不過，熟悉農地耕作的人大概都知道，稻麥成熟收割時，是用鎌刀從稻麥稈子的基部割斷，而不是連根拔起的，請看下圖〔註12〕：

　　麥子收成時，既然不是連根拔起，那麼「𤔔」（「耰」）字「麥」形的下方，自然以釋成「人」形最為合理。「人」形下方的「手」形應該就是扶持的手。整

〔註12〕圖片自 google 圖片蒐尋得來。左圖錄自 http://hbhb.smx.gov.cn/n33911.aspx；右圖錄自 http://www.yingtan.gov.cn/xxgk/jzkw/200810/t20081023_22899.htm。

個「𣂏」（「𣂏」）字象一人背負成熟的麥，旁有一手或二手持之，另一人手持棒打麥穗，收成得福之意宛然目前。

　　「𣂏」（「𣂏」）字左上，「人」所持者，應為「麥子」。前舉「𣂏」（「𣂏」）字，人上所持者，有以下諸形：

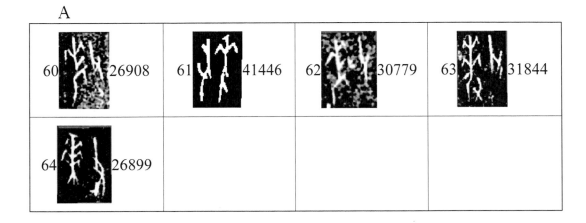

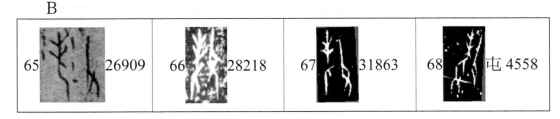

　　A 類應該是從「來」的，△60、△61 應該是標準的「來」形，只是沒有「來」形下部的根。△63、△64 很容易讓人誤以為從「桼」，金文的「桼」字作〔註13〕：

　　　　　　🌾 彔伯簋　　　🌾 幾父壺

　　不過，我們檢視甲骨、金文的「桼」字，我們就可以看出，「𣂏」（「𣂏」）字△63、△64 形和「桼」字還是有相當的距離，甲骨文「桼」字作〔註14〕：

　　　　🌾甲 267　　🌾佚 33　　🌾佚 894　　🌾後 1.2.14

金文的「桼」字則作〔註15〕：

---

〔註13〕參容庚四訂《金文編》（北京：中華書局，1985 年），706～707 頁，1692 號。

〔註14〕參中國社科院考古研究所編輯《甲骨文編》（北京：中華書局，1965 年），426～427 頁，1259 號。劉釗、洪颺、張新俊編《新甲骨文編》（福州：福建人民出版社，2009 年），582～583 頁大致相同。

〔註15〕參容庚四訂《金文編》（北京：中華書局，1985 年），706～707 頁，1692 號。

仔細對比，甲骨文「⿱癶厂」（「⿱癶麥」）字△63、△64 形和甲骨文、金文的「㚔」字不同，這兒就不仔細分析了。

甲骨文「⿱癶厂」（「⿱癶麥」）字△63、△64 形，左上部件比甲骨文一般的「來」字多一重至兩重，我認為應該是像一把麥子的樣子，一把麥子包含好幾株麥，「⿱癶厂」（「⿱癶麥」）字的偏旁已經夠多了，所以偏旁之一的「麥」形不可能再畫出多株麥，於是只好把一株麥的葉部重複，表示收成時一捧麥束中包含多株麥子。

B 類△65～67，很容易讓人以為从「丰」；△68 則很容易讓人以為从「未」。其實△65 的字形很清楚，它的左上分明就是「來」形（沒有根部），但是把「來」形折下來的部分分離，讓它呈顯出麥穗被打下來的樣子；△66～67 省略小點後，看起來就像是「丰」或「未」形了。

甲骨文「⿱癶厂」（「⿱癶麥」）字「麥」形的下方，也有畫出麥根的：

69 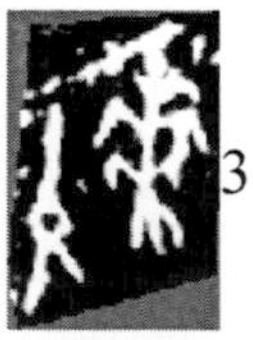 31866　　70  屯 4558

△69 下方既非「人」形、也非「又」形，似乎必需看成麥根，「⿱癶厂」（「⿱癶麥」）字的重點在扑打麥穗，因此「人」形及其旁的「又」形可以省略。同樣的△70 的「麥」形也明顯地把麥根畫出來。這一個字正可以說明大部分「⿱癶厂」（「⿱癶麥」）字「麥桿」下方的部件應該是「人」形。如果我們不這麼解釋，而把「人」形看成麥根，那麼和上面「來」字的「麥」根就重複了。

最後，我們要探討一下「⿱癶厂」（「⿱癶麥」）字為什麼要以「來麥」為獲福的表徵，為什麼不用其它的穀物？

商代穀物中，哪些是屬於比較高級的，並沒有很多文獻可以查證。從甲骨文來看，商代比較高級的穀物應該是「黍」，裘錫圭指出「商代農業主要種植禾

（穀子）和黍。禾是一般的糧食，黍主要為貴族階級所享用」[註16]，又指出：

> 在各種農作物裏，商代統治者對黍最為重視。從卜辭看，商王
> 曾在同地親自參加種黍收黍，並以所穫之黍祀祖先（參看拙文《關
> 於商代的宗族組織與貴族和平民兩個階段的初步研究》，《文史》17
> 輯 15 頁）。在關於登祭的卜辭裏，提到的穀物幾乎只有黍一種（《丙
> 編》釋 445 一辭「貞登禾祖乙」。《丙》445 為卜甲背面，文字不清
> 晰，登下一字似作米，可能仍是黍字）。歷組卜辭裏或言「登南同米」
> （《甲》903、《後》下 23.5）、「登米」（《外》53、《屯南》189、《後》
> 下 29.15、《佚》663），所說的米大概也指黍米。《燕》126 的一條出
> 組卜辭有「見新米」之文，此「見」字或謂當讀為「獻」，但不知是
> 對人還是對鬼神而言的。祭祀用的鬯，具古書記載是用一種黑黍釀
> 的。商代統治階級所享用的酒，大概大都也是用黍子釀的。在殷人
> 心目中，黍大概是最好的一種穀物。「香」字從「黍」也說明了這一
> 點。有一條康丁時代卜辭說：
>
> > □寅卜：聻黍其登兄辛□　　後上 7、10
>
> 于文釋「聻」為「聲」，讀為馨香的「馨」（93 頁），似可信（編
> 按：聻也有可能是地名）。黍子比穀子好吃，但產量較低。直到今
> 天，在北方很多農村裏，黍子仍被當作一種高級的穀物。《詩、周
> 頌、良耜》：「或來瞻女，載筐及筥，其饟伊黍」，鄭箋：「豐年之時，
> 雖賤者猶食黍」，《正義》：「《少牢》、《特牲》，大夫、士之祭禮，食
> 有黍，明黍是貴也」。可見在上古時代，黍主要是統治階層所享用，
> 勞動人民平時是吃不到黍的。[註17]

從甲骨文來看，麥子的種植相對的要少得多，對此，裘錫圭也有很詳細的
論述：

> ……卜辭「來」字常見，但幾乎都是假借為來去之「來」的，用

---

[註16] 裘錫圭〈甲骨文中所見的商代農業〉，《古文字論集》（北京：中華書局，1992 年），
頁 189。
[註17] 裘錫圭〈甲骨文中所見的商代農業〉，《古文字論集》（北京：中華書局，1992 年），
頁 158。

本意的似乎只有下引一例：

　　辛亥卜貞：或刈來。　　鐵 177.3

「麥」字也已見於卜辭，有的是用為地名的，如「田麥」、「田于麥」的「麥」（看《綜類》202 頁「田麥」條）；有的是當麥子講的，不過數量不多。《後編》著錄的一塊非卜用骨版，上記兩個月的六十個干支，開頭一句作：「月一正，曰食麥」（《後》下 1、5）。《卜辭通纂》收此骨為第六片，《考釋》引《月令》「孟春之月食麥與羊」為證。此外，除去一些意義不明的殘辭不算，當麥子講的「麥」字全都見於第 1 期的「告麥」卜辭：

　　午卜，賓：翌乙未〔有告〕麥。

　　〔乙未〕卜，〔賓：翌〕丙〔申有〕告〔麥〕。

　　允有告〔麥〕。

　　〔乙亥〕卜，賓：翌庚子有告麥。允有告麥。

　　庚子卜，賓：翌辛丑有告麥。　　前 4.40.7

　　翌乙未亡其告麥。　　前 4.40.6

　　翌辛丑亡〔其〕告麥。　　京津 567（編按：蔡哲茂《甲骨文合輯綴合補遺（續）》第 81 號已將此片即《合》9625 與上引《前》4.40.7 即《合》9620 綴合，此辭「其」字已補全。）

　　翌已酉亡其告麥。

　　己酉卜，賓：翌庚戌有告麥。　　合 9621

　　翌丁亡其告麥。允亡。　　燕 41

　　〔亡〕其告麥。

　　午有告麥。□麥。　　合 9624

《通纂》收《前》4.40.7 為第 461 片，《考釋》說：「《月令》『孟夏之月農乃登麥，天子乃以彘嘗麥，先薦寢廟』此云『告麥』，蓋謂此。」胡厚宣先生不同意這種說法。他說：「今案辭言『有告麥』、『亡告麥』、『允有告麥』、『允亡』，則告麥之決非祭名可知。余謂告

麥者乃侯伯之國來告麥之豐收於殷王。」(《甲骨學商史論叢》初集第 1 冊 32 頁)。上引于文又提出另一種說法,認為「告麥的意思是:商王根據這種情報,才進行武力掠奪。」(97 頁)「告麥」的確切含意究竟是什麼,還有待進一步研究。

于文認為卜辭所見的麥應與來有別,來是小麥,麥應是大麥(100 頁)。由於資料太少,這個問題也還難以下結論。

從上引卜辭的情況看,當時商王國種植的麥子,數量大概不多。[註18]

對「告麥」的意義,溫少峰、袁庭棟贊成胡厚宣的看法:

> 何謂「告麥」?……我們以為當從胡說。觀卜辭中有關「告麥」之辭,常常預卜,不僅預卜次日,如(34)辭,而遠者如(35)辭丁酉日預卜庚子日,為以後三日,丁酉日預卜己酉日,為以後十二日,可見這決非偶然之事,而應當是一種按規定到某時必須報告的制度,殷王室才會預卜未來某日是否有人「告麥」。此種「告麥」,不僅報告麥之豐欠,且當有貢納麥之多少的內容,這涉及殷王室的財政收入,故而十分關心,一再卜問。[註19]

如果溫袁文所從胡說是對的,那麼甲骨文中所呈顯殷代的麥是侯伯之國所種;如果根據于省吾的說法,那麼所「告」之麥也是商王準備掠奪的別國所種,商王朝本身所種的「麥」數量就更少了。

甲骨文為什要以種植數量不多的「麥」來表示獲福的「犛」(「麰」)字呢?看來只有一個原因,即它是「天所來」的穀物。《說文解字·五篇下·來部》:

> 來,周所受瑞麥來麰也。二麥一夆,象其芒束之形。天所來也,故為行來之來。[註20]

對這樣的解釋,學者雖然有一些修訂的意見,但是現在的學者大都同意

〔註18〕裘錫圭〈甲骨文中所見的商代農業〉,《古文字論集》(北京:中華書局,1992 年),頁 158~159。

〔註19〕溫少峰、袁庭棟《殷墟卜辭研究──科學技術篇》(成都:四川省社會科學院出版社,1983 年),頁 136。

〔註20〕段玉裁《說文解字注》(臺北:藝文印書館,1989 年),頁 233。

「麥」不是中國的原生植物，它是從西方傳入的。何炳棣說：

> 商代甲骨文中小麥有兩個名稱，大麥卻一個也沒有，考慮到小麥是一種「奢侈」的穀物，大麥卻不是，甲骨文中雖然沒有大麥，也不能就肯定商代晚期的老百姓不知道大麥。除開古文字的證據外，中國一直沒有史前小麥和大麥發現。安徽北部淮河沿岸一個龍山文化遺址雖曾發現近 1 公斤炭化小麥籽粒，但因為裝在一個周代陶罐中，一些慎重的中國考古學家不認為這些小麥屬於史前時代。

> 由於西方對小麥和大麥的科學和考古學研究，特別是近年來的研究已非常精深，中國農史學家已無必要再來檢驗這兩種糧食作物的起源。中國北方肯定不是小麥的故鄉，因為這些穀物原產於西南亞冬季降雨地區，而中國北方的氣候和降雨方式同西南亞和東地中海截然不同。甚至今天小麥在中國北方許多地區生長也有困難，因為這些地區降雨量不均勻，尤其是經常出現春旱。

> 許多穀類作物的中文名稱都有禾字做偏旁部首，與此形成鮮明對照，小麥的中文名稱「來」和「麵」（麥），大麥的「麰」（牟），文字學上全都是從「來」字派生而來，來字在這三個字上都為偏旁部首。穀子的起源在許多詩歌中都有生動的反映，而提到小麥的很少幾首詩總是說這種糧食是天上的神賜予的，從而可知小麥不是起源於中國北方，可造字的聰明人又不知道它原產于何地，只好說它來自天上，因此就有了來這個偏旁部首。因為在西元前 1300 年以後的商代甲骨文中發現有小麥的字形，而大麥很有可能是和小麥一起引進的，所以可以有把握地說，這些穀物是在西元前第 2,000 年期間來到中國的。

> 小麥和大麥引進中國後的一千多年裏，在北方的發展似乎並不迅速，周末和漢代的各種古書表明它們在低地平原的境遇要好一些，那裏的降雨量高於黃土高原。西元前二世紀著名的學者和哲學家董仲舒在其所著編年史中充分反應了小麥和大麥在半乾旱的黃土高原遇到的困難，他敦促皇帝鼓勵黃土高原人民多種小麥，這說明當時

這個地區的人民不太願意種植小麥。〔註21〕

何說對小麥的起源及早期的發展敘述得很清楚，殷人種植的穀物中，「麥」是外來的稀有穀物，雖然種植量不多，當時的環境及種植技術也不允許殷人大量種植。但它畢竟是一種「奢侈」的「瑞麥」，所以會被認為是上天所賜予的福氣，以這種穀物的收成表示天所賜福，應該是相當合適的。

《中國文字》新36期，臺北：藝文印書館，2010年12月；原在史語所「甲骨文與文化記憶世界論壇」發表，2010年8月28～29日。

---

〔註21〕何炳棣著、馬中譯〈中國農業的本土起源〉（續），《農業考古》，1985（2），頁72。